李正栓 主编
名家游记

[英]查尔斯·约翰·赫芬姆·狄更斯 著

高洁 薛颖 译

游美札记

American notes

长春出版社
国家一级出版社
全国百佳图书出版单位

图书在版编目（CIP）数据

游美札记 /（英）查尔斯·约翰·赫芬姆·狄更斯著；
高洁，薛颖译. —长春：长春出版社，2018.1（2020.1重印）
（名家游记 / 李正栓主编）
ISBN 978-7-5445-5077-2

Ⅰ. ①游… Ⅱ. ①查… ②高… ③薛… Ⅲ. ①游记—
作品集—英国—近代 Ⅳ. ①I561.64

中国版本图书馆 CIP 数据核字 (2017) 第 300905 号

游美札记

著　者：	[英] 查尔斯·约翰·赫芬姆·狄更斯
译　者：	高　洁　薛　颖
责任编辑：	程秀梅
封面设计：	清　风

出版发行　长春出版社
　　　　　发行部电话：0431-88561180　　　总编室电话：0431-88563443
地　　址　吉林省长春市建设街 1377 号
邮　　编　130061
网　　址　www.cccbs.net
制　　版　长春市大航图文制作有限公司
印　　刷　长春惠天印刷有限责任公司
经　　销　新华书店
开　　本　787 毫米×1092 毫米　1/16
字　　数　234 千字
印　　张　18.25
版　　次　2018 年 1 月第 1 版
印　　次　2020 年 1 月第 2 次印刷
定　　价　49.00 元

版权所有　盗版必究
如有印装质量问题，请与印厂联系调换　联系电话：15043053748

译者序

1812年2月7日,查尔斯·狄更斯出生于英国的朴次茅斯,童年时经历了父亲的债务危机,因此曾在鞋油场当学徒。这段生活让他备尝艰辛屈辱,早早体验了人情冷暖,这也为狄更斯关心底层民众的生活状态打下了基础。

狄更斯20岁时成为一名记者,虽然没有接受过多少正规教育,但是靠自学和丰富的阅历,他成为一位不知疲倦的多产作家,并积极投身于有关儿童权利、教育和其他社会改革活动。1836年,小说《匹克威客外传》出版,在英国社会引发了"匹克威客热",他从此声名大振。他的小说大部分发表在周刊和月刊上,并开创了连续出版的叙事小说潮流,成为维多利亚时代占主导地位的小说出版模式;他的幽默、讽刺,以及对人物和社会的敏锐观察力使他逐渐成为一个国际文学名人。他的《雾都孤儿》《老古玩店》《巴纳比·拉奇》《圣诞颂歌》《大卫·科波菲尔》《艰难时世》《双城记》等都是具有代表性的批判现实主义文学作品。这些优秀的作品反映了英国19世纪初叶的社会面貌,体现了狄更斯超凡的语言创造力和艺术想象力,具有巨大的感染力和认识价值。狄更斯被很多作家高度评价,其中包括列夫·托尔斯泰和乔治·奥威尔,被英国的传记作家克莱尔·托玛林称为继莎士比亚之后英国小说史上最伟大的人物创造者。

1842年1月至6月，当时只有30岁的狄更斯接受美国著名作家华盛顿·欧文等邀请赴美游历，他根据见闻和感想写就了这部《游美札记》。这次美国之旅，狄更斯从波士顿、哈特福德、纽黑文、纽约、费城、华盛顿、里齐芒德、巴尔的摩，穿过阿利盖尼山到匹兹堡、辛辛那提、圣路易斯、哥伦布，向北一直到了加拿大的蒙特利尔。这位年轻的作家，经过了海上的航行之苦，受过美国总统的接见，曾到监狱和犯人面对面交谈，有正式的参观、访问，也有私人的会晤和考察。6个月的经历和见闻，狄更斯都详尽、客观和深入地记录下来，依然延续了他一贯的讽刺和幽默风格。

　　当时的美国在欧洲人看来，是一个充满希望、自由平等的新型国家，让一直热心社会改革、倡导民主主义的狄更斯无比神往。他在这部作品的序言中写道："我对美国一向有偏爱。当我踏上这片土地时，那种满怀的强烈信任感是无人能比的。"他渴望去真正了解"旧世界的污垢是否清理干净？是否没有了党派之争……"这些重要问题，他要亲自去看一看这个年轻的共和国是不是给人类社会树立了一个榜样。对比我们现在的旅行，很多人只是为了游山玩水而为之，拍拍照留个念，当时的狄更斯却是怀着明确的社会责任意识，去深入考察一个全新的世界。

　　狄更斯于1842年6月7日告别纽约归国，回到英国两个月后完成了这部札记。他按照时间和旅行路线，记录了所见所闻所感。读者在他轻快的文笔中，仿佛也来到了美国大陆，领略了19世纪40年代美国的自然风光、风俗民情、社会状况和政治面貌，那一个个鲜活的人物形象，从盲人院活泼乐观的女盲童到牢狱里绝望的囚徒，从嚼着烟叶吐痰的美国绅士到用尽手段的政客，从疯人院的病人到做苦役的奴隶，通过作家那细致入微的笔触鲜明地呈现在我们眼前。狄更斯以他多年做记者的敏锐视角，客观而翔实地描述了他到过的每一个城市,对各个地方的行政、立法、司法机构,以及其他各种公共机关、慈善事业和普通民众的生活,他都一一关注。他不仅仅记录自己看到的情况,还分别做了感想抒发和评论,还不时地将美国社会的情况和自己的祖国做对比,对各自的优劣做出评判,并呼吁英国在某些方面学习美国的做法,对不合理的制度进行改革。

他关心普通劳动人民的生活,对洛厄尔工厂的女工进行了详细地描述,称赞她们的整洁和健康,高度评价女工自己创办的文学刊物。他以人道主义精神去关怀社会最底层民众的疾苦,对费城单人监狱违背人性的管理方法进行批评。黑人奴隶制度是狄更斯最关注和写作篇幅最多的问题。在第十七章,他专门论述了美国的奴隶制度,描述黑人所受到的种种非人虐待,有力地鞭挞了罪恶的奴隶制度,体现了作者一贯提倡的民主、自由和平等思想。这位年轻的作家,虽然在美国受到了极高的礼遇,却没有对它一味褒扬称颂,他坚持正义,恪守真理,正如他在序言中所说:"我有意避免了将所观察到的情况过度发挥。我无所辩护或解释,事实就是事实,是无知的荒唐和无耻的反驳所无法捏造的。"这部作品发表后,遭到了美国一些人的反对,他说:"认为我是以一种恶毒心理、仇视态度或是政治偏见来看待美国的做法,不过是一个非常愚蠢的行为。"对各种批评不予理会。

这部作品已经发表了170多年,但是在世界文学史上,它仍然如同一颗闪闪发光的珍珠,尤其是在不计其数的游记篇章中被奉为经典之作。它的价值不仅仅在于作者诙谐生动的笔触、通透深入的剖析、开阔的文学视野,还在于作者倾注了丰沛的热情、字里行间浸透的人道主义精神、对弱势群体不遗余力的关心同情、对社会改革饱含的希望和责任。"爱一个事物,就要让它变得更好。"——狄更斯对美国游历的纪行,并未带有偏见和仇视，他对这个朝气蓬勃、欣欣向荣的新兴国家寄予了丰厚的希望，他渴望寻找一个理想的社会模式，让社会民众生活得更踏实、更自尊。正因如此，他才要说真话，鞭辟入里地指出它的问题。这部作品对于了解和研究当时的美国社会具有宝贵的价值。

一些批评家对《游美札记》部分章节的文字烦琐拖沓颇有微词，但总的来说瑕不掩瑜。今天，笔者以崇仰的心情去理解和体会这位伟大的作家那孜孜求真的精神和永恒不倦的社会良心，期望能在21世纪新的时代展示这部作品不变的魅力和分量。

高洁　薛颖

2015年6月

《游美札记》简装本前言

自该书首次出版至今已近八年,这一次,原作未加修改,以简装本面世。我的思想也一如当时,原貌呈现。

读者可以自己去进行判断,我之所以对美国不信任所受的影响和这种判断倾向到底是否来自个人想象。他们可以自己去检验,是否在这个国家过去八年的公共事业中,在它目前国内和国际上的状况中都能够显示出这种影响和倾向的确存在。当他们发现了事实,就可以来评判我。如果他们能够发现我所指出的那些不当之处有事实根据,他们就会承认我所写的是有道理的。如果他们发现不了这些情况,就会认为我完全弄错了。

我对美国一向有偏爱,当我踏上这片土地时,那种满怀的强烈信任感是无人能比的。

我有意避免了将所观察到的情况发挥过度。我无所辩护或解释,事实就是事实,是无知的荒唐和无耻的反驳所无法捏造的。地球照样绕着太阳转,虽然整个天主教都否认这个事实。

我在美国有很多朋友,所以对这个国家很有好感。认为我是以一种恶毒心理、仇视态度或是政治偏见来看待美国的说法不过是一种非常愚蠢的行为。这种行为很容易，而我八年来一直无视这种行为，还会在未来八十多年继续无视它。

查尔斯·狄更斯

1850年6月22日于伦敦

目 录

译者序 / 1

《游美札记》简装本前言 / 1

第一章　出　发 / 1

第二章　旅　途 / 11

第三章　波士顿 / 28

第四章　一条美国铁路　洛厄尔以及它的工厂制度 / 70

第五章　伍斯特　康涅狄格河　哈特福德　纽黑文到纽约 / 80

第六章　纽　约 / 91

第七章　费城和它的单人囚房 / 113

第八章　华盛顿　立法机构和总统府 / 130

第九章　波托马克河上夜晚的蒸汽船　弗吉尼亚的道路　黑人驾车者　里齐芒德　巴尔的摩　哈里斯堡的邮车　哈里斯堡一瞥　运河上的船 / 148

第十章　运河船的进一步描写　船上的日常制度　船上的旅客　经过阿利盖尼山往匹兹堡去的行程　匹兹堡／167

第十一章　乘坐向西行驶的汽船从匹兹堡到辛辛那提／178

第十二章　乘坐另一艘汽船从辛辛那提到路易斯维尔　换乘另一艘船从路易斯维尔至圣路易斯／187

第十三章　镜原远足——去与归／200

第十四章　回到辛辛那提　乘坐驿站马车到哥伦布市　再到桑达斯基　经过伊利湖到达尼亚加拉大瀑布／209

第十五章　在加拿大　去往多伦多　京士顿　蒙特利尔　魁北克　圣约翰　再回到美国　去往莱巴嫩　震颤村　西点／227

第十六章　归　途／246

第十七章　奴隶制／254

第十八章　结束语／271

第一章

出　发

　　1842年1月3日早晨，我登上了"大不列颠号"蒸汽邮船，该船注册载重量为1200吨，船上载有女王陛下的邮件，将开往加拿大的哈利法克斯①和美国的波士顿。当我打开特等客舱的门并探进头去时，我吃了一惊——这惊讶中有四分之一是正经严肃的，而那四分之三却是滑稽可笑的，那种感觉我永远无法忘记。

　　在舱房里一个很难够到的架子上，铺着一层如同手术石膏一般薄薄的床垫，上面铺着一床非常平展的被子，被子上面别着一张很小的手写字条，写着：该舱房为"查尔斯·狄更斯先生和夫人特别预订"。我虽然非常吃惊，但也全然理解了这个提示。但这的确就是查尔斯·狄更斯先生和夫人在刚刚过去的至少4个月时间里，白天和黑夜都在谈论的特等舱：它居然就是那个想象当中小而舒适的房间，是受到某种先知强烈暗示的、查尔斯·狄更斯先生所预期的那个至少有一个小沙发的房间。而他的夫人，抱着审慎的态度，却又极宏伟的心思，考虑到房间并不大，一开始就想到或许在看不到的角落里最多也就能放下两个大手提箱（手提箱现在连舱门

---

① 哈利法克斯：加拿大新斯科舍省的首府，是该国大洋沿岸诸省中最大的港口城市。

都进不去,更不用说储藏起来了,就好像长颈鹿如何能被哄着或者强迫着被弄到花盆里一样)。我们曾经在位于伦敦金融城①的轮船代理商的账房里悬挂的一幅上了清漆的印刷作品里看到过这个舱房的绘图,它出自某位绘画大师的手笔。而眼前这个完全无法利用的、彻底让人失望的、极其荒唐可笑的小匣子是令人无论如何也想不到或者联系到那个干净、漂亮却谈不上是华丽的小舱房的。这间特等舱房的绘图,简单地说,不是船长一个绝妙的构思和有趣的玩笑,它被创造和使用就是能够让人们对这间刚被我们打开的真正的舱房有更好的兴致和爱好。以上就是我确实不能让自己的大脑承受和理解的事实。我坐在一个马鬃板或者叫栖木板上面(舱室里有两个这玩意儿),面无表情地望着周围和我们一起登上甲板的朋友,他们正在努力地把自己塞进小而窄的舱门内,面部被挤压成了各种形状。

在走到舱房下面之前,我们承受了这样一次巨大震惊,如若我们不是这地球上最乐观的生物,这个震惊本来有可能让我们做好迎接最糟糕状况的准备。我之前提到的那位想象力丰富的艺术家,也同样以他伟大的艺术手法,描绘出一个宽敞无边的、家具齐备的房间,而且正如罗宾逊②先生所说,比东方式的华丽风格还要富丽堂皇。绘图上还描绘了很多夫人和先生们(不过也不是多得让人觉得不便),他们都是那样的快乐和活泼。在下到船底之前,我们从甲板上走到一个狭长的房间里,它跟一个巨大的灵车没什么区别,只不过侧面有窗户。房间前头有个让人感觉悲催的炉子,

---

① 伦敦金融城:指的是伦敦的中心区,通常简称为"The City",是伦敦的金融枢纽,拥有很多重要的金融机构,最古老的伦敦就是从这里建立和发展起来的。平时提到的伦敦,又称为"Great London",这是两个不同的概念。

② 罗宾逊(George Henry Robins,1778—1847):19世纪40年代伦敦的拍卖商,口才极佳。在文中引用的是他在拍卖物品的目录通告里的话。

三四个膳食员在围着烤手。房间两侧很是阴暗,分别顺着一张长长的桌子,桌子上方悬挂着一个支架连接到低矮的天花板上。支架上面挂满了酒杯和调味瓶,让人想到了起伏的海水和恶劣的天气。当时我还没有看到这个房间的完美图示,后来它让我非常满意,但是我注意到为大家安排这次旅行的一个朋友,在踏入房间的那一刻,脸色变得惨白,躲到了身后一个朋友后面,并不由自主地使劲拍着脑门,轻声地说:"不可能的!不会是这样的!"他费了好大的力气才缓过劲儿来,在刻意的两声咳嗽之后,脸上呈现出我至今都不能忘记的恐怖微笑,同时环顾了一下墙面,大喊道:"哈!餐室,膳食员?"我们都预料到了那个必然的答案,我们都知道他所遭受的痛苦。他过去经常提到餐厅,他已经接纳并依靠这种想象中的图画来生活,他经常帮我们去理解并形成一种概念,我们要把普通客厅的大小和家具都扩大七倍,却还是和实际的相差很远。当答复的那个人承认了那个事实——那个直接、冷酷又赤裸裸的事实时,说:"这就是餐厅,先生",他在这个打击下晕倒了。

对于那些很快就要面临分别的人,几千英里的遍布风雪的路途阻隔开了他和日常接触的人们,正因为如此,他迫切地不想在这仅有的短暂快乐的陪伴中再有任何愁云阴雨,即使是转瞬即逝的一刻的失望或挫败感都不行,在那些处于这种境况的人身上,初期的那种惊讶自然转化成了发自内心的大笑。我就是这样的,坐在前面提到的那个马鬃板或者叫栖木上,我尽情地狂笑着,一直到轮船汽笛声再次响起才作罢。因此,在第一次登上轮船不到两分钟内,我们都一致同意:这个特等舱房是最美妙、最有趣和最了不起的发明,如果再给它扩大一英寸都会很令人讨厌和叹息。这样一来,我们把门关得只留一条缝,像蛇一样蜿蜒进入进出,再把那块小的洗漱之地也算作一个人待的地儿,我们不仅能够一次塞进去四个人,而且还邀请彼此感受房间通风的舒畅（在船坞里），还注意到有一个漂亮的舷窗，在天气好的情况下可以随时打开，在镜子的上方有个相当大的圆天窗，这样可以让刮胡子这件事成为一个很轻松和愉快的过程（当船不怎么摇晃时）。我们最终得出一个一致的结论，那就是不管怎样，舱房还是宽敞的，虽然我的确相信，这个舱房，去除两个床铺——一个在上，一个在下，跟那些后面有门的、用于出租的、把客人像一麻袋煤那样丢在路上的出租马车①相比，也大不到哪儿去。而那两个床铺，除了棺材之外，再也找不到比它们更窄小的用于睡觉的地方了。

无论是和此有关的还是无关的人在这一点上达到了完全的满意后，我们围着女士舱房内的一个火炉坐下来——只是为了试试坐船的效果。当时确实是非常黑，但是有人说，"当然会亮起来，在大海上"。我们都同意这个提议，一起说："当然了，当然了。"虽然很难说我们为什么这样想。我还记得，我们在连着我们的特等客舱这间女士的舱房里又找到了一个聊以安慰的话题，并一直谈到没有话说，接着又谈到了将来任何时节都会坐在那儿的可能性；说完后，大家用手托着脸，望着火焰，陷入了一阵沉默中。我们同行中的一个人，用一种发现了什么的郑重语气说，"如果这儿有加香料的甜红酒该多有滋味啊！"他的话似乎对我们所有人都产生了重要的影响，就好像在舱房里有什么具有香味或独特味道的东西，将酒这种合成物进行了本质的改进，使其达到了其他地方所没有的完美程度。

还有一个女服务员，忙活着从沙发的里面和让人意想不到的储物柜里拿出来洁净的床单和桌布，这些储物柜都是精巧的装置，看着她把柜子一个个打开真是个头疼的事，跟随她工作的进程也是这样一个分散精力的事

---

① 出租马车：指的是一种单马双轮轻便车，19世纪很流行，车是敞篷的，而且很轻，如果在不平的路上跑得太快的话，容易把乘坐的人给抛出来。

情，你会发现每一个僻处，每一个角落，每一件单独的家具，都是跟它们外表所呈现的样子不同，它们只是一个陷阱、一个骗术、一个秘密的储物的地方，表面上的用途只是最小的一部分，看到这种情形，真把人弄得眼花缭乱。

上帝保佑那位女服务员，她虔诚地讲述了一些编造的一月里航海的事情。她清楚地回忆了去年同样的一次航行中，没有人患病，大家从早晨到晚上都在跳舞，连续十二天不间断，真是一片欢歌笑语。上帝保佑她吧！愿所有的幸福都围绕着她，她一脸的笑容，一口好听的苏格兰腔调，让我的旅伴听了顿起思乡之情。她预言顺风和好天气（都没应验，否则我也不会这么喜欢她了）；她的这些不计其数的女性之特有的精妙策略，虽然没有被细心地连接起来，组构成形并指明作用，但她无疑清楚地向人们表明：大西洋这一侧的所有年轻母亲，和她们留在那一侧的孩子，永远近在咫尺。对那些初次旅行的人来说是一次严肃的航行，而对懂行的人来说，只是一场嬉戏，还伴着歌声和口哨。祝她永远心情愉快，眉开眼笑！

舱房长得非常快，现在它已经扩张成为一个相当庞大的地方了，几乎还能自豪地拥有个凸窗，可以从那里眺望海景。于是我们又兴高采烈地登上了甲板，在那里人们喧嚷着，忙碌地准备着，如此的氛围让人在这个清冷霜冻的早晨，带着一种自然而成的欢乐，血液加快了流动，在血管里回旋激荡。因为那时，每条雄伟的大船，都在水上随波起伏着，每条小船，都在水上飞溅航行，发出响亮的声音。一群群的人站在码头上，脸上带着一种"惊恐的欢喜"，紧紧盯着这条快速行驶、名声远播的美国汽船。另一部分人，正在把奶弄上船，或者说，把牛弄上船。还有一些人，正往冷库里装新鲜食物，一直装到了"喉咙口"：有肉、蔬菜、灰白的乳猪、成批的小牛头、大量的牛肉、小牛肉、猪肉和家禽。还有人就在那里盘绳子，摆弄着麻絮丝。还有人在往舱里装沉重的行李。事务长站在一大堆旅客的行李中间，脑袋刚刚能露出来一点儿，脸上一片茫然的表情。一切都在给这次伟大的航行做着准备，所有人的心里也都把这次伟大的航行看作最重要的事情。再加上寒冷明朗的日头、清冽的空气、波纹荡漾的水面以及甲板上薄薄的一层被人稍微一踩就发出清脆欢快的声响的白冰，真让人陶醉。我们再次回到岸上时，转身看着船上的桅杆上用鲜艳的旗子做信号，标着船的名字，旗子的旁边，是美国星条国旗——看到这些，那三千英里的旅途和那更长的六个月的离别，都缩小和消失了。船好像已经开出去，并又回来了，利物浦的科堡船坞①也似乎已经进入了春季。

我还没有问过认识的医生，是否甲鱼、冷拌汁酒，还有霍克酒、香槟、红葡萄酒和包括在一顿美餐之内的所有其他东西——尤其是让阿德尔菲酒店②我那位完美的朋友拉德利先生来阔绰安排的话——是否会在海上发生特别的变化。一盘普通的羊排骨和一两杯雪利酒是否可能变成另一种性质不同、让人不安的东西。我个人的想法是：一个人，在开船前夕，对于这些细琐的事情注意与否，是没有多大关系的，套用一句俗语："到最后都一样"。虽说如此，我知道那天我们的正餐是无可否认的完美，它包括了所有刚才说的那些东西，还有许多其他的东西，我们对此非常受用。同时，我还知道，除了大家都保持一种默契——对于明天避而不谈之外——就好像在一个内心细腻的监狱看守和一个第二天就要执行绞刑的敏感犯人之间所存在的那种心理情况一样，事情进展得不错，总的看来，大家都很快乐。

第二天早晨，我们吃早饭时聚在一起，大家都热切地聊着，没有一刻

---

① 科堡船坞：是利物浦的船坞之一。
② 阿德尔菲酒店：位于利物浦市。

的停顿，每个人都超乎寻常的快乐，这种情形让人觉得很奇怪。这个小团体中每个人那种强装出来的兴奋和他们自然而然产生的快乐相比，就如同1夸脱卖5基尼的温室培育出的豌豆，在味道上和在雨露、空气中长出来的豌豆相比那种不同一样。但是到了一点钟，开船的时刻越来越临近，人们畅谈不绝的声音逐渐消减，尽管每个人用尽了力气想要维持那种兴致，到最后还是到了山穷水尽的时候。我们就抛开了所有的伪装，坦然地推算明天这个时候应该到什么地方，后天到哪儿，等等，并且委托那些当天晚上打算回伦敦的朋友带上众人的口信，在火车到了尤斯顿广场①以后，一定要在最短的时间内，送到接受消息的人家里或其他地方。于是嘱托和问候在此刻纷至沓来。正忙着应付这些事情，我们突然发现，被挤在一大堆密密实实的旅客、旅客的朋友和旅客的行李中间，所有的人和物品都乱糟糟地挤在一个小蒸汽船的甲板上，在蒸汽的扑扑声中往邮船那里开去。邮船已经在昨天下午从船坞驶离，现在正停在河里的泊船处。

邮船就在那！所有的目光都望向她停泊的地方。船在初冬下午愈加浓重的雾气中隐约显现。人们把手都指着同一个方向，低声议论着邮船的种种，啧啧赞叹着她的美妙。诸如"她真漂亮啊！""她真是雅观！"这类的话可以随处听到。有位懒洋洋的绅士，歪戴着帽子，把手插在口袋里，曾打着哈欠问另外一个绅士是否要"过去"——就好像这只是一个渡口（这句话使人得到莫大安慰）；而就是他现在竟然也屈尊往那个方向看去，并且点着头，好像在说："那是没错的。"明智的布尔雷勋爵②点的头，比起这位重要的绅士点的头里所含的意义连一半都不及，这位绅士外出航行过

---

① 尤斯顿广场：位于伦敦，在当时是市区的第一个火车终点站，由利物浦到伦敦下车的地方。

② 布尔雷勋爵：英国18世纪末戏剧家谢里丹（Sheridan）的《批评家》（*The Critic*）中的人物。

十三次，却没有遇到一次意外（这是船上所有人都已经得知的，但不知道是怎么知道的）。还有一位旅客，包裹穿戴得很严实，其他的人都对他皱眉，所有人都对他不屑和轻视，就是因为他居然怯懦又满怀好奇地问别人可怜的"总统号"①沉了有多久。他紧靠着那位懒洋洋的绅士站着，脸上带着淡淡的笑容对绅士说，他相信这是一条很强壮的船。那位绅士听了这样的话后，先看了一会儿这位发问者的正脸，又在大风中站了会儿，出人意料地说了一句不太吉利的话："她应当如此。"这句话出口后，这个懒洋洋的绅士马上失去了众人对他的崇敬，同时，旅客们都一副不屑的样子，小声议论着：他是个蠢蛋，是个骗子，明显对船一无所知。

而我们已经停靠在邮船旁边了。船上巨大的红色烟囱正冒着浓烟，有种大有作为的派头，使人对她满怀期望。装货的箱子、旅行的箱子、毡制箱包和普通箱子被人们从这个手上传到那个手上，并被运到了船上去，那速度快得让人喘不过气来。船上的工作人员都穿得很整齐漂亮，站在梯子口那儿，搀扶旅客上船，催促水手们工作。5分钟后，小蒸汽船上就没有人了，邮船上刚上来的旅客到处都是，转眼间遍及了整个船。在每个角落，每个旮旯，都能撞着一堆堆的人：有的蜂拥着拿着行李往甲板下走去，一不小心绊倒在别人的行李上；有的刚刚在房间里舒服地安顿好，却发现进错了房间，只好又搬出来，更加弄得一团乱糟糟；有的发疯似的要把锁着的门打开，非要在没有通道的僻处打开一条通路；有的给膳务员吩咐着任务，后者晃着像精灵般的头发在甲板上的寒风中来回忙活，试图去完成一堆无法理解且又无法执行的任务。简而言之，当时真是一片超乎寻常、让人目眩的混乱。在这样一番图景中，那位懒洋洋的绅士——好像没

---

① "总统号"：指美国的一艘蒸汽船，1841年3月21日从纽约开往利物浦，却在航行途中遭遇意外。

第一章 出　发

有任何行李，也没有一个朋友——就在上层轻甲板上悠闲地逛来逛去，冷静地吸着雪茄。他这种漠不关心的行为，使那些有空闲时间注意他的人们对他改变了看法，每次他抬头看桅杆的时候，或者低头看甲板的时候，或是看船侧的时候，别人也都往这些地方看，好像在疑惑，他是否在这些地方发现了什么问题，而且希望，如果他真的发现了，他会好心地提醒大家。

这是什么？是船长的船！那里还有船长。我们所期盼和希望的，正是他这样的人。他身材匀称，体格紧实，短小精悍；他有一张红润的脸庞，这脸庞吸引着你想立刻就和他握紧双手；他长着一双清澈和真诚的蓝眼睛，人们从这双眼睛里看到了自己闪烁的影子会感觉很好。"敲钟！""叮，叮，叮！"钟声听起来那么仓促。"现在去岸上。""让谁上岸？""那些绅士们，很抱歉。"他们走了，没有说再见，啊，现在他们从小船上挥手告别，"再见，再见！"他们欢呼了三声，我们也欢呼了三声，他们又欢呼了三声，然后他们就走了。

来来回回，来来回回，来回走了有无数次！等最后一班邮船是最讨厌的事情。如果能够在刚才的欢呼声中起锚，我们就可以兴高采烈地出发。但是船停靠在这儿，在这湿冷的雾里，待了两个多钟头，不是留在国内，也不是驶向国外，让人低落到了无趣和消沉的最深处。终于，迷雾中出现了一个小点儿！是个什么东西？那就是我们要等的那条船，就是我们等的目标。船长拿着扩音器站在明轮壳①上，船员们都各就各位，每个人都做好了准备。旅客们萎靡的希望又恢复了，大厨停下手中的美味活计，一脸

---

① 明轮壳：明轮，又称明轮推进器，是船舶的一种推进工具，利用明轮转动，叶片拨水来推进船舶。明轮推进器比桨、橹等推进工具前进一步。在蒸汽船发明初期，轮子都安装在船帮上，轮子外面有壳，防止海水溅到甲板上。

好奇地往外看去。那条小船靠上了邮船，邮包被以各种方式拖拉到了邮船上，扔得到处都是。又是三声欢呼，第一声还在耳边回响，邮船就像一个强壮的巨人刚刚被赋予了生命一样，颤动了起来。两个巨大的轮子开始第一次猛烈地转动起来，这条高贵的船，冲破飞溅涌动的浪花，乘风破浪向前驶去。

第二章

旅　途

　　那天我们在一起吃饭。这真是个相当不小的团队：有86人之多。船吃水很深，煤都装在船上，还有这么多的旅客。风平浪静，船似乎静止了。因此，饭还没吃到一半，即使是那些原来最没信心的旅客，也都惊奇地振作了起来；而那些在早晨对于普通的一个问题："你晕船吗？"用一个果断的"晕！"来回答的人们，现在要么闪烁其词地说："哦！我想我不比别人更差吧。"要么就不管要对是否自己的话负责，大胆地回答"不晕！"而且还带着一些恼火的情绪，好像他们会再加一句："我很想知道，先生，你为什么会特别地认为我应该被怀疑！"

　　尽管有这样高涨的勇气和信心，我却不能不注意到很少有人贪恋美酒，每个人都对外面的风景情有独钟，最受大家欢迎和令人渴望的是靠房间门口最近的座位。吃茶点的人没有吃饭的人多，玩默牌①的人也没有人们期望的那么多。而且，除了一位女客之外，还没有什么人病倒。这位女客在吃饭的时候，有人刚给她递上来一块最好的黄色蒸羊腿，上面带着绿色的刺山柑花蕾②，她就有些匆忙地离开饭桌，回自己房间了。当时人们

---

① 默牌：玩牌的时候不能说话，故名默牌。
② 刺山柑花蕾：又名续随子、水瓜榴、野西瓜、马槟榔。原产于地中海沿岸。喜生于干旱有沙石的低山坡、沙地上。花蕾部分作为一种著名的调味料，和它的果实一样，通常用来腌制，而其他部分也可入药。经常用作西餐中的材料。

散步、抽烟、喝着掺水的白兰地（但是一直在房间外面），兴致丝毫不减，一直到十一点左右，到了"上床睡觉"的时候——没有人坐了七个钟头的船以后还说"上床就寝"的。甲板上不断的靴子踩踏声现在已经变得一片沉寂。船上其他游人都下到甲板下面了，除了几个零散游荡的人，像我一样，害怕到下面去。

对一个还不习惯这种景象的人来说，这是一个在船上很特别的时刻。过了一段时间，在当时的新鲜感过后，这段时光仍然对我有种特别的吸引力和魅力。一个黑色的巨物在一片黑暗中向一个固定的方向前进着；奔流的海水，能清晰地听到却不能清楚地看到；行进的船后，留下的是一条宽宽的、白色的、闪光的踪迹；船前头是瞭望员，要不是他们遮挡住了几十颗闪烁的星星，就很难看到他们那以深色天幕为背景的身影。舵手站在舵轮后面，面前放着照亮了的罗盘心，在一片黑暗中，就这一点点的亮光在照耀着，就像一个有知觉、有神性的东西似的。忧郁的风在滑轮、绳索和链子中间呼啸而过，从甲板上的每一个裂隙中、每一个凹孔处、每一小片玻璃上，都透出闪光来，好像船上已经被暗藏的火所充满，随时会从任何一个出口喷薄而出，充满了置人于死地的、摧毁一切的野性力量。一开始，甚至当这样的时刻和这个时刻下所凸显的事物都变得熟悉了以后，当你独自一人思考这些时，如果你想在脑海中勾画出这些事物的本来面目或形态，是很困难的。它们随着你游离的幻想而变化，呈现出离你很遥远的事物面貌来，展示出你以前非常喜欢的地方熟悉的一面来；它们甚至使这些地方布满了人影。街道、房子以及和原住者极为相似的身影，它们如此逼真以至于到了让我惊讶的程度，在我看来，也逼真到了远远超出了我所有的力量，来唤起那些不在眼前的东西在脑海中的记忆——有很多很多次，在这样的一个时刻，它们呈现出我最熟悉的事物面目来，我对这些事

第二章 旅途

物的真实面貌和用途目的都熟悉得像自己的两只手那样。

我的两只手，还有两只脚，都非常冷，尽管如此，在这个特殊的时刻，我在午夜蜷缩在甲板下，这里并不是舒服的地方，这里明显地很拥挤，而且有一种很特别的混合怪味，使你想不去注意都不行，除了在船上，在其他地方你是闻不到的。这种气味很微妙，它似乎穿过了你皮肤上的每个毛孔，乘着船上的每一丝风。两个乘客的夫人（其中有一个是我的太太）已经躺在沙发上默默地承受痛苦，一个夫人的女仆（就是我太太的）蜷缩在地上，抱怨着自己的命运，用头上的卷发纸使劲磕着散落在地上的箱子。所有的东西都歪歪斜斜，不在原位——这种情况本身就是一种让人很难承受的严重形势。刚刚，我本来把房间的门都打开了，那会儿船正沉到一个浪底，等我转身去关门时，船又升到浪峰的顶上了。现在所有的木板和横木都在嘎吱嘎吱乱响，就好像船是用藤条做的一样，发出噼啪的爆裂声，好似巨大的一堆干树枝被点着了火一样。目前除了去睡觉没有别的办法，所以我就去睡了。

接下来的两天也都是如此，风和日丽，我躺在床上看书，看了不少（但是到底看的是什么，直到现在我也不知道）。有时我到甲板上去读会儿书，喝点儿掺水的白兰地，那酒带着一种让人说不出来的恶心味道，不停地吃着硬饼干，虽然没有生病，但也差不多了。

第三天早晨，我从睡梦中被我太太凄惨的尖叫声吵醒了，她想知道是否有危险发生。我在迷离中睁开眼，在床上向四处看去。只见水壶正像一只活跃的海豚一样上蹿下跳，所有小点儿的物件都漂在水里，只有我的鞋，像两只装煤的驳船，因为在一个毛毡包上搁了浅，处于高处而幸免被淹。突然，我看到它们也一下子跳到了空中，而钉在墙上的镜子，竟紧贴到了天花板上。同时，房间的门完全消失了，而一个新的门在地面上打开了。然后我才搞清楚,这舱房已然倒置过来了。

还没来得及做任何安排来应对这种新情况,船又正过来了。还没来得及说"谢谢上帝!"她又歪了。还没来得及喊出"船又歪了",她似乎又开始往前冲去,就好像一个活物,以自己的节奏跑了起来,用碰破的膝盖和酸软的腿跑着,跨过各种的沟壑和陷阱,还不断摔着跤。还没等到人们来得及惊讶,她就往空中跳了个高儿,还没等到跳完,她又扎到深水中去了;还没等浮到水面上,她就又翻了个儿;还没等到站稳了脚跟,她就又向后一冲。她就这样,不断地踉跄、浮沉、挣扎、跳跃、扎猛子、跳着高、滚动摇摆着:这些动作,有的时候一起全来,有的时候一个个轮流着来,一直到人们都受不了了。

一个服务生过来了,"服务员!""什么事,先生?""到底是什么事?你说这是怎么了?""海浪大一些,先生,而且是头风。"

头风!想象一下船头就好像是一张人脸,有15000个大力士①合而为一把她往后拖,每当她想前进一英寸时,这个大力士就往她那两只眼睛正中间的位置击打。想象这条船挨了这样的打,她巨大身躯上每一条筋都肿了,每一条血管都破了,还发着誓:要么前进,要么灭亡。想象一下狂风怒涛,大雨瓢泼,这一切都在向她猛烈地进攻。想象一下昏暗的天空,天气恶劣,乌云和巨浪附和着,仿佛在天空中也呈现出另一个海洋的图景。再加上甲板上和船舱里的叮叮当当声、忙乱的脚步声、船员嘶哑的喊声、船帮上流水洞那里海水灌进冒出的汨汨声,还有巨浪不时撞在甲板上的击打声,加上地下室里听到的低沉闷响的雷声,这就是一月里早上刮头风的

---

① 大力士:或音译为参孙,是圣经士师记中的一位犹太人士师,生于前11世纪的以色列,借着上帝所赐极大的力气,徒手击杀雄狮并因只身与以色列的外敌非利士人战斗和周旋而著名。

第二章 旅 途

图景。

我都不再去谈可谓家常便饭般的船上的动静了：比如玻璃杯和陶制品被打碎的声音、服务生摔倒的声音、头顶甲板上没拴紧的酒桶和几十个散落的瓶装波特酒来回滚动跳跃的声音，还有那七十几个因晕船厉害而不能起来吃早饭的乘客们，他们在各自的舱房中发出来的刺耳的、让人怎么也高兴不起来的声音。我不说这些动静，是因为：虽然我躺在那里听了三四天这个音乐会，我却认为我听到的时间不过15秒，而这15秒过去后，我又躺下了，晕船晕得厉害。

这里所说的晕船并不是平常意义上的晕船——我倒希望是那样，但是事实是另一种情形，我从未见过，也未听人描述过，虽然我确信这情形是很正常的。我躺在那，非常冷静也非常满足，没有一点儿疲倦感，不想起床，也不想起来或者去透透气，没有好奇感，没有关心的事，没有遗憾的事，一点儿都没有。我只记得，在这种全然的无所谓状态下，有一种慵懒的快乐——邪恶的快感，如果可以给那种漠然的心情冠以如此名称的话。原来我的太太晕得太厉害都不能跟我再说话了。如果我可以举一个例子来说明我当时的心态的话，我会说就恰似老维利特①先生在骚乱的群众闯进他在奇威尔的酒吧以后的心情一样，在当时，没有任何事物能让我惊异。那时候，假使我的灵光一闪，想到了祖国，一个精灵般的邮递员，穿着大红外套，拿着铃铛，②来到我这个小狗窝般的屋门口，我此刻正是完全清醒的状态，他对我说很抱歉自己因为走水路过来而浑身都湿了，并递给我

---

① 老维利特：狄更斯小说《巴纳比·拉奇》（*Barnaby Rudge*）中的人物。小说完成于1841年，描写的是1780年在英国爆发的一场反天主教的动乱。老维利特在伦敦附近的奇威尔开酒店，暴乱的人们要到附近去烧地主的房子，先去了他的酒店喝酒，把他的家砸了，酒都喝光了，还把他绑在椅子上，他坐在那里，惊愕地一言不发，看着暴动的人离开，心中怅然。但内心还有一种光荣的满足感。

② 英国的邮递员都是穿着红色制服，并拿着铃铛。

一封由我亲启的信，信封上是我熟悉的字体。如果真有此事，我确信我不应该有一丝惊讶：我本应该非常满意。如果海神①走进来，手拿三叉戟，叉上挑着烤鲨鱼，我也应该把这看作每天最平常的事情。

曾有一次，我来到了甲板上。我不知道是怎么到的那儿，也不知道是受了什么东西的控制到那里去的。但是我到了那里，而且穿戴整齐，套着肥大的厚呢水手服，脚上是一双靴子，一个身体虚弱的人是不可能有精神状态穿成这样的。在我头脑一瞬间清晰起来时，我意识到自己站在甲板上，手里抓着什么东西，而我不知道是什么。现在想起来或许是水手长吧，也可能是个水泵，或者还有可能是头牛。我现在也说不出我在甲板上待了多久，是一天还是一分钟。我记得当时努力要想起一件事来（这个世界上的任何事情都成，不论是哪个），却没有一点儿成效。我甚至分辨不出来哪里是天，哪里是海，因为天海相接的地平线模糊不清，而且看起来似乎在狂飞乱舞。即使在那种无能为力的境地，我还是认出站在我面前的那个懒洋洋的绅士——穿一件粗毛呢蓝套装，头戴油布帽子，全副海上装束。不过当时我太笨了，虽然我认识他，却没能把他跟这身衣服分开。我记得当时努力地叫他"领港员"。在完全失去知觉的一段时间后，醒来时我发现他已经走了，发现另一个人站在他原来的位置。这个人好像在我面前摇摆晃动，就像从一个摇晃不定的镜子里看到的人影那样。然而我知道这个人就是船长。他脸上有种很感染人的快乐，让我尽力去笑起来。没错，即使是那样的情况，我还是尽力去微笑了。我从他的手势中看出他在对我说话，不过过了很长时间，我才明白过来，他是在劝我不要站在没到我膝盖的水里，当然我也不知道为什么。我当时努力地想对他说句感谢的

---

① 海神：古希腊罗马神话中海神都是拿着三叉戟。

话,却说不出来。我只是指着我的靴子——或者说靴子应该在的地方——用一种悲凄的语气说:"软木的鞋底。"同时,我还非要在一个水池中坐下(后来我被人告知的)。看到我如此精神失常,而且有一段时间是疯癫的,船长很体贴地把我送到舱房里去了。

我就在下面待着,一直到身体好些了为止。每当有人劝我吃东西,我就觉得很痛苦,这种感觉仅次于被水淹过、慢慢苏醒过来的人的那种痛苦。船上有位绅士,手里拿着一封要见我的介绍信,是伦敦一位我们都认识的朋友写的。就在刮头风的那天早晨,他把介绍信连同自己的名片一起送到了下面的船舱里。自此我就开始担心,恐怕他每天起床都上百次地盼望我到会客厅去拜访他,我把他想象成那类铁铸的形象——我不称他们为一般人——满面红光、声音洪亮地问什么叫晕船,晕船是不是真像平常说的那般难受。这让我备受折磨,当我听到船上的医生说他曾不得不给这位绅士的肚子上糊了一大片芥末药膏时,我感到一种从未有过的满足和感激。从听到这个消息后,我晕船的难受感慢慢好起来了。

毫无疑问,我能够得到帮助并恢复过来,得力于一场大风,它是在我们出发后十天左右,在一个日落的时候慢慢刮起来的。这大风越刮越凶,一直到了第二天早晨还不减威力,到了快半夜时才稍稍平息了一个钟头。这一个小时的平静是诡异的,暴风就在这反常的平静之后,这天气变化是如此令人不可思议,并感到可怕和恐怖,因此当暴风剧烈地爆发时,人们反倒松了口气。

那天晚上,船在惊涛骇浪中奋力前行的情形是我永远无法忘记的。"还会有比这种情况更糟的吗?"是我经常听人家问的话。那时候所有的东西都滑来滑去、上颠下蹦的,更让人无法理解的是:那些漂在水上的东西任其折腾却能不翻个儿也能不沉没。不过一艘汽船在天气恶劣的冬夜里,在浩渺的大西洋上所经历的折腾是任何想象力丰富的人所想不到的。船侧着身子被甩到海浪里，连桅杆都浸入水中了，接着她又从水中跃出来，侧向另一方翻滚着，一个大浪头打过来，声音如同一百发大炮一样，把她打得翻了个个儿，船一会儿停下来，一会儿蹒跚前进，一会儿颤抖着，好像被打昏了一样。接着，她的心脏剧烈跳动起来，像一个怪物般发疯似的往前冲去，被狂怒的海水敲击着、撞击着、挤压着、被激越的海水裹挟着。雷、闪电、冰雹、雨水和风都在做着激烈的争斗，船上的每块木板都在呻吟，每根钉子都在尖叫，大洋里的每一滴水都在怒号——这样描述都无法表达那天的情况。说一切都是极其壮观、极其骇人、极其可怕，也无法表达那种状况。语言无法表达那种景象，思想也无法传达出来，只有梦境，才可以重现它的狂暴、肆虐和威力。

然而，在这种种可怕的景象中，我竟然处于那样一种荒唐可笑的境地，因此即使在当时，我也感到如同现在一样的滑稽，当时，我忍不住笑起来，正像在最能令人开心的时候，遇到了可笑的事，忍不住发笑一样。半夜的时候，我们的船劈开了一个大浪，浪从天窗直冲进来，把上层房间的门冲开了，汹涌地冲到了下面女客的房间，把我太太和一位苏格兰女士吓得够呛。这位苏格兰女士，我要顺便说一下，之前我曾经让女服务员传话给船长，除了问候，请船长在所有的桅杆和烟囱上，马上安装上钢制的避雷针，以免船受到雷击。现在，她们和前面提到的那个女仆，都惊慌失措，我都不知该对她们做些什么。我当时很自然地想到给她们一点儿可以让她们镇定下来、能安慰她们的酒。我一时除了掺水的白兰地也想不起来其他更好的酒来，于是马上弄了些倒入玻璃杯里。那会儿，她们没抓没挠的，都挤在一个沙发的一头。这个沙发是房间里被固定的一件家具，贯穿着整个房间。她们挤在一起，战战兢兢的，害怕会被淹死。当我手里拿着

第二章 旅 途

那杯白兰地,向她们坐的那头接近,同时也想着许多安慰的话,靠向离得最近的一个受罪的人的时候,没想到,她们三个又都慢慢地从沙发那一头滚到另一头去了!这让我无比吃惊。等到我跟跄着摸索到另一头,刚把杯子端起来,船却又歪了一下,把她们又折腾回原来那头了!我的这番好意就这样被埋没了。我跟她们这样反复追赶了大概有一刻钟,一次都未曾挨近她们。到我好不容易摸索到她们的时候,掺水白兰地已经洒来洒去,只剩了一茶匙了。若使这幅图景表现得更完整,你还得知道:这个惶恐的追赶者,由于晕船,面色非常苍白,最后一次还是在利物浦刮的胡子,梳的头,穿的唯一衣服(不算内衣)是一条厚呢裤,一件蓝夹克(这身夹克在里士满①的泰晤士河上,还曾被人羡慕过),脚上没有袜子,只有一只拖鞋。

第二天早晨那条船发生的疯狂和滑稽——使躺在床上成为一场恶作剧,使起床变为不可能,在这个过程中我差点摔到床下。这些我都不谈了。但是到了中午,当我跌跌撞撞爬上了甲板,一片凄凉荒芜的景象,是我从来没有见过的。大海和天空是一片沉闷、阴暗、单调的铅色。即使是在我们周围的荒芜中,都看不到任何远景,因为波浪滔天,四周的地平线像一个黑色的大圆箍一样,把我们罩了起来。这种景象,从空中看来,或者从岸上的高崖上看起来,毫无疑问,是壮阔苍莽的。但是在晃动摇曳的甲板上看,那种景象却只有令人头昏目眩,心神不定。在头天晚上的狂风大作中,救生船像一个核桃一样,被大浪拍打得七零八落。现在它在空中奔拉着,只剩了一捆横七竖八的板子。而明轮外壳上的护板,被浪卷走了,只剩下明轮光秃秃地暴露在外面。浪花恣意地在甲板上四处喷溅,烟

---

① 里士满:位于伦敦泰晤士河畔,是一个自治市,有许多华丽的别墅和花园。

囱外面挂了一层白色的盐，顶桅杆被卸下来了，暴风帆①也被挂起来了，索具都系在一起，缠在一起，湿漉漉地耷拉着，很难再找到比这更令人忧郁的景象了。

我现在被人好心地安排到了女客房里，舒适地安顿了下来。在这个房间里，除了我们自己，只有四个其他的乘客。第一个，就是前面提过的那位娇小的苏格兰女士，要去纽约见她的丈夫，她丈夫三年前就已经在纽约定居了。第二个是一个忠诚的约克郡年轻人，在一家美国商店工作，还在那个城市里安了家，现在正把他那位刚刚结婚两周的年轻漂亮的夫人接过去，这位夫人是我见过的英国乡村女性中典型的标致美人儿。第四个和第五个也是一对夫妇，也刚结婚，你可以从他们不时地秀恩爱中看出来。关于他们两个，我了解的只是：他们是一对有些神秘的、私逃出来的夫妇。女人也很漂亮，男人身上带的枪，比鲁滨孙身上带的还多，他穿着一件猎装，还带了两条大狗到船上。我再想了想，才记起来，那个男的吃热的烤猪，喝瓶装的麦芽酒，用以治晕船。他把这种治疗药一天又一天地服用（通常在床上），以惊人的毅力坚持着。我可以再加一句（为了满足那些好奇的人），这种疗法，全然无效。

恶劣天气是顽固的，并且几乎是空前的。我们通常在大约正午前一个小时，就晃悠到这个舱房里，多多少少有些晕乎和难受，然后躺倒在沙发上休息，在这段时间，船长要过来跟我们说说风况和明天的变化，让我们的心神安定下来（在海上，天气第二天总要变好的），还有船速和别的情况。但是关于在船上的观测状况，我们不知道任何信息，因为没有太阳来帮助定位。但是看了我对前一天的情况的描述，就可以知道其他的日子

---

① 暴风帆：跟普通的帆相比，要更加坚韧，不易被风吹破。

第二章 旅 途

了,以下就是。

船长走后,如果光线足够亮的话,我们就安排看书,如果不够亮,我们就打会儿瞌睡,再说会儿话,两件事交替进行。一点的时候,铃声响起来,女服务员端着一盘子热气腾腾的烤土豆和一盘子烤苹果,还有一盘盘的猪脸、冷火腿、咸牛肉,或者是一盘子冒着热气的少见的肉片,来到舱房里。我们开始低头享用这些美食,尽最大可能吃着(当时我们的胃口很好),还尽可能吃得时间很长。如果炉里的火烧着(有时火烧着),我们就很高兴,如果没有,那我们就彼此说挺冷的,摩擦着双手,把外套和大衣盖在身上,然后躺下来打瞌睡、聊天和看书(如若前面所说的条件允许的话),一直到吃正餐的时候。五点了,铃声又响起来,女服务员又端了一盘子煮土豆和一大盘各式各样的热的肉出现了,还有烤猪,那是当药吃的。我们又在桌旁坐下吃起来(比上次吃饭更开心)。大家吃得时间挺长,还吃了发霉的苹果、葡萄和橘子,喝了葡萄酒和掺水的白兰地。酒瓶和酒杯还在桌子上,橘子和别的水果都随意地或者随着船动而滚落着,这时候医生过来了,他是应了我们特别的晚间邀请而来和我们玩的。他一来,我们就凑在一起,玩起默牌。那天晚上天气不好,牌在桌布上放不住,所以抓到牌,我们就把它们放在口袋里。玩牌的时候,我们都保持沉默,那真是一种可称为典范的肃穆(除去喝茶吃烤面包的一段时间)。到了十一点左右,船长又来了,他头上戴着宽边的防水帽,系在下巴底下,穿着领港服,他站的那块地方都滴湿了。此时打牌已经结束,酒瓶和酒杯又都摆在桌上了,大家聊起船的情况,还有旅客和普通的话题来,谈了一个小时后,船长(他从来不睡,也从来没有不高兴的时候)就把上衣的领子竖起来要到甲板上去,跟大家一一握手,好像参加生日宴会一样开心,哈哈笑着走到外面去了。

谈到每日新闻，我们不缺乏这种素材。我们被告知，说一个旅客昨天在大厅里玩21点牌输了14镑。又被告知，说有一个旅客，每天喝了一瓶香槟，至于怎样弄到的，却没人知道（他只是一个普通职员）。机师长很明确地说，从来没有过这样的时刻——他是指天气。有四个很好的水手都病了，他们都累坏了。好几个铺位都灌满了水，所有的舱房都漏水。船上的厨师，偷着大喝坏了的威士忌而酩酊大醉，被人用救火机喷了好多水一直到他清醒为止。所有的服务生们，在不同的饭点儿，都掉到过梯子下面，他们全身上下都贴满了膏药。面包师病了，点心师也病了。一个新来的，自己也特别难受，却被要求接替点心师的工作，他被安置在甲板上一个小房间里，被空酒桶支着夹着，被命令去做派的皮儿，而他反抗着（脾气极坏），说看到这些东西他都要死了。新闻！在岸上，好多杀人的事件也不会像船上这些小事这般使人感兴趣。

我们边玩牌边聊着这些琐事。有一天，我们正驶向哈利法克斯港（我们以为是），那是第十五天夜里。风很小，月亮很亮——确实是，我们看到了港外的灯光，让领港员负起责任来——突然，船陷到了一片泥滩里。自然，甲板上马上一片骚乱，两边的人都跑到一起来，几分钟的时间里，船上的骚乱正是最喜欢混乱的人所愿意看到的情景。不过后来，旅客、枪炮、水桶和别的重量大的东西，都被转移到了船的后部，这是为了减轻船头的重量。船一会儿就从泥中摆脱了，然后她往前朝着一排让人不舒服的东西行驶了一会儿（在刚靠近它的时候，就早有人面对灾难大喊"前面有险"！），船的明轮往后倒了几下，铅锤在越来越浅的水里起伏了一会儿，终于船在一个奇怪的角落里抛锚了，船上没人认识这里，虽然我们四周都是陆地，而且离我们如此近，大家都可以看清楚摇曳的树枝。

这种情况真是很奇怪，在半夜的寂静中——多日以来在我们身边叮当

第二章 旅 途

扑通响着的机器忽然出人意料地停下来而引起的那种死亡般的沉寂——看看每个人脸上那茫然的吃惊吧,从船上的职员,到所有的旅客,直到司炉和锅炉工都是这样的表情,大家从下面上了甲板,挤在机器房门口,抽着烟,小声谈论着。船上放了几支火箭,打了几声信号枪,是为了岸上能有回应,或者至少能看到一点儿亮光,但是岸上并没发出任何声音和亮光,所以船上决定发出一只小船去岸上。有几位旅客主动要求坐这个小船同去,看到他们如此好心,让人觉得很好笑。他们说,这样是为了大家好,而绝对不是因为他们认为这条邮轮处境危险,或是他们害怕潮水退了,船会侧倾。同样好笑的是,那位领港员,在一刹那间变得让人极其讨厌了。他从利物浦随船一直到了这里,在整个航程中他是一个出名的角色,经常讲故事和开玩笑。可就是先前听他说笑话时笑声最高的人们,现在也用拳头在他脸前挥舞着,说着难听的话,公然骂他是个坏蛋。

小船一会儿就离开了,船上带了一个灯笼和各式的蓝火信号。不到一个小时,小船就回来了。领船的职员,随船带回相当高的一棵小树来,是连根拔起来的,这是为了说服那些怀疑的旅客,因为他们认为自己被骗了,船遇险了,他们说什么也不肯相信领船的人真的到过岸上,而领船的人不过是装模作样往雾里摇了摇小船,是为了专门骗他们,把他们带到死路。我们的船长一开始就预料到,我们一定是到了一个叫作东通道的地方了。我们就是到了那儿。这儿是世界上所有地方中,我们最不应该到的。可是,因为突然的雾,还有领港员的错误,导致我们到了这儿。我们四周都是礁石和各种各样的浅滩,但是我们却很幸运地浮在这里唯一安全的地方。大家听了这个情况都放心了,后来又确认退潮已经过了,我们就在凌晨三点去睡觉了。

第二天九点半时,我正在穿衣服,听到从甲板上传来的声音,我赶忙过去看。我前一天晚上离开那个甲板的时候，上面是浓黑雾霾和潮湿一片，四周是荒凉的山。现在，我们正顺利地在一道平滑而广阔的水流里，以一小时十一英里的速度前进。我们的彩旗在空中迎风招展，我们的水手都穿着最漂亮的衣服，工作人员们也都身着制服；太阳照耀着我们，就像英国四月的天气；两岸的陆地向远处延伸，覆盖着一片片的白雪，还有白色的木房子，人们站在门口；电报在传送，旗子飘扬着，码头出现了，还有船，码头上站满了人，远处传来了声音，有人在叫喊。大人和小男孩都从很陡的坡上跑向码头。一切看起来都是那么明亮、欢快和新鲜，我们的眼睛都还有些不适应，语言都无法形容这种景况。我们来到一个码头，那里都是仰望的人脸，我们靠了岸，叫喊中把绞索拉紧，然后就系好了船。桥板刚被拉出来，还没被搭上船，我们几十个人就赶忙冲向桥板，然后立即跳到了那坚实可爱的陆地上。

我想这个哈利法克斯看起来像片乐土，虽然它只是一个丑陋无趣的怪诞之处。不过，我是带着对这个城市和这个城市的居民很愉悦的印象而离开的。而且这种印象，还保留到了现在。我还感到遗憾，因为回国了，就没有机会再到这个城市，也没有机会再和那几天认识的那些朋友握握手了。

那天恰好是立法议会和立法总议会开幕的日子。开幕的仪式，完全按照英国议会的形式，虽然规模小些，却非常肃穆庄严。看起来，好像透过望远镜的反面看到的威斯敏斯特①一样。这里的行政长官，作为女王的代表，发表了来自于王权的演说，他把他要说的一套话说得恢宏流畅。这个长官的话还没说完，楼外的军乐队就精神饱满地奏起《上帝保佑女王》。

---

① 威斯敏斯特：大伦敦下属的一个拥有城市地位的伦敦自治市，英国的行政中心，英国议会所在地威斯敏斯特宫（Palace of Westminster）就位于威斯敏斯特境内。

第二章 旅 途

人们都欢呼着。执政党人搓着手，反对党人摇着头；政府的人说，从来没有这么好的演说。反对党的人说，从来没有这么坏的演说。议院的议长和议员们，都从庭上退出，他们说得多，做得少。简而言之，现在所进行的一切和将来承诺要做的，都和英国国内在相似场合下的一样。

这个小城建在一个山坡上，在最高处上修了一座坚固的堡垒，还没完成。几条宽阔体面的大街从山顶一直延伸到海边，被几条与河平行的街道十字交叉。房子大部分是木制的。市场上货物充足，供应品都非常便宜。天气在当时那个季节，是不同寻常的温和，没有滑雪橇的。但是在院里和僻静的地方，却能看见好多车辆，其中有些装饰华丽，不用改装就可以到阿斯特利①去扮演惊险剧里的凯旋车。那天天气极其晴朗，空气凉爽干净，城市的整个面貌是愉快、繁荣和勤劳的。

我们在那儿停靠了七个小时，是为了传送和交换邮件。最后，终于把所有的邮包和旅客都弄齐了（包括两三个绝世活宝，他们因为吃了太多牡蛎，喝了太多香槟，昏迷在人迹罕至的街道上），发动机又开动起来，我们出发去往波士顿。

到了芬迪弯②，又遭遇了恶劣天气，我们又在船上摔跤滚倒了一整夜和第二天一整天。到了第二天下午——星期六，1月22日——美国的一艘领港船来了，靠在了我们的船边，不久，从利物浦开出的蒸汽邮船"大不列颠号"上历经十八天旅程的电报，将在波士顿被收到了。

随着第一片美国土地从碧海中像鼹鼠丘一样隐约出现，渐渐地，几乎是在不知不觉中，这些土地延伸成连绵不断的海岸，我使劲地望着这幅图景，那番无法描述的热切程度，丝毫没有夸张的意思。一阵料峭锋利的风

---

① 阿斯特利：位于伦敦威斯敏斯特桥路，是伦敦著名的娱乐场所。
② 芬迪湾：位于加拿大新斯科舍省和新不伦瑞克省以及美国缅因州之间。

迎面而来，浓雾遍布了岸上，寒气凛冽袭人，不过空气却非常洁净、干爽和清透，因此这里的温度不仅可以忍受，而且是宜人的。

我在甲板上，向四周张望着，一直到船进了船坞。即使我能有百眼巨人那样多的眼睛，我也要把每一只眼睛都睁得大大的，都用来观察新的事物。这些事情，我不想在这章说多少，我也只是想简单提一下我当时犯的外国人的错误：当我们的船靠近岸的时候，一群很是活跃的人，冒着生命危险，攀爬到船的甲板上，我以为他们是新闻记者，因为这符合国内这帮人勤恳的特点。然而，尽管他们中有人脖子上挂着皮制的新闻袋，所有人手里都拿着大张的纸，他们却都是编辑，他们都亲自上船，有一位戴着精纺羊毛围巾的先生告诉我，"因为我们喜欢上船这种兴奋感"。我在这里，只再说一件事：这些入侵者里面有个人，我在此对他的礼貌非常感激，他跑在前头，到旅馆去为我订房间，等到我跟着到了旅馆时，当我摇摇晃晃穿过长长的走廊时，我竟然不由自主地模仿起新编的海上情节剧里的T. P. 库克①先生那种步态来了。

"开饭吧，如果你们准备好了。"我对旅馆里的服务生说。

"您什么时候用？"服务生说。

"越快越好。"我说。

"离开（right away）②吗？"服务生说。

迟疑了一下，我说，"不。"心里很忐忑。

"不离开？"服务生说，他那种吃惊的态度让我也很惊异。

我带着怀疑的样子看着他，回答说，"不用，我更愿意在这个私人房

---

① T. P. 库克（T. P. Cooke, 1786—1864）：英国演员，演过《领航者》《黑眼睛的苏珊》。两个戏剧都是关于水手生活的。

② 离开：美国人用"right away"来表示"马上"，而英国人习惯用"directly"表示"马上、立即"，所以在这里狄更斯对这种说法产生了误解，以为是"离开"的意思。

第二章 旅 途

间里用,我很喜欢这样。"

听了这个话,我想这个服务生肯定要发疯了:我肯定他会如此,如果不是由于另一个人插了句话,在他耳边低语了一句"马上"。

"哦,是这样!"服务生说,无助地看着我:"离开(right away)。"

我这会儿才明白过来,"马上"和"离开"原来是一个意思,所以我把原先回答的话反过来,十分钟以后,我坐下来吃饭,真是顿大餐。

旅馆(很好的一家)名叫特里蒙特之家,它有好多走廊、柱廊、游廊和过道,我都记不清多少了,读者可能都不相信。

第三章

波士顿

在美国所有的公共机构里,工作人员都是非常礼貌的。英国的大多数部门,都应在这方面好好改善一下。而海关部门比其他部门更应该学习美国的海关机构,少让自己被外国人看得那么讨厌和无礼。法国的官员那种无耻贪婪已经够让人鄙视了,而英国的工作人员那样粗野无礼,也同样使一切不得不跟他们应对的人感到厌恶。而国家居然养着这样恶劣的杂种在国门狂吠乱叫,真是败坏英国的形象。

我到美国后,美国海关所呈现出的和英国海关的反差,他们的工作人员在执行职务的时候那种周到、礼貌以及耐心给我留下了深刻的印象。

因为在码头上有所耽误,一直到了天黑我们才下船到了波士顿。我对这座城市产生的第一印象是在到了波士顿后的第二天早晨去海关的时候,那天恰好是礼拜日,顺便说一句,我们在美国的第一顿饭还没吃到一半,就接到了正式的请帖,请我们到礼堂去做礼拜,那天早晨在教堂里他们居然给我们预留着那么多的包席和座位,如果允许我做个保守的估计而不进行细致计算的话,我可以说,那天给我们预留的座席,足足可以容下几十家都是成年人的家庭。而邀请我们进教堂做礼拜的教会,也是数目庞大。

因为当时没有合适的衣服可换,我们那天不能进入教堂里,所以我们

第三章 波士顿

不得不将所有的邀请都谢绝了。我也遗憾地错过了去听钱宁博士①讲道的机会,那天上午也是他很久以来第一次讲道。我提及这位著名且有学识的人物(我和他不久以后就有幸认识了),是因为我对于他卓越的才能和人品,对于他以那样的勇敢和博爱同最丑恶羞耻的奴隶制度做斗争,以致我要通过书写才能表述以仰慕和尊敬之情。

再回到波士顿的这个话题上。我在那个礼拜日的早晨走到波士顿街上的时候,空气是如此清新,房子都十分明亮耀眼,广告牌上刷涂着绚烂的色彩,上面金黄色的字也闪着亮光,墙上的砖是那样的红,石头都非常白,百叶窗和门前的栏杆是那样的绿,街门上的把手和门牌都是那样不可思议般的明亮和闪耀:一切都呈现出一种虚渺来,所以这个城市的每一条大街,都看起来像极了默剧②里的一个个场景。在商业街上,一个商贩——如果在这个人人都是商人的地方我能大胆地称任何人是商贩的话——很少住在自己的店铺里面。因此在一所房子里往往有好些家在做买卖,而房子的前头都布满了商牌和字号。我顺着大街走的时候,眼睛不断地掠过这些商牌,满怀信心地期望这些牌子会变成什么东西。每次突然转过一个拐角的时候,我都要四处张望,寻找小丑和潘塔隆内,我毫不怀疑,他们就藏在近处的门口或者柱子后面。至于哈勒昆和科隆比纳,我一下就发现,他们就住在(他们一直是在默剧里看管居住处的)一个靠近旅馆只有一层楼的钟表匠的小房子里,房子前面,摆满了各式各样的标志和装置,同时还挂着一个大钟面,当然是为了能从那里跳过去。

郊区和市区相比,显得更加虚渺。装着外斜式绿色百叶窗的白色木屋

---

① 钱宁博士(W. E. Channing, 1780—1842):美国牧师、作家和慈善家。
② 默剧:又称为哑剧,以动作和表情表达剧情的戏剧。英国圣诞节期间经常表演这种剧目。后面提到的潘塔隆内是哑剧中的老丑角,科隆比纳是他的女儿,和丑角哈勒昆相爱。

（如此之白以至于人看着会不由自主地眨眼），散落在各处，似乎跟大地没有任何关联一样。至于小型的教堂或圣堂，都如此整洁、明亮，涂着光闪闪的油漆。我几乎可以相信，整个建筑，可以像孩子的玩具一样，拆成一块块的，塞在一个匣子里。

  这个城市很美，我能想象任何陌生人来到这里，绝不会不喜欢这里。私人的住宅，绝大部分都宽敞和幽雅，商店都非常上乘，公共建筑也都很漂亮。州议会厅建在一个小山顶上，小山坡起先还算平缓，到了水边上却突兀起来。厅前是一片青绿的草地，是所谓的公有地。这里的位置很美，从那里能鸟瞰到一幅漂亮的城市和附近的图景。厅里除了各种宽敞的办公室以外，还有两个漂亮的会堂，一个是州众议员开会的地方，另一个是州参议员开会的地方。我在那儿所看到的议会，都是在庄重和文明的氛围下举行的，人们毫无疑问地要对它重视和尊敬。

  波士顿的那种学术气的优雅以及和其他城市相比较的高贵优越感，毫无疑问地要归功于剑桥大学①潜移默化的影响。那个大学离城区不过三四英里。它的在校教授，都是学识丰富、有所造诣的绅士。而且我想不起任何例外的，他们全都是可以使文明世界里的任何社会都能增光添彩的人物。许多住在波士顿本城和波士顿附近的绅士，以及绝大多数在那儿从事自由职业的人（我想我可以毫不犹豫地加上这一句），都是出身于那个大学的。美国的大学，尽管有它们的缺点，但是却不传播偏见、不培养顽固分子、不宣扬陈旧的迷信，从来不阻碍人民的进步，不会因为一个人的宗教信仰而驱逐他。最重要的一点是，在它们的教和学两方面，它们都认识

---

  ① 剑桥大学：现在的哈佛大学，位于美国波士顿附近的剑桥城，建于1636年，是美国最古老的大学。它的建立是由于当时的英国殖民者想在美国的土地上建一所大学，因为它的创建者当中有很多人都是剑桥大学的毕业生，它所在的城市就被命名为剑桥城。

到：还有一个世界，一个更为广阔的世界，而它在校园之外。

对于我来说，观察到这所大学对波士顿这个小小的社会所产生的那种几乎看不到却又确实存在的影响是一种无法表达的快乐。看到了这所大学时时处处体现的人文主义的品位和追求；看到了它所培育的友善之情，它所驱除的虚荣和偏见，这些都给我带来快乐。波士顿所尊崇的金牛①比起大西洋彼岸在大账房里别的部分所树立起来的巨大雕像，只能算是一个小矮子；并且在整个众神殿里好一些的所有众神之中，了不起的美元也变成了相对来说不太重要的东西。

更重要的是，我真诚地相信，这个马萨诸塞州首府里的公共机关和慈善机构都近乎完美，是凭借最大的智慧、仁慈和人性做到的。它们为贫穷失所、孤苦无依的人谋求幸福的慈善之心，在我参观这些机构的时候，使我感动，是我一生中所没有感受过的。

在美国，有个了不起和令人愉快的特色，那就是所有的这一类机关，都是受州政府的支持或帮助的。或是即使有些机关不需要州政府的帮助，它们也都和政府合作，而且显然是属于人民的。我禁不住想，从其原则角度，或是从提升或抑制勤劳阶层的品格的倾向上出发，无论私人慈善机构的基金有多雄厚，一个公立慈善机构总是要比一个私人慈善机关好很多。在我的国家里，一直持续到最近几年，政府都没有形成一种风气——对广大人民表示特别的关心或者致力于改善他们的生存状况，而私人慈善机构却史无前例地出现，并为贫苦的人们做了很多好事。但是既然政府在这些慈善机构里是不作为的，因此也无权分享人民对这些机关所产生的感激。而且，除了贫民院和监狱之外，政府给予人民很少的庇护和救济，所以很

---

① 金牛：古埃及人崇拜金牛，犹太人也造金牛为神，因而受到上帝的惩罚。

自然的，贫民也就把政府看作一个严厉的主人——勤于矫错和惩罚，而不是和蔼的保护人，在人民需要帮助的时候能表现出仁慈和动觉。

英国的此类机构有力地阐释了"善从恶中生"这句格言。在法院公堂①特权法庭所保存的记录可以极大地证明这句格言。一些非常富有的绅士或者女士，被穷亲戚所包围，最少也要每周写一次遗嘱。比如这位绅士或者女士，就是状态最好的时候都没有好脾气，现在从头到脚酸疼不已，而且反复无常、脾气恶劣、疑虑重重、抱怨不止。取消旧遗嘱，重写新遗嘱，就成了这种人生活中的唯一事情了。其亲戚和朋友（这些人中有的就是为了继承这种遗产的一份而生的，因此，他们从出生起，就根本不必做任何有用的工作）如此不断地而且出乎意料地一股脑地把继承资格取消，有时又被人恢复了继承资格，但马上又被人取消，如此折腾，把一家亲友，连远房的亲戚们在内，都闹得像害了热病。最后，眼看这位老女士或者老绅士活不了多久了，这种情况就更加明显，这位老绅士或者老女士就越清楚地看出来，每个人都在那儿算计自己这个将死的人，于是这位老女士或者老绅士写了最后的遗嘱（这一次确定无疑是最后的遗嘱了），并把它藏在一个瓷茶壶里，第二天就死去了。最后终于发现，他或她的全部动产和不动产，都捐给五六个慈善机构了。这样一来，死去的这位立遗嘱的人，完全出于恶意而做了很大的好事，当然付出的代价是巨大的怨恨和苦恼。

波士顿的铂金斯机构和马萨诸塞州盲人院是受一个委托团监督的，委托团每年向市政府报告一次。马萨诸塞州的贫苦盲人可以免费进院。而来自邻州康涅狄格、缅因州、佛蒙特州或者新罕布什尔州的盲人，则须有盲

---

① 法院公堂：伦敦民事律师公会。婚姻和遗嘱登记都在这里进行。

人所属各州的证明；如果没有这种证明，那他们就得有亲友做保人，保证第一年交食宿费及教育费约20英镑，第二年约10英镑。委托会说，第一年后，每人就都有一本流水账，机构里只需要他付实际花费了的食宿费用，每星期不得超过两元——比8先令稍稍多一点儿——政府替他付的款或者他的亲友替他付的款，都记在他账上的贷方，他自己挣的钱，除去材料的成本以外，也记在他账上的贷方，这样一来，他每个星期所挣的钱，凡超过了一元的，都归自己所有。到了第三年，要知道的是，看他自己所挣的钱是不是能超出他在这里的食宿费用，如果超出的话，他可以自愿选择留在这里继续挣钱；那些不能自食其力的人，就不再留在院里，因为把盲人院变成救济所，或者把蜂窝里的工蜂赶走，而只留下不能工作的雄蜂，是不值得的。那些由于体力或者脑力有缺陷而不能胜任工作的人们也就没有资格做这个勤勉社会中的一员了，他们更适合到那些老弱病残机构去。

  我到这个地方参观的时候，是一个天气很好的冬晨：头顶是意大利般的天空，周围的空气是那样清新舒朗，连我这双眼睛，视力不算太好，都能辨出远处的建筑物细微的线条和轮廓。这个盲人院，也和美国大多数这一类共同机构一样，离城有一二英里远，处于一个干净宜人的地点，是一所空气流通、房间宽敞、外观漂亮的大楼。它高踞在俯视海港的一座小山上。当我到了门口的时候，停了一会儿，注意到整个景象是那样清新和舒畅——亮晶晶的水泡在浪花里闪烁，不断地涌到水面上，好像水底的世界也和水上的世界一样，也是一片艳阳天，光耀四溢。我看到海里船上一张一张的帆，只是几个发亮的白点，就像这宁静深远的蔚蓝中的一个个云朵。转身，我看见一个盲人男孩子也把脸转到那一面，好像他也能感觉出远方的壮观来。我有一种悲伤的情绪，这个地方竟然如此明亮，还有种奇异的想法：为了这个盲人孩子，愿它能稍微黑暗些。当然这种想法是转瞬即逝的，也只是一种想象，不过当时却很强烈。

孩子们在不同的屋里做着日常的工作，除了几个已经被解雇的在那儿玩。在这个盲人院里和在别的机构里一样，不同的是人们不穿制服。我对此是非常赞成的，理由有两点：一是我非常确信，只有愚蠢的习惯和缺乏思考力才使我们安于那种穿制服和戴徽章的做法，在英国，人们却喜欢这样；二是不穿戴这些东西会使每一个孩子以他本来的面目出现于参观者面前，他的个性得到保护，而不会消失在那种枯燥、丑陋、单调的重复性的无意义的服装中。这是一个值得好好考虑的问题：即使在盲人中间，也要鼓励这种对外表注重却又无伤大雅的自尊，这种办法是明智的；而把慈善机构和皮马裤看作不可分离的东西，只是一种任意荒谬的见解，这些东西我们毋庸评论。

良好的秩序，洁净的舒适感充满了这座大楼的每一个角落。不同班的孩子们，都跟在他们各自的教师身边，对问他们的问题，回答得很快，而且很有见地，并且还带着一种互争前列的快乐竞争精神，这使我很高兴。那些在一边玩的盲童，也都和其他的孩子一样，快活而吵闹。在他们中间好像有一种更具精神性和亲密无间的友谊，比那种没有残疾的孩子要更深刻。不过这种情形是我所期望的，并且也并不惊讶地发现如此。上帝的伟大安排中的一部分就是要让受苦的人得到更为慈悲的关怀。

大楼的一部分专门划出来作为工作坊，是为那些已经受完教育、学会一种技术但却不能像普通人那样操作的盲人预备的。有好几个人正在那里工作，有的做刷子，有的编席子，诸如此类，在这座楼别的部分所看到的那种快乐情绪、勤劳作风和良好秩序，也能在这里发现。

钟声一响，所有的盲童，不用人领导或指引，都朝着一个宽敞的音乐厅走去。他们在音乐台前找好座位,开始听风琴独奏,脸上流露出快乐来,演奏者就是他们里面的一个。演出结束了,这个二十岁左右的男孩演奏者把座位让给了一个女孩。这时候,大家一起唱起一首圣诗来,那女孩子给他们伴奏,唱完了圣诗,又来了一段合唱。但是看他们的样子以及听他们唱歌,使人非常难过,虽然他们的情况还不错,但是同时我看见一个盲人女孩子(那时正因病而四肢瘫痪)紧坐在我身旁,脸冲着唱歌的人,一面听,一面流着眼泪。

  观察盲人的脸,看到他们毫无掩饰地把所有的思想感情都在脸上表现出来,是一件奇特的事,一个眼睛好的人,看见他们那种情形,也许会为自己戴的那副面具而感到脸红。除了脸上老挂着一种焦虑的神色(如果我们也在看不见的黑暗当中摸索的话,也可以很容易地在我们脸上发现这样的表情),他们心里的每种想法,只要一触及,就会在脸上表现出来,如闪电那样快,如自然那样真实,如果在一个狂欢会上或者在宫廷里的客厅里,人们能用一会儿的时间,可以像盲人男女那样忘了别人看他们的眼神,那他们将有多少秘密泄露出来啊,而有眼睛的人,是擅弄虚伪的人。失去了视力是一件遗憾的事,不过是看起来是而已啊!

  我坐在另一个屋子里的时候想到了这些,那时我坐在一个看不见、听不着而且也不能说话、既没有嗅觉也几乎没有味觉的女孩子前面——她是个好看的小女孩,人所具有的能力、希望、善和爱的能力,在她那娇弱的身躯里全部具备,但是在感觉方面,却只有一种觉——触觉。她就坐在我跟前,像被砌在一个大理石小屋里一样,她感受不到哪怕一线亮光和一丁点儿的声音,那一只可怜的白色小手,穿过墙上的一个洞口,向心肠好的人寻求帮助。只有这样,那不朽的灵魂才能苏醒过来。

  早在我来这儿看她以前,帮助她的人就过来了。她脸上散发着聪慧和快乐的光芒。她的头发是自己梳的,盘在头上。她曲线优美,额头饱满,展示出智力方面的能力和发展。她的衣服也是自己打理的,整洁而朴素。她织的东西,就放在身边。她的写作本,就放在她倚靠的书桌上。这样一个令人可叹的残缺的身体,却慢慢生长出这样一个温和、柔软、诚实而又满怀感恩之心的新人来。

她也和这个房子里别的人一样,在眼皮上贴着一条绿色的带子。她自己做的一个玩具娃娃,被放在近处的地上。我把这个娃娃拿起来,发现她给这个娃娃也做了一条跟自己戴的一样的带子,紧贴在娃娃的假眼上。

她坐在一个由书桌和板凳围成一圈的一个地方,写着日记。很快就写完了,她就和坐在她身旁的一位教师生动活泼地聊起天来。这是这个可怜的孩子最喜欢的一位女教师。如果她能看见那位漂亮教师的脸,我敢肯定,她会更爱她的。

我摘抄了几个关于这个女孩身世的不相连属的片段,作者是那个帮助她,使她变成现在这个样子的好人。这是很优美动人的叙述,我多希望能够完整地记录下来啊。

这个女孩子叫劳拉·布里奇曼,1829年12月21日生在新罕布什州的汉诺威。据说她还是一个婴儿的时候,很活泼漂亮,有一双明亮的蓝眼睛。但是,一直到她一周岁半的时候,她都是特别瘦小羸弱,因此她的父母对她长大成人抱很小希望。她患有严重的抽风病,抽起来的时候,那痛苦几乎是她小小的身体所无法承受的。她的生命一直处于极其脆弱的状况中。但是活到一岁半的时候,她似乎开始恢复,危险的症候也减轻了,到了20个月的时候,就完全好了。

"然后,她以前生长受限制的智力也迅速地发育起来。在她那四个月的健康中,她展示出相当的智力水平。"(这是她亲爱的母亲描述的)"但是突然她又病了,疾病肆虐了五个星期,她的眼睛和耳朵,都发炎和化脓,排出脏东西。虽然她的听觉和视觉都彻底消失了,但是这个可怜的孩子的痛苦还没结束。高烧七个星期,连着五个月,她躺在一个黑屋子里的床上。那时候,离她能不用人扶着走路还有一年,离她能整天坐着还有两年。那时就看出来,她的嗅觉几乎完全失去,因而她的味觉也变得很迟钝了。

"一直到她四岁的时候,这个可怜的孩子的身体,才好像恢复了健康,到了那时候,她才刚刚进入生活的状态中。

"但是她处于什么样的状况呢!墓地般的黑暗和寂静包围了她。她看不到母亲的微笑,所以无法回应;她也听不见父亲的声音,所以无法模仿。父亲、母亲、兄弟和姊妹,对于她,都只是她能摸到的一种有形物质,却和家里的家具没有什么两样,所不同的只是他们有体温,能行动而已,从这方面来说,和猫狗比起来也没有什么不同。

"但是,上天赋予她的那种不朽的精神却无法被消灭,无法被残害。虽然大多数的和外界沟通的道路都截断了,它却在别的方面找到了出路。她刚会走的时候,就开始在住的那个屋子探索,然后是整个的房子。她开始熟悉所摸到的每一件东西的形状、密度、重量和温度。母亲做家务的时候,她就跟在身边,摸母亲的手和胳膊。她模仿事物的心愿使她重复做一切事情。她甚至还学会了一点儿缝纫,学会了打毛衣。"

读者不须被告知,和她进行交流的机会是非常、非常有限的;而且她这种悲惨的情况对于她精神方面的影响,不久就开始体现。对于那些不能用理性来启发的人,我们只能靠力量来控制,这些,再加上她的身体机能匮乏,如果没有意想不到的及时帮助,那她的情况不久就会还不如一个行将死亡的野兽。

"正在这时候,我很幸运地听说了这个孩子,然后马上赶到汉诺威去见她。我发现她身材苗条,脾性中明显带有神经质和多血质,长着一颗又大又形状美丽的脑袋,全身系统运行健康。她的父母很容易被我说服了,同意她来波士顿。他们是1837年10月4日把她送进这个机构的。"

"有一段时间,她茫然不知所措,过了大约两周,她对新地方适应了,对周围的伙伴熟悉了之后,我就开始试着教给她手语,她可以用这种语言来和别人互相交流思想。"

"有两种办法可以采用。要么是在她自己已经开始用的那种自然语言基础上建立一套手语。要么就教给她大家都使用的手语。也就是说,教给她每种东西的符号,或者教给她关于字母的知识,把这些字母结合起来,她就可以表达她关于事物的存在、事物的方式以及情形的想法。前一种办法要容易,但是效果却不会好;后一种办法看起来很难,但是,一旦学会了,却非常有效。因此我决定试试后一种办法。

"最先的实验是从常用的东西,例如刀子、叉子、匙子、钥匙之类开始的,把这些东西都贴上用凸起字母组成的名字标签。她用手仔细地摸着这些标签儿,很快,她当然就能分辨出来匙子和钥匙这两个签儿上曲曲弯弯的字母不同了,就像她也能分辨出来匙子和钥匙这两件东西在外形上的不同。然后又把单独的标签——签儿上印着的字,和贴在东西上的一样的,放在她手里,她不久就发现,这些签儿,和贴在东西上的是一样的。她把'钥匙'这个签儿放在钥匙上,把'勺子'这个签儿放在勺子上,这样就表示出来,她认识到了某个签儿是表示某种东西的了。她做到后,我就用自然的表示赞美的方法鼓励她——用手拍拍她的头。

"凡是她的手能拿的东西,都通过这个过程来反复加强。她很容易地就学会了把标签放在应当放的东西上。但是,显而易见,唯一的智力活动只限于模仿和记忆。她记得,'书'这个签儿原来是放在书上的,于是她通过模仿进而运用记忆来重复这个过程,她这样做的唯一动机,只是想要受到夸奖,但是显然,她还没有一种对东西之间联系的认知能力。"

"过了一些时候,不再给她标签,而是把单个的字母(每一个字母都印在一个纸条上)递到她手里,再把这些字母并排排列起来,排成'书''钥匙'等字,然后,再把这些字母混在一起,让她自己去排列成一个符号,这样一来就学会了表示书和钥匙,她学会了这些。"

"到目前,学习的过程是机械的,这种学习成功的了不起就像教会一个很聪明的狗各种技巧一样。这个可怜的孩子,惊异而静默地坐在那儿,耐心地模仿她的教师所做的一切动作。但是现在,她忽然一下子明白了事情的真相了——她的智力开始活动起来了。她了解到,用这种办法,她可以把她心里所想到的任何东西,用手语表示出来,传达给别的人。想到这里,她脸上立刻亮了起来,那是真正的人的表情:不再是一条狗或者一只鹦鹉了,那是一颗不朽的心灵,急切地抓住了一种可以使它和别的心灵相互沟通的新连接了。我几乎可以判断出来,是那一个时刻,这种真理打开了她的思想,在她脸上放出了光明。我当时看出来,巨大的障碍被克服了,从那时开始,只要有耐性,有恒心,简单而明确地坚持,付出努力就行。"

"现在的结果是,她可以很快地把标签和物体联系起来,很容易就感知到是什么物体。但是在当时教学过程中,却不是那样,因为经过了许多星期明显地徒劳无功的努力,才有了效果。"

当说到做手势的时候,意思是,手势的动作是教师做出来的,那女孩子只是摸着教师的手,然后模仿她的动作。

下个步骤就是取一些金属字模子,字模子的一头铸着一个字母。还有一块板子，板子上凿上方孔，在这些方孔里，她能够把字模子安上去，这样，字模子有字的那一头露在板子的面儿上，可以被摸到。

然后，每个给她的东西，比如说，一支铅笔或者一块表——她就能把表示这件东西的字母找出来，再把它们安在她那块木板上，快乐地读着这些字。

她通过这种方式加上经过了好几个星期的训练，词汇逐渐扩大了。接着更为重要的一个步骤开始进行，那就是教给她用自己的手指做出的姿势来替代笨重的字模子和木板等器具。她很快并且很容易地就学会了这样的方法，因为，她现在能运用自己的智力在老师的帮助下学习了，她的进步是迅速的。

"这段时期是她开始学习大约三个月以后，我做了关于她的情况的第一次报告："她刚学会了使用聋哑人用的那一套手语字母；看到她那样快，那样正确和热切地努力学习，真是一件让人快乐和惊异的事情。她的教师给她一件新东西，例如，一支铅笔，先让她仔细了解一下，对于它的用途先有一个概念，跟着教给她如何用自己的手做手势，用字母表示出来这个东西。这孩子抓住教师的手指，用手来感应不同的字母是如何被组合的。她把头往一边侧着，像一个人在认真听着什么；她的两片嘴唇张着，好像连呼吸都没有；她的脸，最初是焦虑的样子，学会了东西后，慢慢地微笑起来。然后她把小指头举起来，用手势字母把那个字拼了出来；接下来，她又把字模子拿过来，把字母排好；最后，要表示她拼对了，她就把排好了的字模子全部拿出来，把它放在铅笔上面或者挨着铅笔的地方，或者其他任何东西那里。

我接下来的一整年的时间，都花在这些上面了：满足她对于所有她能拿到的东西在名字方面热切的询问；训练她使用手势字母；尽一切可能扩大她对于具体东西相互关系那一方面的知识；合理维护她的健康。"

到了年末，又把她的情况做了一个报告，下面就是这个报告的摘录：

"毫无疑问的是，她看不到任何亮光，听不见一点儿声音，从来没用过嗅觉，即使她有这种感觉。因此，她的心灵处于一片黑暗和寂静之中，就如同半夜的时候在一座封闭的坟墓里一样。对于美丽的景象、悦耳的声音、好闻的气味，她都无从知晓。但是，她却和一只鸟儿或者一只羊羔一样地快活、一样地喜欢玩耍；她运用智力的时候，或者获得了一种新思想的时候，都有一种生动的欢乐，在她那善于表达的脸上显而易见。她好像从来没抱怨过，而永远具有孩子的那种轻松愉快。她喜欢玩笑嬉闹，当和别的孩子一块玩的时候，她总是笑声最响亮的。

当自己一个人的时候，如果她正织毛衣或者做缝纫，看起来会非常快乐，同时她可以忙活好几个小时。如果没有事情，她就做想象的对话，或者回忆过去的印象，这样做她就挺高兴的；她用手指头数数儿，或者用聋哑人所用的手势字母把她刚刚学的那些东西的名字拼出来。在这种寂静的自我对话中，她似乎在推理、思索和辩论。如果她用右手的指头做符号拼字而把一个字拼错了，那她就马上像她的教师那样，用左手打她的右手，作为错误的惩罚。如果拼对了，她就用手拍自己的头，一副很高兴的样子。有的时候她用左手故意把一个字拼错了，然后淘气地待上一会儿便大笑起来，又用右手打左手，好像在矫正错误。

在这一年之中，她在使用聋哑手势字母方面，已经练就了相当熟练的技巧，她拼起所学会了的字句的时候，如此飞快和轻巧，只有习惯于这种语言的人，眼睛才能跟得上她指头那种迅速的动作。"

"固然，她用这种语言表达思想的那种迅速程度是惊人的，但她对别人用这种语言表达思想的时候那种轻松和准确的理解力，更令人惊异。她把别人的手握在自己手里，感受那些手指的手势，这样她了解了每一个字母，从而获得整个字或整个句子的意义。她和那些盲人伙伴用这种方式交谈着，有力地体现了精神力量如何能比面对面交流更能让事物按照人的意愿进行：因为，如果两个哑剧演员，用他们身体的活动和面部的表情表达各自的思想和感情，需要很大的才能和技巧的话，那么，两个被黑暗包围起来的盲人，其中一个还听不见声音，在一起进行交流，得克服多么大的困难啊！

当劳拉穿过走廊的时候，她的双手伸开在身前，对于她所遇到的人，马上就能辨认出来，同时她从这些人旁边走过的时候，还做出认出他们来的手势。如果她遇到的是一个和她年龄相仿的女孩子，尤其是一个她喜欢的女孩子，那她马上就露出灿烂的微笑，表示她认出那个女孩子来，接着两个人就挽着胳膊，握着手，同时小手指头迅速地通起话来，小手指头的迅速动作，把一个人心里的思想和感情，通过心灵的最前哨，传达给另一个人。她们互相问答，交换着快乐或悲伤，亲吻和道别，就像任何身体健全的孩子一样。"

她离开家六个月以后，她母亲过来探望她，她们相会的情景是很有意思的。

她母亲站在那儿，满眼含着泪看着她这个不幸的孩子，而劳拉不知道母亲来了，正在屋里和别的孩子们一块儿玩。一会儿，劳拉往她母亲那面跑过去，撞在她母亲身上，马上就摸索起她母亲的手来，仔细感受起她的衣服，试图确认她是否认识这个人。结果她不认识，因此她就像对生人那样转身走开了。这个可怜的女人，看到她自己亲爱的孩子都不认识自己了，无法控制自己的伤心。

于是她给了劳拉一串珠子，那是劳拉在家里的时候常戴的，这孩子一下子就认出这东西了,她满怀喜悦地把珠子戴在脖子上,急切地找到我说,她知道这串珠子是从她家里来的。

于是母亲过来拥抱她,但是可怜的劳拉却又把她推开了,她更愿意和熟悉的人待在一起。

她母亲又给了她另一件从家里带来的东西,她开始对这些感兴趣起来。她把这位"生人"更仔细地摸了一遍,告诉我,说她知道这个人是从汉诺威来的。她对于爱抚不再抗拒,不过只要有人稍微跟她一打招呼,她就带着无所谓的样子离开了。她母亲这时候的痛苦让人目不忍睹。因为,她虽然原先就想到了孩子会不认识她,但是,一旦真的被自己亲爱的孩子用那种冷冷的无所谓的态度对待,她的痛苦真是一个做女人的所无法承受的。

过了一会儿,她母亲又把她抱住了。这时候,一个模糊的想法在劳拉脑子里掠过,她感到这不可能是一个生人,因此她很急切地摸着母亲的手,同时脸上露出深感兴趣的样子来,她变得苍白,接着脸上又突然发红,希望、疑惑和焦虑做着斗争,那种感情的冲突,在其他人脸上从来没表现得那样明显。正在她痛苦地疑虑不定的时候,她母亲抱她更紧了,爱抚她亲吻她,于是这孩子终于明白了真相,她脸上一切疑惑和焦虑都消失了,带着极其欢喜的表情,她热切地依偎在母亲怀里,任由母亲的爱抚和拥抱。

过了一会儿,她对于珠子完全不注意了;给她的玩具,也完全不理会了。她的同伴们(之前本来还情愿离开"陌生人"去找他们玩的)现在不管怎样从她母亲怀里往外拉她都不行了。虽然她也像平时那样对我示意她过来表示了听从,但是这种听从却是痛苦的勉强。她紧紧抱住了我,似乎茫然而又恐惧,待了一会儿,我把她送到她母亲跟前的时候,她一下就跳到母亲的怀里，带着热切的快乐紧紧抱着母亲。

接下来和母亲的分别，同样体现了这个孩子的爱、智慧和决心。

劳拉跟着她母亲到了门口那儿，一直紧紧抓着她母亲，直到走到门槛那儿的时候，她站住了脚，用手往外面摸去，确定是谁在跟前。她摸到一位女管理员（她很喜欢这位女管理员），她就用一只手紧抓着她，用另一只手哆哆嗦嗦地拉着她母亲，这样站了一会儿，接着她放开了她母亲的手，用手绢捂着眼，转身紧紧拉着女管理员呜咽起来，这时她母亲离开了，那种感情和自己的孩子一样强烈。

"在前几次的报告里提到过，这个女孩子能够分辨别人智力的高下：遇到有新来的人，过了几天，当她发现这个人智力低下，她就几乎以鄙视的态度对待她。她的性格里这种不和气的特点，在这一年发展得更为充分。

"她挑那些聪明的、和她谈得好的孩子做朋友和伙伴。她明显地不喜欢和那些智力低的人在一块儿，除非她想利用他们达到自己的目的，而且她很明显地喜欢这样做。她利用他们，让他们为自己服务。这种利用的方式，她知道是不能加到另外的人身上的。她用不同的方式，表现了她的撒克逊血统。

"她喜欢让教师和她所尊敬的人对别的孩子留心和爱护。不过这些都不能做得太多，否则她就会嫉妒。她也要教师对她如此，而她所要的，即便不是最多的，也得是较多的；如果她得不到那么多，她就说，'我妈妈会爱我的。'"

"她喜欢模仿的意识如此强烈，使她做了一些她完全不能了解的动作，她之所以那样做，除了满足内心的要求之外，得不到别的快乐。她曾有过一次，半个小时坐在那里，把一本书放在她那双看不见东西的眼睛前面，

第三章　波士顿

嘴唇翕动着，像她所了解到别人读书的时候所做的那样。

"有一天，她假设玩具娃娃病了，做出了照顾娃娃、给她药吃的一系列动作。之后她又把娃娃很小心地放在床上，在她的脚下放了一瓶子热水，开心地笑着。我回来的时候，她非叫我去看她的娃娃不可，叫我给她诊脉。当我让她给娃娃背上贴一剂药的时候，她好像特别高兴，乐得几乎叫了起来。"

"她对人的情感和喜爱都非常强烈，她坐在她的小朋友旁边做工或者学习的时候，每隔几分钟，就要停下来，去拥抱和亲吻小伙伴，那种真诚非常热烈，叫人看着非常感动。

"当一个人的时候，她就让自己有事情做而且乐在其中，似乎也心满意足。她想把思想用语言表达出来的自然意念非常强烈，所以她时常用手语来自言自语，虽然这种语言迟缓而枯燥。不过只有一个人的时候她才安静，因为如果她觉得有别人在旁边，她就很不安分，要紧靠着她们坐着，握着她们的手，用手语进行交流。

"在智力方面，看到她对于求知永无满足，还能迅速了解事物的联系，这让人高兴。在品性方面，她一直是快乐的，她对于生存之乐的敏锐体验、博爱的精神、坚定的信心、对受苦人的同情、忠诚和真实，以及永远的希望，都令人愉悦。"

以上就是劳拉·布里奇曼简单却很有趣且具有教育意义的故事片段。写这个故事的人，也就是她的恩人和朋友豪博士[①]。我希望并且相信，在读了这些片断以后，没人会听到豪博士这个名字还示以漠然的。豪博士做了我前面引过的那个报告以后，又发表了更进一步的报告。在这个报告

[①] 豪博士：(S. G. Howe, 1801—1876)，美国慈善家。

里，豪博士把这个女孩子在后来的十二个月里精神上的迅速成长和进步做了详细记叙，并把这个女孩子的故事一直记录到去年年底。有一件事情，很值得注意："我们会说话的人，在梦中说话，和在梦中出现的人进行想象的交谈。而在她睡眠不熟或者被梦境困扰的时候，她会用手指头乱做起手势来表达她的思想，这和我们在同样情况下，含含糊糊说话不清楚是一样的。"

我翻阅了她的日记本，发现她的日记是用相当清楚易辨的方体字写的，所用的词句明白晓畅，不需要再加以解释。听见我说我很想看一看她写字，坐在她身旁的一位教师就和她用手语交流，叫她在一张纸上，写出自己的名字，写了两遍或三遍。在她写的时候，我看到，她右手拿着笔，却老用左手触碰着右手并且跟着动，没有任何东西指示纸上的行列，但是她却写得既平正又流利。

直到现在，她完全没意识到有参观的人在她跟前，不过，把她的手放到陪伴我的那位绅士的手里的时候，她马上就把那个人的名字在教师的手掌上表示出来。她的触觉现在确实发展到如此精密的地步，但凡她摸过的人，不论过多久，她都能认出来。这个绅士曾经陪伴过她，我相信，并不常和她在一块儿，并且有好几个月没见到她了。她一摸我的手，就马上会拒绝，像对待一切生人那样。但是她摸着我太太的手的时候，却显然感到快乐的样子握住不放，并且还吻她，还以女孩子的那种好奇和兴趣，仔细抚摸着她穿的衣服。

在她和教师接触的时候，显出一派天真玩乐的情形。她有一个喜爱的小伙伴，也是一个盲人女孩子，如果她认出这个伙伴，而那个女孩也静静地感知到这种即将到来的惊喜，就会坐在她身边，这幅情景让人看着很心动。在那时候，起初从她嘴里发出一种怪声，让人听起来有些难过。在我参观的时间里,有两三种情况,也使她发出了那样的声音。但是当她的教师轻轻地在她的嘴唇上碰了一下以后,她就立刻不吭声,而是大笑着充满爱意地拥抱起她的教师来。

  我之前还去过另一个屋子。在那儿,有几个盲人男孩子,正在荡秋千,攀爬,进行着各种活动。我们一进屋,他们就都对陪伴我们的助教喊着:"看我,哈特先生,请您看我,哈特先生。"我当时想,即便在这种喊声里,都可以感觉出来,他们在那种情况下特有的焦急心理,那就是说,他们想让别人看见他们那种轻巧敏捷的小动作。他们中间,有一个爱笑的小家伙,正自己站在那儿,做着一种练两臂和胸部的体操。他非常喜欢这种体操,特别是在他伸展右胳膊,把胳膊碰在另一个孩子的身上的时候。就和劳拉·布里奇曼一样,这个小男孩也听不见、看不见、不会说话。

  豪博士给这个孩子初步的教育所写的报告非常吸引人,和劳拉本人有特别紧密的联系,所以我不由得要摘录下一小段来。我可以先这样介绍一下:这个可怜的孩子叫奥利弗·卡斯维尔,十三岁。在他三岁零四个月以前,他的各种器官,完全正常。然后在那个时候,他得了猩红热;四星期后他变聋了;又过了几个星期,他的眼睛瞎了;到了六个月的时候,他也不会说话了。对于语言能力的被剥夺他表现了自己的焦虑感,时常在别人谈话的时候,先摸那个人的嘴唇,然后再摸自己的嘴唇,好像要搞清楚,他自己的嘴唇,也处于正常位置似的。

  "他对于求知的渴望,"豪博士说,"在他一到这个机构就明显地表现出来,因为他急切地要感受他在那新环境里每一件能摸到或嗅到的东西。比如说,有一次踩到一个炉子开关板上,他马上就伏下身子,用手去摸它,不久他就发现,上层板石是怎样在下层板上面活动的。但是这样他还不满足,然后又趴下去,把脸贴在板子上,先用舌头舔上层板,再舔下层板,最后好像发现,这两层板子是用不同的金属做成的。"

他的动作富于表达性,严格意义上的自然语言、笑、哭、叹气、接吻、拥抱,等等,都是那么完美。

他所发明的类比表达方式(以他的模仿力为指导),是可以被人理解的——例如用手摆动来表示小船的动作,用手画圈来表示车轮子,诸如此类。

首要的目标就是打破他使用的那些表达方式,用纯粹的规范手语取代它。

利用从以前事例中获得的经验,我省去了旧办法里的好几个步骤,马上就开始教他手语。如此一来,我先拿过几样名字简短的东西来,例如钥匙、杯子、碗和盆之类,再让劳拉做我的助手,我坐下来,拉着他的手,放在这些东西的一件上面;接着用我自己的手,拼出'钥匙'这个单词。他急切地用两只手来摸我的手,在我重复这个过程的时候,他显然在努力地模仿我那些指头的动作。过了几分钟以后,他就能用一只手摸着我的指头,然后另一只手模仿我的动作了,模仿对了就会心地哈哈大笑起来。劳拉就在他身旁,她对于这个非常感兴趣,因而浑身激动起来,他们两个展现了一幅很特别的画面:她的脸色发红,表情焦灼,手指头在我们的手指中绕来绕去,紧跟着我们的每一个动作,但是又绕得那样轻巧,不至于妨碍了我们的动作;而奥利弗则聚精会神地待在那儿,头微微歪着,脸向上仰着,左手抓着我的手,右手伸出来。对于我手指的每一个动作,他脸上都表现出极度的注意来;在他尽力模仿我的动作的时候,他脸上呈现出渴望来;当他认为自己可以做到的时候,脸上就微微露出笑容来;他的模仿一下子成功了,感到我拍他头的时候,他就转而大笑起来。这时候,劳拉就会会心地拍着他的背,高兴得又蹦又跳。

他在半个小时里就学会了六七个字母，而且似乎对于自己的成功也觉得很高兴，至少在他得到我的夸奖时是如此。然后他的注意力开始松懈，我就开始跟他一块儿玩起来。很明显的，在刚才那一切动作里，他只是纯粹地模仿我那些指头的动作而已，他把手放到杯、碗、盘等东西上面，也只是作为模仿过程里的一部分，而没有认识到手语和东西之间的任何关系。

　　"他对游戏厌倦后，我又把他带回桌子旁边，他很愿意重新开始他的模仿过程。不久，他就学会了拼'笔''钟''钥匙'这几个词的字母，同时，通过把每件东西重复地往他手里放的办法，他终于看出来我所要他知道的那种字母和东西之间的关系了。这是很明显的，因为我把拼'针''笔'或'杯'的字母用手势比划出来后，他就能把那些东西挑选出来。"

　　"他对于字母和东西之间关系的感知，并没有伴随着聪慧光芒的闪耀，还有快乐笑容的绽放，就像劳拉第一次认识到这种关系时那种欢乐一样。于是我把这几件东西都放在桌子上，带着孩子们离开桌子一点儿，叫奥利弗用手指头拼出'钥匙'这个名词的字母，这时，劳拉就走到桌前，把钥匙拿了过来。那个小家伙好像觉得这个很好玩，非常专注地摸着，脸上带着笑容。我接着又做手势让他拼'面包'这个词的字母；一会儿，劳拉就给他拿了一块面包来。他先闻了一下面包，又把它放在嘴唇上，露出若有所悟的样子把头一歪，好像思索了一会儿，然后马上大笑起来，好像在说，'啊哈！我现在懂得了原来是这么回事啊。'"

　　"现在清楚的是，他有学习的能力和愿望，他是教育的适合对象，只需要对他有坚持不懈的关注就可以了。因此我就把他交给了一个智慧的教师，无疑他会进步很快的。"

　　这位绅士可以将之看作最快乐的一瞬，那就是奥利弗·卡斯维尔那颗黑暗的心灵里,头一次射进去了希望之光。在他整个的一生中,每当他回忆起那一瞬的时候,他都要觉得,那是他纯粹和永恒的快乐的一种源泉:在他为别人的幸福而奋斗的高尚生活中,即使是到了晚年,这种追求也永远光辉闪耀。

他们师生之间的那种感情,远不同于普通的尊敬和爱护,就像它赖以生长的那种环境一样,和日常生活的情况是不同的。他现在正研究如何能教给他更高的知识,如何能让他对于宇宙伟大的创造者有应有的认识,这个宇宙对于他是黑暗的、无声的,也是无气味的,但他仍然有深深的快乐和愉快的享受。

你们这些有眼睛却看不到,有耳朵却听不见的人啊,你们这些假装悲伤的虚伪的人,你们把脸弄得难看让人觉得你们是在禁食,① 从这些聋哑人、盲人身上学一学那种健康的快乐,还有温和的满足吧。忧郁面孔的自命的圣人们啊,这个看不到、听不见、不能说话的孩子,可以教导一些你们要好好遵循的道理。让她把她可怜的手轻轻地放在你们的胸前,因为那双手在触碰中有疗愈的能力,就和伟大的主那种治愈能力一样,而你们却误解了我们的主,滥用了他的教导,他对整个世界所表示的宽恕和同情,你们和那些堕落的罪人一样,没有一个在日常实践中能领会,而对于这些罪人,你们却没有任何仁恕,而只懂得用毁灭的说教来对待他们。

当我站起身来,要离开那个屋子的时候,有一个挺漂亮的服务人员的小孩子,跑来和他的父亲打招呼。那个时刻,一个眼睛能看见的孩子在一群看不见的孩子中间,给我带来的那种痛苦感受,就和我两个小时以前看

---

① 出自《新约·马太福音》第六章十六节:"你们禁食的时候,不可像那假冒为善的人,脸上带着愁容,因为他们把脸弄得难看,故意叫人看出他们是禁食。我实在告诉你们:他们已经得了他们的赏赐。"

见门廊下那个失明的孩子带给我的痛苦一样。噢！和屋子里黑暗中的这些年幼的生命相比，外面的阳光是多么明亮，天空蓝得多么深邃啊，虽然之前外面也是这般光景。

在一个叫作南波士顿的地方，有好几个慈善机构，都汇聚在那里。其中之一便是一所州立精神病医院。这个医院是以安抚、仁慈的开明原则进行管理的。这种原则，在二十年前，被人看得坏过于异端邪说，但是在英国汉维尔的贫民精神病院却因应用这种原则进行管理而获得了很大的成功。"即使对疯子，也要给予一些信心，寄托一些信赖。"住院大夫这样说，当时我们正顺着走廊走，而他的病人们都无所顾忌地朝我们簇拥过来。对于看到这句格言实行后的效果还对它怀疑的人，如果还有这种人的话，我只能说，在他们作为被鉴定的精神病对象时，我希望千万别找我做陪审员，因为我肯定认定他们是精神失常的，仅仅就这一点就可以证明。

这个机构里的每个病房的样子都像是一个长廊或是门厅，病人的卧室就在走廊的两侧。在这里，他们工作、读书、玩九柱戏和做其他的游戏。如果天气不允许做户外活动，他们就一起在那儿消磨时间。在其中一间屋子里，在一群既有白人也有黑人的女疯子中间，安静地坐着大夫的夫人和另一个女士，很自然的样子，还带着两个小孩。这两位女士优雅而漂亮，不难一眼看出来，她们在这里，对于围在她们身旁的那些病人，有很大的益处。

有一个岁数大的女人，头靠着壁炉，以一种高贵和优雅的姿态坐在那儿，身上穿的是像玛奇·维尔德费尔①一样的华贵衣裳的残布碎片。尤其是她头上布满了纱片、布头和纸片，插着许多奇奇怪怪的零碎东西，所以

---

① 玛奇·维尔德费尔（Madge Wildfire）：斯科特（Walter Scott）的小说《中洛锡安郡之心》（*The Heart of Midlothian*）里的一个人物，是个精神病人，穿着怪异，打扮奇特。

她的头就像个鸟巢一样。她戴着想象中的珠宝而容光焕发，戴着一副无可置疑的金边眼镜，我们走近她的时候，她优雅地把一张油污的旧报纸放到膝盖上。我敢说，她在报上读到了自己在外国宫廷出现的新闻了。

我专门写这个疯女人，是因为她可以作为一个例子来说明大夫都用什么方法取得并保持病人的信心。

"这位，"他高声说，拉住我的手，以非常礼貌的态度，走向那个奇怪的女人——避免一切可以使她疑心（即使极轻微的那种疑心）的低语或神情，也不跟我交头私语。"这位女士就是这一所大宅子的女主人，先生，这所大宅子属于她。其他的人，都和这所房子没有一点儿关系。这是很大的设施，你可以看到，需要很多的仆人来照顾。她的生活，您可以看出来，是高档的。她很和蔼，总是接受我来拜访她，还允许我和我太太一家住在这儿。在这些方面，我们都非常感激，这是不用说的。她非常有礼貌，你能感受到——"她听了这句话，还屈尊鞠了一躬，——"允许我有幸把你介绍给她：这是从英国来的绅士和夫人，他刚刚来到这儿，一路上惊涛骇浪——狄更斯先生——这是这所房子的女主人！"

我们两个以庄严肃穆的态度交换了最高贵的问候才了事。别的疯女人似乎对于这种玩笑能完全了解（不但对于这种情况，而且对于其他的也都了解，但是除了她们自己的以外），并且甚以为乐。我在同样的情况下，了解了她们每个人各自所患的不同的精神疾病。我们离开她们的时候，她们都是非常开心的。按照她们出现幻觉的性质和程度不同的情况，而采用上面说的那类办法，不但可以在医生和病人之间建立起完全的信赖，并且也很容易了解到，有许多机会，可以利用她们任何清醒的时候，使她们看到自己在幻觉中最矛盾、最滑稽可笑的一方面而让她们吃惊。

这个疯人院里的每个病人，都在吃饭的时候用一把刀子和叉子，医生就和他们坐在一起，医生对待他们的办法，我前面已经描写过。每一次吃饭时，道德的力量约束着疯人中间最暴力的那些人拿刀子去割别人的咽喉。但是这种力量的效果达到了绝对可靠的程度，并且我还发现，即使把它作为约束的手段（先不说用它作为医治的手段），自从有了世界以来，比由于无知、偏见和残酷而造出来的紧身衣、手铐、脚镣在效果方面，都不止大一百倍。

在劳动部门，每一个病人都被自由地给予他工作所用的劳动工具，就像他们是正常人一样。在花园里、在农田上，他们用铁锹、耙子、锄头这些工具干活。娱乐的时候，他们就散步、跑步、钓鱼、画画儿、看书、坐着专门给他们用的马车去兜风。他们中间有一个缝纫协会，是为穷人做衣服的，这个协会平时开会、通过决议，从来没有像我们知道的在其他地方正常人开会一样，一来就挥拳动刀，诉诸武力，都是以最大的文明来进行所有的活动。易怒的特性，本来有可能发泄在他们的皮肉、衣服和家具上，却被分散在了这些事务中了。他们保持着开心、安静和健康。

每星期他们都有一次舞会，医生以及医生的家属，护士和服务员都积极参加。随着活泼的钢琴伴奏，他们跳舞和走步交替进行。不时地有些绅士或女士（他们的熟练程度以前就被证实了的）来给大家唱歌。歌声从来没有在感情激烈时变成尖叫或是嚎叫。我必须承认，我本来还担心有危险潜伏着。舞会开始得很早，八点钟吃点心，九点钟大家就分开了。

到处都是非常礼貌和文质彬彬的气氛。大家都跟着医生学那种腔调，而医生呢，则是切斯特菲尔德①的语气。这种娱乐聚会也跟别的聚会一样，

---

① 即菲利普·道摩·斯坦霍普，切斯特菲尔德（Earl of Chesterfield, 1694—1773），第四任伯爵，英国政治家和文学家。因写给私生子菲利普·斯坦霍普（Philip Stanhope）的书信（1737至1768年，1774年出版）而闻名。这些书信风格简洁优美，充满了处事智慧、睿智的建议和犀利的评论。直到现在，"切斯特菲尔德式"（Chesterfieldian）仍然表示温文儒雅的意思。

给妇女们提供了好些天内容丰富的谈话资料，而男士呢，都是如此地想在这些场合上大显风光，以至于他们有时竟被人发现为了能在舞会上展露才华，而在私下里练习跳舞的步法。

显而易见，这种制度的伟大特点之一即是，在这些不幸的人中间也要教导和鼓励他们，给他们体面的自尊心。这种精神在南波士顿所有机构里都或多或少地可见。

那儿还有一个勤勉院。它有个专门的机构是收容年老或其他无依无靠的贫民。在那里，可以看到这一类的话写在墙上："谨记：自治，沉着，平静是福"。并没有人这样假定和视为当然，说：到这儿来，他们必须是心肠坏的和邪恶的，在这些恶毒的人跟前，需要对他们进行威吓和强制。他们刚一进门所遇到的，只是这种前面说的温和的呼吁。屋里的一切，都很朴素而简单，一如他们应该如此，但是却安排得安静而舒服。这种安排比起别的安排来，也并不多费钱，但是这种安排对于那些被迫在这里寻找庇护的人们，充满了无限的体贴，使他们的感激之情立即油然而生，良好的行为随即而成。他们住的地方，不是那种分开的、宽敞的、长长的、蔓延的病房，使不少衰弱的人们在那儿整日地悲哀发抖。他们住的大楼被分成单间，每个单间都可以充满阳光和空气。这是穷人们最好的生活了。他们都想把各自的房间收拾得舒服和体面，从这里可以看出他们都有努力和自尊的精神。

我不记得有任何房间是不洁净和不整齐的，每个窗台上都摆着一两盆花，或者架子上摆着一排盘碗，白粉墙上展示着彩色的图画，门后挂着木钟表。

小孩子们住在和这座楼相连但分隔开的另一座楼里，也是同一机构的一部分。有些孩子非常幼小，楼梯都得用小人国①里的尺度来量，这是为了适应他们那种小小的脚步。考虑到他们的年龄和体力，他们坐的椅子设计得精巧细小，和贫民玩具娃娃房子里的家具一样。我可以想象到，英国贫民委员会的委员们，看到这些小小的座儿都有背儿和扶手，会怎样地感叹。但是既然儿童小小的脊椎早就有了，在他们坐在萨默赛特宫②董事会里从事救济工作以前就有了，所以我认为，即使这种设备也是慈悲和善意的。在这儿，我又一次为看到墙上的标语而感到非常高兴，都是一条条的简单道德标语，很容易记，也很容易懂。例如"彼此相爱""上帝对于他所造之物中最小的也都记得"之类，以及同样性质的简单格言。这些学生里最小的那些所用的书和所做的任务，也是同样精确地按照他们的能力安排的。当我们看了他们的功课后，四个小个子的女孩子（其中之一是个盲人）合唱了一个短歌，是关于快乐的五月，由于这个歌非常忧郁，我觉得它更适于英国的十一月。唱完了歌以后，我们就去参观她们在楼上的卧室。在那儿，一切都安排得漂亮和舒适，比我们在楼下看到的都不差。看到那儿的教师，在品德和性格方面和这个地方的精神是一致的，所以跟这些孩子告别的时候，我心里是那样轻松，这与我以前向穷人孩子告别是不一样的。

与这个勤勉院相连的，还有一个医院。医院的秩序非常好，同时，我很高兴地说，很多床位都空着。然而它有一个缺点——这是美国所有的室内所共有的——屋里永远有个炉子，该死的、令人窒息的、烧得红通通

---

① 小人国：《格列佛游记》中的一个由比正常人类小的种族组成的国家，即利立浦特王国（Lilliput）。
② 萨默赛特宫（Somerset House）：位于伦敦市中心，是一座美丽的新古典主义宫殿，曾是税务局的总部，现改为展览馆对游客开放。许多大型文艺活动在这里举行，包括著名的伦敦时装周。

的，简直和魔鬼一样，炉子里冒出来的烟，能把天下最纯粹的空气都弄糟。

附近有两个专为男孩子设立的机构。一个叫波尔斯东学校，是专门收容那些没人管，但是也没犯过任何罪的穷孩子的。但是如果不把他们从荒乱的街上收容到这儿，那他们在那样的状态下，会很快变成犯罪的人。另一个是针对犯过罪的青少年，叫作改过院。这两个机构设在一个屋檐下，但是这两种孩子却从不接触。

波尔斯东学校的学生，我们能够很容易想象出来，在外表方面，比起别的地方来，要有很多优势。我到他们那儿参观的时候，他们正在教室里，他们能不用看书本，就正确地回答下面这一类问题：英国在什么地方？有多远？人口有多少？它的首都是哪？它是什么政体？等等。他们也唱了一首歌，是关于农人播种的劳动；还会做出相应的动作来配合这样的部分，如"他就这样播种""他转过身来""他拍手"之类，这些动作使他们对唱歌产生更大的兴趣，同时使他们习惯于做整齐且有规范的动作。他们看起来被教育得非常好，在吃的方面，也很不错，那样肉嘟嘟的脸，胖乎乎的腰的孩子，我从来没见过。

那些犯罪的少年，在很大程度上可没有这么可爱的脸蛋。在这个机构里，有好些黑人的孩子。我首先看到的是他们工作的状况（编筐、做棕叶帽子），之后又看到他们在学校的情况，他们唱了一支赞美自由的歌——这个题目有点奇怪，人们会想，甚至是会激怒犯人。这些少年被分成几班，每一班都用一个数字表示，他们的胳膊上都戴着相同的徽章。一个新来的孩子，被安插在第四班里或者说是最低的班级，以后，如果品行端正，就可以通过努力逐渐地升到第一班。这个机构的计划和目的是：用坚定、和蔼且明智的待遇使犯罪的少年得到改造；使监狱成为一个净化和改

第三章 波士顿

造他们的地方，而非败坏和腐化他们的地方；使他们深深记住，如果他们想要过幸福的生活，只有一条路——勤劳；教导他们，如果他迷了路，应该如何回头。总之，要从毁灭中把他们救出来，使他们重新成为社会上已悔改的、有用的成员。这种机构的重要性，从各个方面，不论是从人性的角度考虑，还是为社会政策着想，都是显而易见的。

还有另外一个机构需要提一下来结束这方面的论述。这个机构是州立感化院。在这个感化院里，静默是必须要严格遵守的，不过这里面的犯人可以互相见面，一起工作，因而感到舒适和心理安慰。这是监狱纪律的改良体系。我们把它引进到了英国，并且在过去几年中成功施行。

美国，作为一个新兴而人口不太多的国家，其监狱，有一种优势，那就是能给犯人找到既有用处又有收益的工作。而在我们这儿呢，连没犯过罪的老实人都经常找不到工作，我们对犯人工作的偏见很显然是强烈的，几乎是不可克服的。即便在美国，把囚犯劳力和自由劳力放到一起，让他们去进行竞争这个原则，也已经有许多人反对，并且反对的人也不会减少，因为在两者的竞争中前者显然处于劣势。

然而就是这种原因使得英国最好的监狱乍一看好像比美国最好的监狱管理得更好。脚踏轮可以没甚声响，甚至毫无声响地被人运作；五百个犯人可以在一个屋子里摘麻絮而鸦雀无声，而且，这两种劳力，监视起来都可以无隙可乘，所以即便犯人中有想对别人说一句话都绝对不可能。而织布机、打铁炉、木匠的锯子和石匠的锤子，这些嘈杂的声音为交谈提供了绝好的机会——尽管匆忙和短暂，但仍然是机会——这些工作，需要工人在一起干活，而且经常还要工人并肩劳动，他们中间又没有任何隔离物，犯人自然可以随时进行交谈。一个参观的人，看到一群人在进行一些普通的劳动，就跟他在户外常常见到的一样，不会有太多感觉，可是如果他看到的是同样的人，穿着同样的衣服，还是在这个地方，做着监狱的罪犯干的那种低贱的劳动，他的感受就不一样了。前者给参观者留下的印象远不及后者那么深刻。我考察美国州立监狱或者改良所的时候，刚开始，我很难使自己相信，我真正在监狱里，真正来到一个下贱的受惩罚和苦难的地方。直到此刻，我还是怀疑，那种标榜人道主义，说不像是个监狱的说法，是否是根据这件事的智慧和哲理而来的。

我希望，在这个话题上，不要被人误解，因为我在这方面有强烈而浓厚的兴趣。我不容易产生那种病态的感情，把臭名昭著的罪犯所说的某个伪善的谎言，或是某个伤感的发言，都作为新闻报道的话题和大家同情的对象；就像我也不喜欢当年那些旧时代的好传统，使英国一直到乔治三世①统治的时候，在刑法法典和监狱条例方面，成为世界上最残忍和野蛮的国家之一。如果我认为对于年轻的一代有好处的话，我会很高兴地赞同把那些文雅的拦路强盗的尸骨（越文雅，我越高兴）从坟里刨出来，把他们一块块暴露在指路牌上，栅栏门上，或者绞架上，要为此而挂得高高的。我非常确信，这些文雅之士都是毫无价值、堕落放荡的恶棍，因为是法律和监狱，使他们在罪恶的路上越走越远，他们绝妙地逃脱，都得益于监狱看守，因为那些监狱看守，在当时，本来也是十恶不赦的罪犯，最后成了他们的知己和酒友。同时，我知道，如同所有人知道的或者应该知道的那样，监狱纪律这个问题，对于任何社会都是最重要的。美国这一方面所做的广泛改革和给其他国家树立的光辉榜样，体现出了伟大的智慧、仁

---

① 乔治三世（George III，1738—1820）：乔治·威廉·弗雷德里克（George William Frederick），1760年10月25日登基为大不列颠国王及爱尔兰国王，1801年1月1日大不列颠及爱尔兰组成联合王国而成为联合王国国王，1820年驾崩。

慈和崇高的政策。把美国的制度和我们模仿这种制度相比的话，我只想说，我们的制度，虽然有缺点，但是也有它自己的优点。

是感化院引出了我前面这番议论。这个感化院，不像别的监狱，四周不是高墙，而是又高又粗的木桩栅栏，就像我们在东方的印刷品和图片上看到的那种养象的围场一样。那些犯人，都穿着杂色囚服。被判做苦役的犯人，有的制作钉子，有的切割石头。当我在那里参观时，切割石头的那帮人正在给波士顿一个建设中的新海关做工。他们看起来技术熟练，动作迅速，但是绝大部分人都是到了监狱以后才学会了这种技艺的。

女犯人则在一个大屋子里，正给新奥尔良和南方各州做夏季穿的轻便衣服。她们像男犯人那样默默地工作着，同时，和他们一样，也是由与她们签订劳动合同的人或者由合同甲方派来的代表监督着。除此之外，女犯人随时都有可能被特别监视她们的狱警视察。

这里对做饭、洗衣服等事情的安排，和我在国内看到的计划安排差不多。他们晚上安置囚犯的办法（已经被广泛使用）和我们的不一样。他们的办法既简单又有效。在一块高地中间，阳光从四面墙上的窗户照射进来，有五层囚室，每一层前面，都有一排轻便的铁制走廊，除了最低的那一层（因为在地上），每层都有同样材料和同样构造的梯子通着。在后面，和这五层囚室背对着背，面对着面的是同样的五层囚室，也由同样方式通着。这样，想象一下犯人关在囚室里的时候，只需一个狱警，背靠着墙站在地上，就可以马上看到一半犯人了；另外那一半，有另一个狱警在那一面看着——这两面囚室，都在一个大房子里。除非看守人受了贿或者在岗位上睡着了，否则犯人想要逃走是不可能的。因为即使犯人能不出声响把囚室的铁门用力打开（那简直是不可能的），一旦他出了囚室门，走上了他的囚室通着的那个走廊，那他就肯定清楚而完全地暴露在狱警的眼前。

每个囚室里都有一张小脚轮床,上面睡一个犯人,没有别的人了。床当然很小。囚室的门不是实的,而是栅格的,而且也没有百叶窗和帘子,所以里面的犯人在任何时间都会暴露在看守的注视和巡查之下,这些看守在夜里随时都会溜达到这一层。每天,犯人都去厨房墙上的小窗户那儿领自己的饭,每人领到了自己的饭以后,拿到自己的囚室吃,他会被单独锁在里面一个小时。这种安排给我的总体的印象是令人赞叹的,而且我希望英国建立新的监狱也以这种安排为模板。

他们告诉我,在这个监狱里,看守人员不能带刀和火器,甚至连棍子都没有,如果按照现在这种极好的管理方式继续下去,那即使将来,在这个监狱里不论是用来攻击的,还是用来自卫的武器,都没有装备的可能性。

这就是南波士顿的机关!在所有的这些机关里,州内不幸的或者堕落了的公民都被收容在这里,被教导对上帝和人类所应尽的责任,他们被给予条件所能允许的各种舒适和快乐;他们被看作人类大家庭中的成员那样去感化,不管受了什么苦,有多么贫穷,有多么堕落,都被一颗伟大的心灵而不是强大的手腕(其实很脆弱)来管理着。我这样详细地介绍这些机关,首先,是因为它们很值得这样介绍;其次,因为我想用它们做示范,遇到其他的有着同样构思和目的的机关,却因为这种或某种方面的原因而运行失败,或者有所不同,拿来和美国的机关做个比较,我就很满足了。

我希望通过对这些机构的描述,虽然不那么完美,但是用意却很诚恳,能传达给读者那些情景所给我的哪怕是百分之一的满足感。

对于一个英国人来说,看惯了威斯敏斯特大厅的那套后,我猜,美国法庭对他来说,一定是个奇怪的样子。正如一个美国人,看英国的法庭一定也觉得奇怪一样。除了华盛顿最高法院(法官穿朴素的黑长袍),在司

第三章　波士顿

法部门，没有假发和长袍此类的行头。一个代理诉讼的律师同时也担任辩护人（这里不像在英国那样把二者的功能分开），所以他们和自己的委托人是不分开的，和英国破产债务人救济法庭上代理诉讼律师和他们的委托人一样，陪审员都很自然随意，尽可能让自己很舒适。证人也没有那么严肃，也没有和众人隔离开，所以，一个生人，在中间停歇空当进了法庭，很难从其他人中把证人指出来。如果碰巧是刑事案件，那他如果往被告席那儿去找犯人，十有八九不会找到，因为那位被告的绅士最可能的情形是，或者夹在法律界里最杰出的名人中间闲坐着，和他的律师低语着一些想法，或者正用削笔刀把旧鹅毛笔削成牙签。

当我参观波士顿的法庭的时候，我不得不注意到这些不同之处。一开始，我觉得惊讶的是，辩护律师在进行侦查而讯问证人的时候，是坐着的。但是看到辩护律师忙着把证人回答的话自己记录下来，而且知道他只一个人，并没有助手，我马上就这样想着安慰自己：在美国，诉讼这件事，一定不像在我们那里那样昂贵，我们认为缺少的必不可少的各种礼节也毫无疑问对于减少诉讼费是有好处的。

每个法庭，都有宽敞广大的地方来容纳市民。美国各地也都是如此。在每个公共机构，人民旁听的权力，对诉讼关注的兴趣，是被完全和明确认可的。在这儿，没有冷酷的看守把他们那值6便士①的文明礼貌迟迟且少量发放，我真诚地相信，在这儿，也没有什么傲慢无礼的机关。国家的任何东西，都没有被人拿着当展览品卖钱，也没有公务人员当被人参观的人。我们最近几年已经开始学习这种好的做法，我希望我们以后继续这样做，时间充分发展后，也许主任牧师们和大教堂议会的会员们也能转变

---

① 6便士：英国法庭的门守是要小费的，至少要给6便士，才能让你进去。

过来。

在一个民事法庭里，一个案件正在审理中，是由于铁路事故造成的损坏。证人都被审问过了，辩护律师正对着陪审员发言。这位有学问的绅士（正像他的一些英国同行那样），拼命地啰里啰唆，极有能力把一句话翻来覆去重复。他那了不起的主题是"火车司机沃伦"，他在每句话中都要塞进这个人名来为话语服务。我听他说话听了有15分钟，听完就走出法庭了，我对这个案子里的情况，还是没有一点儿启发，觉得好像又回到了家乡了。

在牢房里，有一个男孩子，被控犯有盗窃罪，正等着被法官审查。这个小伙子，并不会被送到普通的监狱，而是会被送到南波士顿的收容所，在那儿学些技术，再过一段时间以后，让他师从一个有威望的师傅。这样一来，即使他的盗窃行为被揭露，也不会使他以后遭受恶劣的生活和凄惨的绝境，而且有这样一个合理的期望，即把他从罪恶中改造过来，成为社会上一个有价值的人。

我绝不是一个对我们法律上的郑重礼仪都全盘接受的倾慕者，那些礼仪之中有许多在我看来还极其可笑。虽然这些话听起来有些奇怪，但是毫无疑问的是，假发和长袍子这些行头是有某种保护性的——穿戴起这些东西，就可以使他们把个人的责任推卸，如此催生了傲慢无礼的举止和言语，辩护的人不是追求真理，而是歪曲事实，这些在英国法庭上是如此常见。然而，我不由得怀疑，美国在它极力要摆脱旧制度的荒谬和陋习时，是否做得太过而走向另一个极端了呢？特别是在这样一个小城市里，大家都认识彼此，是不是应该用一些人为的屏障把执法诸事包围起来，而不至于有那种"称兄道弟，互相问好"的家常气氛呢？法官高贵的品格和能力为法律的实施提供了帮助，这种品格和能力不仅在这里，在其他地方也都有，这都是理所应当的。但是也许还需要一点儿别的东西，不是让那些有思想和有见闻的人来看，而是针对那些没有知识没有头脑的人，其中就包括一些犯人和许多证人。毫无疑问，这些机构是按照"那些对制定法律负责的人必然是要尊重法律的"这项原则而建立的。但是经验却验证了这种期望是靠不住的，因为，没有比美国法官更清楚的了，碰到任何大众兴奋的事情，法律都是没有效力的，也不可能在当时实现它的最高权威。

波士顿的社会风气是非常客气、礼貌、优雅的。妇女们都毫无疑问地非常漂亮——面容漂亮，不过我必须点到为止了。她们所受的教育，和英国的妇女都一样，不见得多好，也不见得多坏。在这方面，我听到一些很令人惊奇的故事，但是，既然我不相信，所以也就没有失望感。女士学者，在波士顿也有，不过，像其他地方同样肤色和性别的学者一样，她们宁愿让别人认为她们是优越的，而非真的优越。新教会的妇女们，对于各自所信仰的宗教派别那样钟爱，对舞台娱乐那样憎恶，真是太典型了。各个阶层和各种条件下都有热衷于听演讲的妇女。在波士顿城市这种流行的地方性生活中，讲道坛的影响力很大。在新英格兰地区讲道坛的（除去神一体派）特别主题似乎是抨击一切天真及合理的娱乐。教堂、圣堂和讲堂是唯一的可以给人们带来兴奋的处所，而女人们也就成群结队地往这些地方去。

不论在什么地方，如果人们诉诸宗教就像他们追求烈酒一样，把它作为逃离单调的家庭生活的庇护所，那么，哪个牧师布道最富于激情，哪个牧师就最受欢迎。那些在往"永生"去的那条路上播撒硫黄①最多的，那些把路旁的闲花野草践踏得最无情的，会被认为是最正直的人。那些强调

---

① 播撒硫黄：基督教认为地狱里有硫黄在燃烧，被审判的有罪的人死后要被扔到硫黄火湖里受苦。

上天堂很难的人，一定会叫真正的信仰者认为是肯定能上天堂的。虽然他们是如何得到这个结论的，很难说清楚。在国内是这样，在国外也是如此。至于另一种令人兴奋的东西——讲演，它至少有一个优点，那就是，它永远都是新鲜的。第一个讲演还没完，第二个就来了，因此没有人记得到底讲了什么。因此这一个月讲的东西，下一个月可以毫不顾忌地重复一遍，而听的人依然觉得很有趣。

地上的果子靠从腐烂的东西中吸取营养而生长。从这种种腐败的东西上，波士顿出现了一派叫作"超验派"① 的哲学家。在考查这个名词是什么意义的时候，有人告诉我说，任何不可了解的东西都一定是超验的。听了这话还是不太懂，于是我又做了更进一步的考查，发现：所谓的超验派哲学家，原来是我的朋友卡莱尔②的信徒——或者应该说，这派哲学家，原来是卡莱尔那个信徒拉尔夫·瓦尔多·爱默生③的信徒。这位绅士曾写过一本论文集，在这些论文中，固然有一些是想象和臆造的（请他原谅我这样说），但是多数都是正确和具有男子气概的，诚实且无畏的。超验哲学也偶尔会有它的奇怪之处（哪派哲学没有呢?），但是尽管古怪，它却也有健康的因子。其中很重要的一点是，它对于虚伪由衷地厌恶，能敏捷地把这种虚伪从它那永生不灭的橱柜里，在它的种种变身中察觉出来。因此，如果我是一个波士顿人，我想我也会是个超验哲学家。

---

① 超验派（Transcendentalist）：超验主义是美国的一个重要思潮，它兴起于19世纪30年代的新英格兰地区，后波及其他地方，成为美国思想史上一次重要的思想解放运动。它是与拉尔夫·瓦尔多·爱默生以及梭罗相关的一种文学和哲学运动，宣称存在一种理想的精神实体，超越于经验和科学之外，通过直觉得以把握。超验主义是美国文学的第三个阶段，是真正影响美国的文学风格的开始。

② 卡莱尔（Thomas Carlyle, 1795—1881）：苏格兰评论家、讽刺作家、历史学家。他的作品在维多利亚时代甚具影响力。

③ 爱默生（Ralph Waldo Emerson）：美国思想家、诗人。1836年出版处女作《论自然》(Nature)。他在文学上的贡献主要是散文和诗歌。

第三章 波士顿

唯一一个我在波士顿听说过的牧师是泰勒先生,他是专对水手讲道的,他自己曾经也是个水手。我发现他的圣堂坐落在一条狭窄古老、靠水的街上,周围很多船只;房顶上有一面鲜艳的蓝旗在空中随风飘扬。在讲坛对面的走廊上,有一个小小的唱诗歌队,其中有男有女,还有一个大提琴和一个小提琴。牧师已坐在讲坛上,讲坛高高地坐落在柱子上。讲坛背面挂着帐幔,画面生动,像戏台上的那种。他看起来饱经风霜,面目严厉,年纪大概有五十七八岁,脸上是深深的皱纹,像雕刻进去的一样,他有乌黑的头发和坚定锐利的眼睛,但是整个面容却是和蔼可亲的。仪式从唱圣诗开始,接着是即时的祈祷。祈祷中不断地有重复,是这类祈祷所共有的毛病,但其中的信条却朴素而晓畅,体现出一种对全体人类的同情和仁爱,这种感情本来就是对上帝祈祷时所该有的,但却经常没有。祈祷完了,他开始讲道,讲的是从《雅歌》①里摘出来的一句话,在仪式开始前,聚众中一个大家不认识的人,把这句话摆到了讲桌上,所谓:"谁是那个从荒野中走出来,靠着他所爱之人的胳膊的人?"

他用各种方法来处理讲演材料,把这个话题弄成各种方式来讲,不过却很巧妙,并且他有那样一种粗放的口才,很适合听他讲道的人的理解力。如果我确实没弄错的话,我觉得,他对听众的同情心和理解力很下功夫去了解,比他对个人口才能力下的功夫都大。他所用的意象,都是取材于海上生活的,来自于水手生活琐事的,并且都非常好。他对他们讲"那位光荣的人物——主奈尔逊",对他们讲科林伍德;他讲的时候,绝没有像俗语说的那样,把不相干的话蛮横地拖拉过来,而是使他的话自然地实现其目的,而且也对其效果非常关注。有时候,他讲话很兴奋的时候,他

---

① 《圣经》66卷中很独特的一卷书,全书中心是讲男女间爱情的欢悦和相思之忧苦。全书很短,只有117节,体裁奇特,文字秀丽,富含东方色彩。

有一种很怪的动作——是约翰·班扬①和伯尔雷的贝尔福②的合成体——那就是：他把四开本的《圣经》夹在腋下，在讲坛上来回地踱步，同时聚精会神地往会众中间看。因此当他把所讲的东西应用到听众们第一次集会时，把他们敢于自成集团而使教会惊讶的情形描绘出来的时候，他就像刚才我所描述的那样，把书夹在腋下，停顿了一小会儿，然后又继续说："这些都是谁？他们是谁？——这些家伙都是谁？他们是从哪儿来的？他们要去哪？——从哪儿来的？他们怎么回答的？"——把身子探到讲坛外，他用右手往下指着说："从下面来的！"然后他又把身子站直了，看着面前的水手们说，"从下面来的，兄弟们。从装满了罪恶的大舱里面来的，恶人从外面把舱门钉死了。你们都是从哪儿来的！"——他又在讲坛上来来回回地走。"你们要去哪儿？"说到这儿他突然停住："你们要去哪儿呢？到上面去！"——声音更高了："往上面去！"——很柔和地，向上指去，"往上面去！"把声音提得更高："那就是你们要去的地方——那儿风和日丽——那儿一切都整齐干净，在光辉中向天堂驶去，那儿没有风暴，没有恶劣的天气，那儿坏人不再捣乱，疲劳的人得到休息，"然后他又来回走了一趟，"我的朋友们，这是你们要去的地方，就是那儿，就是那个地方。那就是你们的海口，那就是你们的海港。那是一个幸福的港湾。那里不管风和浪，都是平静的。那儿没有撞到礁石上的危险，没有拖着锚被浪打到外海的危险。那儿只有平静——平静——平静——一切都是平

---

① 约翰·班扬（John Bunyan，1628—1688）：英国著名作家、布道家。青年时期曾被征入革命的议会军，后在故乡从事传教活动。1660 年斯图亚特王朝复辟，当局借口未经许可而传教，把他逮捕入狱两次，分别监禁十二年和六个月。他在狱中写成《天路历程》（*The Pilgrim's Progress*），内容是讲述基督徒及其妻子先后寻找天国的经历，语言简洁平易，被誉为"英国文学中最著名的寓言"。

② 贝尔福（Balfour of Burley）：斯科特（Walter Scott）的小说《清教徒》（*Old Mortality*）中的一个人物。斯科特在小说中曾描写了贝尔福拿着《圣经》叫喊的怪样子。

第三章 波士顿

静!"——接着他又来回地走了走,把腋下夹的《圣经》轻轻拍了一下,"怎么,这些人都是从旷野中来的?是这样吗?不错,是。从充满了罪恶的旷野那儿来的,那儿唯一的收获就是死亡。不过他们倚靠着什么东西吗?他们无所倚靠吗,这些可怜的水手?"——往《圣经》上拍了三下:"哦,是的,是的——他们倚靠着他们爱的人的胳膊,"又拍了三下,"倚着他们爱的人。"又是三下,来回走了走,"引航的人,指路的明星和罗盘,三者合而为一,对于每一个水手都是这样——就在这儿,"——又拍了三下,就在这儿。他们可以像个男子汉般的去执行水手的责任,即便是处于最大的危险之中,他们也不会害怕,有了这个。又拍了两下,"他们可以来,即使这些可怜的家伙,都能从旷野中来,倚靠着亲爱的人的胳膊往上去,上去。上去!"——他把这句话每重复一遍,就把他的手往高里举一下,到后来,他把手一直举到头上,以一种奇怪的入迷的样子看着他们,他把《圣经》胜利地贴到胸前,然后他又慢慢地转到讲道的另一片段。

我引用这段话,是做一个例子表示他那种讲道的奇特,而不是表现其优点,不过,如果我们把他这种奇特和另外两点——他的神气和态度,以及听他讲道的人的特点——联系起来看,那么你就会发现即使这样也很引人注目。不过,有可能我对他有很好的印象,是受了下面这两点的巨大影响和巩固加强:其一,他让听众们相信:笃信宗教和快乐行事并不冲突,不但如此,宗教毫不苟且地要求他们快乐呢;其二,他警示他的听众,叫他们不要独占天堂和天堂里的仁慈。我从来没听见这两点被如此明智地谈论过(如果我曾听见过有人讲过这两点的话),被以前任何诸如此类的讲道者谈过。

在波士顿度过这段时间后,我了解了这些事情,安排了下一步旅行的日程，还参加了波士顿的社交。我认为没有把这章书再拖延下去的必要。至于那儿的风俗习惯，我还没有提到的，可以用几句话来概括。

通常吃正餐的时间是两点钟。宴会派对的时间是五点，晚会很少会迟于十一点结束的。所以，一个人在半夜还不回家就会不太好，即便是参加盛会。我看不出波士顿的宴会和伦敦的宴会有任何不同的地方，除了这几点：前者的一切集会，都是在合理的时间内举行的；宴会上的谈话也许声音高一些而且更加欢畅；客人通常要上到最高的一层楼上去脱下大衣；在每次正餐宴会上，他一定能看到桌上有异常多的家禽，在每个晚餐宴会上，至少有两个巨大的碗盛着热气腾腾的炖牡蛎，一个长到半人高的克拉伦斯公爵可以很容易地在那种碗里窒息而死。

波士顿有两个剧场，场地都不小，建筑都不错，但是却少有人光顾，这点让人很是难过。到那儿去的几个女士，都理所应当的，坐在包厢的前排。

酒吧间是一个石头地面的大房间，人们在那儿站着，抽烟、闲逛，能待一晚上，他们随情绪来去无时。在那儿，刚来的人会对各种酒的神秘特质产生兴趣：杜松子酒、鸡尾酒、桑加里酒、冰镇薄荷酒、雪利考布勒、丁白都德尔，以及其他的各种稀有的酒。房间里都是寄宿者，有结了婚的，也有单身的，许多人夜里就睡在地上，按星期来签订食宿合同——他们休息的地方离天越近，付的费用就越少。在一个很气派的大厅里摆着公用饭桌，在那儿开早饭、正餐和晚饭。在一起吃饭的人，在人数方面，能少到一个人而多至二百人，有时候更多。一天里开饭的时刻都会敲巨锣，锣声在屋里回响，震撼着窗户，让一个神经紧张的外国人极其慌乱。女士们和男士们各有自己的一套餐具。

在我们住的单间里，桌子中间总得放一个大玻璃盘子，里面盛着蔓越橘，否则就不能考虑去开饭。早饭也不算是早饭，除非主菜是一块奇形怪状的牛扒，牛肉的正中间带着一块扁平骨头，浸在热黄油里，上面撒着最黑的胡椒面儿。我们的卧室宽敞通风，但是（和大西洋这一岸上所有的卧室一样），家具很少，在法式床架上和窗户上，都没有窗帘。不过，那儿却有一样很不平常的奢侈品，那就是绘有图画的木衣柜，比英国的岗楼稍小一点。如果这样都无法传达出它的具体尺寸的话，那你可以根据这个事实估测一下：我在那儿住了十四个白天和晚上，却一直坚信它是一个淋浴室。

第四章

一条美国铁路　洛厄尔以及它的工厂制度

离开波士顿前,我花了一天的时间去洛厄尔①走了一趟。之所以把这次游历的所见所闻,单独写成一章,不是因为我要就这点长篇大论,而是因为这个地方在我的记忆里是个独特的回忆,我愿意让它给我的读者留下同样的印象。

这次游历,给了我和美国铁路第一次认识的机会。因为铁路在美国各州都非常相似,所以它的一般特点可以很容易地描述出来。

美国的火车,跟我们国家不一样,没有头等车厢和二等车厢之分;但是却有男士客车和女士客车之分。主要的分别是:在男客车里,人人抽烟;在女客车里,无人抽烟。因为黑人永远不和白人一起旅行,所以还有黑人专用车,这种车是一种庞大笨重的大柜子,像格列佛在大人国里坐着到海上去的东西一样。② 车上尽是颠簸和吵闹,车厢里都是墙壁,没有什

---

① 洛厄尔(Lowell):位于美国马萨诸塞州东北部,是马萨诸塞州第四大城市。洛厄尔在美国以工业革命的发源地而著称。
② 《格列佛游记》是英国作家斯威夫特(Jonathan Swift)(1667—1745)的著名小说,作者假借虚构人物外科医师莱缪尔·格列佛(Lemuel Gulliver)周游四国所写的一系列神奇的旅行经历,其中第二部"大人国游记",说格列佛在大人国里,国王和王后给他做了一个小箱子,12英尺见方,高10英尺,箱子上有环,他跟国王、王后到海边去的时候,箱子被鹰抓到了空中。

第四章　一条美国铁路　洛厄尔以及它的工厂制度

么窗户,一列车有一个火车头,尖叫着,还有鸣钟。

车厢和破旧的公共马车一样,不过更大:能装三十个人、四十个人或五十个人。座位不是沿着车的两边放的,而是横着安放的。每个座位上坐两个人。车厢的两边,都有两大排这样的座位,中间是一条狭窄的过道,车厢两端都有一个门。车厢中部通常都有一个炉子,烧炭或者无烟煤,绝大多数都烧得通红通红的。车里封闭得让人难以忍受,你能看见热热的空气在你和任何你所看的东西之间流动,好像是烟的鬼魂一样。

在女士客车里,有许多携带夫人的绅士们,还有许多没有男子陪伴的女客。因为任何女人都可以独自旅行,从美国这一头走到那一头,而肯定能受到最礼貌最体贴的待遇。售票员,或者说检票员,也可以说守卫员,不管你怎么叫他们,都一律不穿制服。他们在车里走来走去,往来出入,随兴而至;他们靠在门上,把手插在口袋里,拿眼睛盯着你,如果你是一个外国人的话;或者就和靠近他们的人交谈。许多人都拿出报纸来,但是真看的人却不多。每个人都跟你交谈,或者跟任何他感兴趣的人交谈。如果你是一个英国人,那他就希望,这个铁路也像英国的铁路一样。如果你说"不像",他就说"不像吗?"(用的是问询的语气)然后就问你,从哪一方面看不像,你把不像的地方一项一项地列出来,每举一项,他就说"是吗?"(用的还是问询的语气)接着他就说,他想你们英国的车,走起来没有这个快吧?你要是回答是肯定的,他就又说"是吗?"(仍旧是问询的语气)他显然是不信你说的话。沉默了好一会儿,他又开口了,一半儿冲着你,一半儿冲着他的手杖把儿说,"美国佬被认为是努力前进的人",听了这个话你回答了一声"是的",跟着他也说"是吗!"(但这一次却用的是肯定的语调)你碰巧往窗外看的时候,他告诉你,在那个小山后面,离下一个车站有三英里,有一个很不错的市镇,坐落在一个很好的地点,他期望你在那停留。你的否定回答会让他对于你所要去的地方接着打问。

不管你要往哪儿去，你都会听到这样的话，"不经历巨大的困难和危险，你是到不了那儿的，所有好的风光都在其他什么地方。"

如果一位女士喜欢任何一位男客的座位，那么，陪伴她的男士就会把这个情况告诉这位男客，他马上会很客气地把座位让出来。大家谈的多半是政治，还有银行和棉花。安静的旅客都对总统问题避而不谈，因为只有三年半的功夫，就该另选总统了，所以党派的情绪是高涨的。美国政体里最能表现立宪精神的，就是上次选举的敌对硝烟刚过去，下次的敌对硝烟又来了。这对于一切强大的政客和真正的爱国人士——也就是说，对于99.25%中的99%的大人和孩子——有种说不出来的安慰。

除了分支路和主干路相连接的地方，很少有不是一个轨道的铁路。所以路很狭窄，如果有开山辟路的地方，便没有什么广阔的风景。如果不是开山辟路的地方，那么，风景总是一样的———英里一英里的，只看见矮小的树木，有的让斧子砍倒，有的让风吹倒了，有的快要倒的样子，倚在它的邻树身上，还有许多，就是光光的树身子，一半埋在泥塘里，另有一些腐朽得成了海绵状的木屑。那块地方的土壤都是这种细小的碎屑组成的；每一个死水湾子上面都盖着一层腐朽的植物，到处都是树枝、树干和树桩子；在不同阶段所有的腐烂、分解和被人忽略的状况，都能在水上面看到。现在你来到了一个宽敞的地带，在这停留了几分钟，那里有明亮的湖泊或者说水塘，这个湖泊，像英国的河那样宽，但是在美国，却连个名字都没有。现在，你匆匆地瞥见远处的市镇，镇上有干净的白房子和凉爽的露台，有新英格兰那种齐整的教堂和学校。但是，还没等到你看见它们，呼的一声，车就又走进了阴暗无光的背景中：矮树、树桩、木块和死水湾——都跟前面见的一样，好像是魔术又把你带回去了一样。

火车在一个树林里的车站停下了，那个车站那样荒凉，没人会愿意在这儿下车，就像没可能有人在这里上车一样。火车冲过了一道收税关卡，

第四章 一条美国铁路 洛厄尔以及它的工厂制度

只见关卡上没有门，没有警察，没有信号，什么也没有，只有一个粗糙的木头半圆门。上面写着"铃声响时，注意火车"。车飞快前行，又进了一个树林子里，然后在阳光照射的地方钻了出来，在脆弱的拱门上咔嗒嗒地跑，在沉重的土地上咕隆咕隆地滚，从一个木头桥下面飞驰而过，一眨眼的工夫把太阳光隔断了。车行驶到了一个大镇上，把一条大街上原先沉睡的回声都唤醒了，在马路中间没头没脑、横冲直撞地拼命奔过去。在那条街上靠近铁道边的地方，有工匠在做活儿，人们倚在门上和窗上，小孩子放风筝、弹石子儿，男人抽着烟，女人聊着天，小孩子在爬，猪在拱地，未被驯服的马踢腿抬脚。那个火车头，拖着它后面的一列列车厢，像一条疯狂的龙一样，往前冲着，把车上烧的木头那些燃着的火星像下雨似的往四外喷射。它尖叫着、嘶鸣着、高喊着、气喘吁吁地，一直到这个渴了的怪物停在一个亭子下去喝水，才住了声。这时候，人们都围了上来，你才有了时间喘口气。

到洛厄尔的车站上接我的，是一位和洛厄尔的工厂管理有密切关系的人。对于他做我的引路人，我很高兴，立刻就和他坐着车，往工厂所在的那个小镇的角落驶去。我去那里的目的就是要参观那儿的工厂。洛厄尔虽然刚刚成年——因为，如果我没记错，这个地方成为工业城，才刚刚二十一年——就已经是一个人口众多、工业繁盛的大城市了。吸引人们注意的是它的年轻，这种年轻带给它一种奇怪独特的风貌，对一个从古老的国家来的人来说，就会很有意思。那是一个很脏的冬天，一切的东西对于我都很新鲜，除了那些烂泥，在某些地方深没膝盖，可能是发过洪水①以后，

---

① 洪水：《旧约·创世记》中第六章说，"上主见人在地上的罪恶重大，人心天天所思念的无非是邪恶；上主遂后悔在地上造了人，心中很是悲痛。上主于是说：'我要将我所造的人，连人带野兽、爬虫和天空的飞鸟，都由地面上消灭，因为我后悔造了他们。'"上帝因此发动了一场洪水大灾难来消灭人类，而只保留诺亚一家和动物。

就沉积在那儿的。有一个地方,新盖了一座木教堂,它没有尖塔,还未被上过漆,看起来很像一个庞大却没写地址的货箱。在另一个地方,有一个大饭店,它的墙和柱廊都那么脆、那么薄和轻,那样子像是用纸片做的。我们从它旁边走过的时候,我小心翼翼地不敢喘大气。当我看见一个工人上了它的房顶,都打起颤来,唯恐他一不小心,一脚把整个建筑踩塌了,哗啦一下子倒下来。使工厂里的机器开动的那一条河(因为这儿的工厂都是用水力的),似乎是从它流经的新鲜亮眼的红砖和上了油漆的木头房子这些新鲜建筑那里获得了一种新的性质,它轻快、率性、活泼。这条年轻的河在咕咕哝哝中奔向前去,像人们所期望看到的那样。一个人,会发誓地说,所有的面包房、杂货铺、装订店和别的商店,都一定是头一次拉下百叶窗,昨天才开始营业。药房门外,挂在遮阳架上做招牌的金色的杵臼,都看起来像是刚从美国造币厂生产出来的。我在街角看到女人怀里抱着个一周或者十天大的婴孩,我就不自觉地想:他是从哪来的,就没有一刻想到,他可能是在这样一个年轻的城市里出生的。

在洛厄尔有几个工厂,每个都属于我们称为公司的机构,而在美国却叫集团。我参观了好几个,例如说一个羊毛厂、一个地毯厂,还有一个棉纺厂。我仔细看了看每个部分,是在他们日常工作状况下查看的,没有任何提前的准备,也没有和平时的日常程序不同的地方。我可以再加上一句,我对于英国的工业城很熟悉,曾以同样的状况,参观过曼彻斯特[①]和别的地方的许多工厂。

我碰巧赶上工人刚吃完饭的时候参观第一个工厂,女工们都正要回车

[①] 曼彻斯特(Manchester):英国人口第二大城市,英国的棉纺织业中心,重要的交通枢纽与商业、金融、文化中心。曾是工业革命的开路先锋,现在发展的是新兴工业,作为自由贸易、经济自由化和合作运动的先导的曼彻斯特市对英国经济有着极强的影响力。狄更斯在1838年和1839年曾参观过曼彻斯特的工厂。

第四章 一条美国铁路 洛厄尔以及它的工厂制度

间里去——确实,我上楼的时候,楼梯上挤满了女工。她们都穿戴得很好。但是我认为,却没有超出她们所处的环境条件。因为我很喜欢看到社会上身份比较低的人们,对于服装和仪容注意一些,甚至,如果她们喜欢,可以用一些小小的装饰品打扮打扮,只要在能力范围之内就可以。如果不超过合理的限度,我对于自己任何所雇的佣人,总是鼓励此类的自豪感,这是自尊构成的一个有价值的因素,而不能因为有些坏女人,把自己的堕落归罪于喜欢穿戴打扮,就阻止她们注意修饰。同样,我也不能因为一些在安息日[①]有过错的人,对那些善良的人发出警告,就改变对安息日的真正目的和意义的看法,而这样的警告可能是一个很让人怀疑的权威——纽盖特的杀人犯所发出的。

这些女孩子,像我刚才所说,都穿戴齐整。而所谓齐整,当然包括极其的干净。她们都戴着耐用的苏格兰帽,穿着暖和的大衣,围着舒服的披巾,还都穿着木套鞋。同时工厂又有地方让她们可以很好地存放东西,而且洗濯也很方便。她们看起来都很健康,有很多人还特别健康。她们有年轻女性的那种行为和举止,而不是低级的牲畜。如果我在这些工厂里(虽然我试图仔细观察一下找找这类人,却没有发现)看到我的想象力能想到的最口齿不清的、装腔作势的、矫揉造作的、荒唐可笑的年轻人,那我就要想到和这类相反的那样漫不经心、郁郁不乐、邋里邋遢、自轻自贱和呆滞无趣(这是我曾看见过的)的人,那么,我更乐意看到前一种人。

她们工作的房间,也和她们一样地整齐。有的车间,窗台上摆着绿色植物,是为了能够遮挡强光。所有的车间,都是在工作情况允许下,达到空气流通、干净和舒服。在那么多的女人中间,其中有许多刚刚站在女人

---

① 安息日:源于阿卡德语,本意为"七",希伯来语意为"休息""停止工作"。犹太历每周的第七日(自星期五日落到星期六落),安息日为圣日,不许工作。

的边缘,有些人外表娇嫩脆弱,这也是合情合理的,毫无疑问,确实有那样的人。但是我郑重地声明,那一天我在不同的工厂看到了一大群人,我却想不起来,也分辨不出来,有任何一副面容让人难过的。假设那些年轻的女孩子,都是为了生活的必需而非自食其力不可,即便我有那种权力,我也不会让她们离开那些工作。

她们都住在附近的各类寄宿公寓里。工厂的主人,都是非常小心,要把那些人的品格进行最严格和彻底的考察,才准他们开办公寓。任何来自于住宿者或者其他人的抱怨意见,都要经过充分的调查。如果发现所提的意见有充分的理由,那公寓开办人会被开除,会有更有资格的人来取代他们的位置。这些工厂里还雇用了一些童工,但人数不多。州法律禁止童工工作的时间一年内超过九个月,还要求在剩下的那三个月里,对他们进行教育。为了这个目的,洛厄尔有这样的学校,那儿还有各种派别的教堂和圣堂,每一个年轻女人,都可以到她们受教育的那个教堂或圣堂去做礼拜。

坐落在附近最高和最好的地点上的,是他们的医院,或者说是病人的公寓。这是那一带最好的房子,它是当地一个杰出的商人为了自己住而盖的。和我描写过的那个波士顿的医院一样,它并不是隔断成病房的,而是分成了方便的单间,每一个单间里,都拥有一个很舒适的家庭里所必有的一切使人舒适的设备。主任住院医生,也住在这所房子里。如果病人是他自己的家属,那他也做不到更好的护理和医疗了,也不能更温柔和体贴了。这个医院一个女病人一星期的住院费是 3 美金,相当于英国的 12 先令。但是任何被雇佣的女工,从来就没有因为缴不起住院费而被人赶走的。她们不是经常缴不起住院费,可以从下面这些数据看出来:在 1841 年 7 月,不少于 978 名女孩子都是洛厄尔储蓄银行的存户。她们存款的总

第四章 一条美国铁路 洛厄尔以及它的工厂制度

数约为10万美元,即2万英镑。

我现在要陈述三个事实,这三个事实,会让大西洋这一侧的人大吃一惊的。

第一,在许多公寓里,都有一架大家合资购买的钢琴。第二,几乎所有这些年轻的女工都订阅了流通图书馆。第三,她们自己合办了一个杂志,叫作《洛厄尔文刊》——那是一个"创作的图库,撰稿人都是在工厂里工作的女性"的杂志。这个杂志,都是正规印刷、发行和出售。我从洛厄尔买了一本,有400页之厚,我从头到尾读了一遍。

有一大群读者知道了这些事情都很吃惊,都要异口同声地大声说:"真是荒谬啊!"当我谦恭地问他们荒谬之所在的时候,他们就回答,"这些事都是她们那种职业身份配不上的。"我对这种反对意见的答复是:请问她们的职业身份是什么?

她们的职业身份需要工作,而她们也确实在工作。她们在这些工厂里劳作,平均下来,每天劳动十二小时,都是确确实实的工作,而且是非常紧张的工作。也许在任何条件下,她们沉浸于任何的娱乐中,都是和职业身份不配的吧。我们能非常肯定地说我们在英国对于工人的身份的概念,不是根据我们习惯地认为他们属于哪个阶层,也不是根据他们能成为什么来判定的吗?我认为,如果我们把自己的感情考查一下,我们就会看出来,钢琴、流通图书馆,甚至于《洛厄尔文刊》,都以其新奇性使我们吃惊,而不是因为它们跟那类对与错的抽象问题有关。

在我看来,我不知道有哪个职业的人在高高兴兴地做了今天的工作,同时快快乐乐地迎接明天的工作之余不能追求这种富于人文性和值得赞赏的业余生活的;也不知道有哪种职业会把愚昧无知当作伙伴,还能让从事这种工作的人感到毫不厌烦,让这个职业之外的人感到稳妥安全的;我不知道，有哪种职业有权力把相互指导、追求进步以及合理娱乐的活动垄断为己有；我也不知道，有任何职业能在追求这种做法后而继续这种职业身份的。

关于《洛厄尔文刊》作为一个文学刊物的优点，我只会说：完全撇开里面的文章都是那些女孩子在一天的紧张劳动之后写的这一事实，这份刊物和许许多多英国年刊相比，有许多的优势。令人愉悦的是，它里面刊载的故事，许多都是以工厂和在工厂里工作的人为题材的，它提倡自制和知足的习惯，教导人有博爱的精神。一种对于自然之美的强烈感情，体现在一篇回忆作者离别故乡那种孤独的情形，字里行间都好像可以呼吸到新鲜的乡村空气。虽然流通图书馆是个很好的学校用来研究的题材，但是它里面却很少提到美好的服装、美好的婚姻、美好的房子，或者美好的生活。有人可能会反对：作者签的名字有时太美了，不过这是美国的一种风尚。马萨诸塞州议会的工作之一，就是要把丑的名字改成美的名字，因为孩子们的口味和老人的相比要大大进步了。这些更换花费很少，或者无所花费，因此在每一届议会上，都有成打的玛利安被郑重其事地换作白费琳娜。

据说有一次，杰克逊①将军或是哈里逊②将军（我忘了是谁，但这没关系）到这儿来访问，有一半的青年妇女都手拿阳伞，脚穿丝袜，夹道欢迎，他走了有三英里的路。但是，我没有意识到，这件事竟然引发了一个最坏的结果——后来，忽然有人在市场上到处收购阳伞和丝袜，几个新英

---

① 杰克逊（Andrew Jackson, 1767—1845）：是美国第七任总统（1829—1837在任）。首任佛罗里达州州长、新奥尔良之役战争英雄、民主党创建者之一，杰克逊式民主因他得名。杰克逊被美国的专家学者评为美国最杰出的十位总统之一。
② 哈里逊（William Henry Harrison, 1773—1841）：美国第九任总统，人称"提帕卡农英雄"。也是美国历史上执政时间最短的总统，只有一个月后。在他宣誓就职后不久罹患肺炎，一个月后即不幸去世。他的孙子是美国第二十三任总统本杰明·哈里森。

第四章 一条美国铁路 洛厄尔以及它的工厂制度

格兰的投机商人,琢磨着将来可能还会有这样的需求(实际上没有了),就不管多贵都把这些东西买光了因而破了产。我认为这倒不算什么。

我对洛厄尔的情况进行了简单介绍,同时对这地方给我的好感也有不完全地表达,任何一个外国人,只要对与自己国内同样的人感兴趣和费心琢磨,那他对于这个地方就不能不发生好感,不过我却尽力避免拿这些工厂来和英国的工厂做比较。在我们英国的工业城市里,有许多情况,多年以来,对各个方面造成的影响力巨大,但是在这些地方还没有发生。而且在洛厄尔也没有工业人口可言,如果可以这样说的话,因为这些女工(往往是小农的女儿)都是从别的州来的,她们在工厂里工作了几年,就要永远离开这里,重回家乡了。

二者的对比是强烈的,因为它们那种不同就和善与恶的不同一样,就如同鲜活的光明与冥暗的黑夜不同一样。我避免做这种比较,因为我认为,把这二者进行比较是不公平的,不过我只需在这儿诚恳地对那些也许会看到这本书的人们呼吁一下,请他们停下来思考一下,这个小城和那些绝望痛苦缠绕的地方,中间存在着什么不同,请他们记住,如果他们在党派吵闹打架的时候能有精力,要知道该怎样努力挽救那些痛苦和危险中的人,最后,也是最重要的,记住时光是如何飞逝而去的。

我在夜里沿着同样的那条铁路,坐着同样的火车,回到了波士顿。车上有一位旅客,急切地想要对我的旅伴(当然不是对我)就英国人应该用的合理原则写游美见闻录而进行详细的阐述,我假装睡着了。不过我从眼角往窗户外面看的时候,我发现了一种消磨剩下旅途的时光的娱乐方式,就是看森林之火的效果,上午是看不到的,但是现在让夜色一衬托,却非常明显。因为我们的车在明亮的火星旋风中前进,好像火星形成的暴风雪在我们周围飘洒。

第五章

伍斯特 康涅狄格河 哈特福德
纽黑文到纽约

星期五下午,即2月5日那天离开波士顿后,我们乘坐另一趟火车,到了伍斯特①——一个漂亮的新英格兰小城。我们计划在那儿住到热情好客的州长家里,一直待到星期一上午。

新英格兰这些城镇(有许多在旧英格兰会是村庄),是美国乡村很好的样本,这里的人也是可爱的。这里没有英国的那种修剪整齐的草坪和碧绿的草场;这里的草和我们英国那种装饰性的小块田园和牧场比起来,要葱郁、粗放和狂野;而典雅秀丽的山坡,绵延迤逦的丘陵,林木茂密的山谷,涓涓流淌的溪水,遍布各处。任何一个人们聚居的地方,都有一个教堂和一所学校,从白色的房顶和成荫的树木中露出来。每一所房子都特别白,每一个软百叶窗都特别绿,每一个晴朗的天空,都是最蓝最蓝的。我们在伍斯特下车的时候,料峭的风和微结的霜,把道路变得很硬,因此路上的车辙,都像花岗石做的沟槽一样。当然,每一样东西,都有一种不同

---

① 伍斯特(Worcester):美国马萨诸塞州第二大城市,位于州中部,历史名城,始建于1668年前后。以生产各种金属丝、纺织品、玩具、毛毯等闻名。因其在美国新英格兰地区的中心,被誉为"联邦之心"(Heart of the Commonwealth)。

第五章　伍斯特　康涅狄格河　哈特福德　纽黑文到纽约

寻常的新鲜面貌。所有的建筑物，令人看来，都好像是那天上午刚盖的，刚油漆的，而且好像可以在周一毫不费事地被拆掉。在傍晚的清新空气里，每一个清晰的轮廓，都比往常要清晰百倍。干净的像纸壳般的柱廊像茶杯上画的中国桥一样似乎没有什么透视感，而且看起来也似乎就是这个用途的。单独一体的房屋上，剃刀般锐利的房角，似乎把呼啸着吹到它上面的风都切断了，而那切断的风以更加尖厉的叫声呼啸而去。那些建造轻巧的木头住宅背后是灿烂的夕阳，照得它们看起来像是透明的，让任何住在房里的人，能不被公众看到，或者不让众人知道任何秘密，都是一刻也不可能的。甚至燃烧的火透过没有窗帘的远处的房子透出火光来，看着却好像是刚刚生起来的，没有什么热度，它不会让人想到温暖的房间，房间里有第一次看到炉火放光的那些明亮的笑脸，还有把房间映衬得更红的温暖的幔帐。它让人想到的是新抹的灰泥和潮湿的墙壁所发出来的气味。

我就是那样想的，至少，那天晚上是那样。翌日清晨，当太阳灿烂地照耀着，教堂的钟嘹亮地鸣响着，沉静的人们，都穿着他们最好的衣服，有的在近处的便道上来来往往，有的点缀在远处如丝线般的道路上。有一种令人愉悦的安息日的平静笼罩着一切，使人觉得非常舒服。对于老教堂来说，就更好了，对于一些古墓来说，也更好不过了。在那个时候，一种全然的安宁和平静遍布一切，让人在经历了波涛汹涌的大海和匆忙熙攘的城市后，在精神上感到加倍的舒畅。

第二天早晨，我们仍旧坐火车，前往斯普林菲尔德[①]。然后从那儿去

[①] 斯普林菲尔德（Springfield）：美国伊利诺伊州的首府，同时也是桑加蒙县的首府。铁路、公路交通枢纽；农畜产品集散中心；周围煤藏丰富，工业以金属加工、电子仪器、汽车零件、机器制造、食品加工等为主。美国前总统林肯的居住地，里面有林肯墓地、旧居和收藏在建州百年纪念馆中的遗物、资料。

我们的目的地哈特福德①。从斯普林菲尔德到哈特福德只有 25 英里。但是在那一个时节里，路都非常不好，以至于路上要花 10 到 12 个小时。不过幸运的是，那年冬季特别温和，康涅狄格河"开着"，意思是：没冻。一条小汽船的船长正要在那一天做这一季里的第一次航行（那也是人类记忆里第一次二月航行），只等我们上去就开船。因此，我们上了船，丝毫不敢耽搁，船长就履行诺言，径直开了船。

确实，这条船被人叫作小汽船是有原因的。我没有问，不过我认为，它一定有半匹小马那样的力量。帕蒲②先生，著名的矮人，本可以在这样的小房子里快乐地生活，一直到他去世为止。房间里和普通的住宅一样装着可以上下拉动的窗子，窗户上有艳红的窗帘，挂在下层窗格上的一条松松的绳子上，所以，这种房间，很像小人国酒店里招待顾客的客厅，在洪水或者别的水灾中漂浮着，漂向人们不知道的地方去。但是即使在这样的房间里，也都有一个摇椅。在美国，没有摇椅，你就不可能过下去。我很不情愿地告诉你们这条船有多少英尺短，有多少英尺窄，用宽和长来形容这条船，简直就是自相矛盾。不过，我可以说，我们都害怕船会出乎意料地翻了，所以都待在甲板的中间。船上的机器，通过令人惊奇的压缩过程，在船中和龙骨之间工作：这一切都像一个热三明治，大约有三英尺那么厚。

那天下了一天的雨。我曾经认为，除了苏格兰高地，别处不会这样下雨。河里漂的都是冰块，在我们的船下面咯吱咯吱响，我们的船要躲过河中央大片的冰块，所取的水道，深度都不过几英寸。尽管如此，我们还是很巧妙地往前驶去。我们身上都穿得很厚，因此不顾天气寒冷，站在外面

---

① 哈特福德（Hartford）：是美国康涅狄格州的首府，在该州的中部偏北，依康涅狄格河而立；是金融保险业之都，许多银行和保险公司总部都设在该市，是世界保险业的大本营。
② 帕蒲（S. Paap）：是一个荷兰的小矮子，1815 年在伦敦曾被展出。

第五章 伍斯特 康涅狄格河 哈特福德 纽黑文到纽约

看风景。康涅狄格河是一条壮阔的河流，两岸在夏天的时候，毫无疑问，一定很美丽。一位年轻的女客告诉我是这样的。她应该是美丽的鉴赏者，如果对某种品质的拥有也包含对那种品质的欣赏的话。因为我从来没见过像她那么美的女人。

就这样走了两个半小时的奇怪路程后（中间曾在一个小镇边上停了一下，比烟囱还大的炮在迎接我们），我们到了哈特福德，就直奔一个特别舒适的旅馆——只不过和以前一样，也是在卧室方面不太舒适：这种卧室，在我们所访问的每个地方，都是非常有助于让人早起的。

我们在那儿待了四天。这个城镇环境优美，坐落在一个绿山环绕的盆地之上，那儿土地肥沃，树林茂盛，被很好地照管着。是康涅狄格州的州立法议会的地点。过去，出名的《蓝色法案》①，是本州那些明智的团队在那儿制定的。这些法案，在许多开明的规定中，有一条是这样规定的：任何公民，如果被证明确实在礼拜日和他太太接了吻，都应该被惩罚，我相信是要上足枷的。很多过去的清教徒精神仍旧被大量保存至今。但是它的影响却并没使人们在做买卖的讨价还价中少一些苛刻，也没使人在和别人打交道的时候多讲一些公平。因为我从来没听说这种精神在任何别的地方起过那种作用，那我可以推论出它在这儿也永远不会。事实上，对于那些绝好的职业和严肃的脸孔，我已经习惯去对于其他地方的货物和这里卖的一样判断，不论什么时候，只要我看见陈列窗里卖东西的人摆的货物太过于炫耀，那我就怀疑这里面的东西的质量。

在哈特福德长着那棵有名的橡树，查理王的特许书②就藏在那儿。这

---

① 《蓝色法案》：当时美国沿用的是英国殖民地时期的法律，对私人生活有严格的规定。
② 据传，17世纪末，英国女王要取消美国殖民地的特许权，英国派去的行政长官安德罗斯（Andros）打算在1688年取消这个特许书，殖民者就把它藏到了这棵橡树的树干里。这棵橡树在1856年被暴风刮倒。

棵树现在被圈围到一位绅士的花园里面了。特许书被放在州议会厅里。我在这儿看到了它的法庭,就像波士顿的一样。公共机构也几乎一样地好。精神病院办得也是为人所称道,同样值得称赞的还有聋哑院。

在精神病院里参观的时候,我心里有个大大的问号,我是否分清了服务人员和病人呢?如果不是听到服务员和医生之间关于他们管理的那些病人的谈话,我还不知道他们原来是服务人员。当然,我这番评论仅限于他们的表情,因为疯子说的话都是疯言疯语。

有个瘦小的、整洁的老太太,满面笑容,脾气很好的样子,从一个长廊的一头,侧着身子挨近到我的跟前,以一种无法形容的谦卑姿态对我鞠了一躬,问了这句让人无法理解的话。

"庞特弗雷特还活跃在英国的土地上吗,先生?"

"是的,夫人。"我回答说。

"你上一次见他的时候,先生,他——"

"还身体很壮,夫人,"我说,"非常壮。他求我转达对你的问候。我从来没看见过他的气色那样好。"

听到这些,老太太非常高兴。她瞥了我一眼,看了一会儿,似乎是为了确定我这种恭敬的态度是否真诚,看完了,她侧着身子往后退了几步,又侧着身子往前走了几步,突然一跳(我也猛地往后退了一两步),然后说:

"我是一个大洪水以前的人,先生。"

我想,最好我说,从一开始我就猜到了,因此我就那样说了。

"做一个大洪水以前的人,是非常让人骄傲和愉悦的。"那位老太太说。

"我应该是那样想的,夫人。"我回答说。

第五章 伍斯特 康涅狄格河 哈特福德 纽黑文到纽约

这位老太太亲吻了她的手,又跳了一下,以一种非常古怪的样子傻笑着,身子侧着在长廊上走,优雅地缓步走进了她自己的卧室。

在这座楼里的另一部分,有一个男疯子,躺在床上,脸红红的,发着烧。

"好,"他说,突然坐起来,把睡帽摘掉,"都安排好了。我已经和维多利亚女王都安排好了。"

"什么都安排好了?"大夫问。

"你瞧,就是那件事啊,"他一副劳累的样子,把手往额头上一抹,"围攻纽约啊。"

"哦!"我像是忽然明白过来一样,因为他只看着我的脸,要我回答。

"是的,每个房子,凡是没有信号的,都要被英国兵开炮。而不会伤害其他房子,一点儿没有伤害。希望平安无恙的,必须把旗子挂起来。这就是他们所需要做的事情,他们必须把旗子挂起来。"

即使当他说话的时候,我在想,他似乎是能隐约感觉到自己说话语无伦次。刚说完了这些话,他就又躺下了,发出类似呻吟的一声,用毯子把他那发烧的头盖上了。

还有一个,是个青年,疯的原因是恋爱和音乐。用手风琴拉了自己创作的一支进行曲后,他就很着急地要我到他屋里去。我立即过去了。

以一种无所不知的态度,而且尽力把他哄到最高兴,我走到窗户前面,窗外景物甚美,用一种极力迎合的口吻对他说:

"你住的这个地方周围真是一派田园美景啊!"

"哼,"他说,一边不经意地用手指头往风琴的键上按,"对于这样一个机关来说,已经很好啦!"

我一生中从来没有那样感到吃惊过。

"我到这儿来,只是一时的突发奇想,"他冷静地说,"就这么回事。"

"哦,这么回事。"我说。

"对,就是这样。医生是个聪明人。他非常理解这是我的一个玩笑,我有段时间挺喜欢这儿的。你不要提起这件事,尽管这样,我想我下星期二就要出去了!"

我对他保证,我会把我们的见面作为一个秘密的。然后就又去医生那儿了。当我和医生穿过走廊往外走的时候,一个穿戴得很整齐的女人,一副安静和沉着的样子,来到我们跟前,递过一张纸条和一支钢笔来,请求我赐给她一个亲笔签名。我答应了,然后就走了。

"我想我记得在外面的时候,有几位女士跟我见面也是这样的。我希望她不是个疯子吧?"

"是个疯子。"

"那是什么病?是痴迷亲笔签名吗?"

"不是。她听见空中有人说话。"

"哦!"我想,"最好能把近段时间瞎作预言的一些人关起来,他们声称能够做同样的事情。我希望能先在一两个摩门派①教徒身上试一下。"

在这个地方,有世界上最好的待审犯人监狱;还有一个管理良好的州立监狱,和波士顿的管理是相同的,只有一点不同:这里的墙头上总是站着一个手持装好子弹的枪的哨兵。这里当时有大约二百个犯人。他们指给我囚房寝室里的一个地方,在那儿,前几年一个看守在夜深人静的时候被杀害了,是被一个从囚室逃跑、竭尽全力想要越狱的囚犯给杀的。他们还

---

① 摩门派(Mormon):这个词与18世纪初美国人小斯密约瑟(Joseph Smith Jr.)在美国纽约州开始的后期圣徒运动息息相关,这个运动造成了包括现在主导摩门主义的耶稣基督后期圣徒教会(俗称摩门教)等在内的摩门信仰宗派。

第五章 伍斯特 康涅狄格河 哈特福德 纽黑文到纽约

指给我看一个女囚徒,她谋杀了自己的丈夫,已经被监禁了十六年了。

"你认为,"我问带我参观的那个人说,"被囚禁了这么些年,她还想着或者希望,有恢复自由的那一天吗?"

"哦,亲爱的"他说,"一点儿不错,她是那样的。"

我想,她尽管那样琢磨,那样希望,她也没有什么机会吧?

"哦,这我可不知道,"——这种说法,我附带提一下,是全美流行的说法。

"她的朋友不相信她。"

"他们和她的案子有什么关系呢?"我很自然地问道。

"他们不肯替她申诉。"

"不过,我想,即便他们那样做了,也还是不能把她弄出去吧?"

"申诉一次,也许不能,两次也照样不能。不过如果多试几次,把人闹得都累了,也许就能成了。"

"从前有过这样的事吗?"

"哦,有过,有时候他们也那样做。政界的朋友有时也可以把人弄出去。这样或者那样的方式,总能成的。"

我会永远把哈特福德当成一个极为愉快和宜人的怀念。那是一个可爱的地方,我在那儿有许多朋友,他们都是我不能无所谓对待的。我们满心惋惜地在十一号(星期五)晚上离开了那儿。那天夜里,我们坐火车到了纽黑文①。在路上,守卫和我,被正式介绍认识(就像在这种情况下通常

---

① 纽黑文(New Haven):为美国康涅狄格州的第二大城,位于纽黑文县境内,纽黑文港上,长岛海湾北岸。纽黑文市位于新英格兰和纽约两大都会区的中间,也因此纽黑文的文化和价值观分别与这两大都会区都有相似之处。纽黑文市的别名为"榆木市"或"榆城"(Elm City),因为纽黑文市曾经拥有为数众多和历史悠久的榆树。世界著名的耶鲁大学就坐落在此。纽黑文被认为是在美国境内的第一个规划城市(1638年)。纽黑文市也是美国前总统乔治·W.布什的出生地。

我们做的），我们在一起东拉西扯地闲谈。八点钟我们到了纽黑文市，一路走了三个小时，在最好的一家旅馆里安顿了下来。

纽黑文也叫榆城，是一个很好的小城。在那儿，许多的大街（这是从它的别名上可想而知的）两旁都长着一排排的古老高大的榆树。同样的天然饰品也环绕着耶鲁大学①，这是一所地位显赫、名气很大的学府。这个大学的各个院系，都设立在城市中心像公园或公用草地一样的地方上，在荫蔽的树丛中隐约而现。这个景象很像一个英国古老大教堂的院落。当树木枝叶繁茂的时候，一定是风景如画的。即便在冬天，这些长势很好的大树们，在热闹的街道和居民熙攘的城市中间丛聚而生，有种古雅的外观：似乎让城市和乡村很好地融合了——好像二者在路上中途相逢，互相握手喜欢的样子，这种情形，令人觉得新鲜又愉快。

休息了一夜后，我们第二天起床很早，在恰好的时间到了码头，上了"纽约号"邮船，往纽约进发。这条船，是我所看到的美国汽船里头一条比较大一些的，而据一个英国人看来，它确实不像一条汽船，而却像一个巨大的洗澡盆漂在水上。我几乎不能不这样想：离威斯敏斯特桥不远那一家洗澡房，在我离开它的时候，还是个婴孩，却在我离开它以后，突然长得巨大无比，离开了英国，到了外国成了一个蒸汽船。在美国，我们英国的流浪汉尤其喜欢这里，这样的事情是特别有可能的。

在外表上这些邮船和我们国内之间最大的不同是：这些邮船有很大部分是露在水面上的：主甲板四周都被围住了，装满了酒桶和别的货物，和

---

① 耶鲁大学（Yale University）：坐落于美国康涅狄格州纽黑文的顶尖私立研究型大学，创立于1701年，初名"大学学院"（Collegiate School），是全美第三历史悠久的高等学府，亦为常春藤盟校成员之一。该校教授阵容、学术创新、课程设置和场馆设施等方面堪称一流，与哈佛大学一直在美国顶尖大学的榜首位置进行着激烈竞争和友好往来，最著名的是两校之间的耶鲁—哈佛划艇比赛（Yale - Harvard regatta）。

第五章 伍斯特 康涅狄格河 哈特福德 纽黑文到纽约

货舱里的一层或二层堆着东西那样;散步甲板或者轻甲板在最上面;一部分机器总放在这层;在那儿,连杆装在一个坚固的很高的架子里,就像铁制的拉锯一样来回地工作;船上很少看到桅杆或者滑车,除了两个高大的黑色烟囱外,高空里没有别的东西。舵手坐在船前部一个小房间里(方向盘和舵是用铁链子连着的,贯穿船的全身)。而乘客们,除了天气特别好的时候,都聚在甲板下面。马上,你离开了码头,所有的人声、喧嚷和忙乱就一下子停止了。你好长时间都在纳闷,船究竟怎么往前进的,因为好像没有人在掌管它,当其他的同样迟钝的汽船劈浪而来的时候,你会对它感到非常愤怒,因为它是一个沉闷讨厌、毫不优雅、不像个船的庞然大物,而全然忘记了,你所坐的船,也是同样的东西。

下层甲板上总是有个工作人员办公室,你在那儿交船费;那儿还有一个女客房间,行李室和存物室,还有机器舱。简单地说,有那么多说不上名的东西,使找到男客房间这件事变得很困难。男客房间往往占了全船两头(现在这条船就是这样),两边有三层或者四层卧铺。我第一次进了"纽约号"的男客房间,那时候,它在我这双还不太习惯的眼睛里,好似有伯灵顿拱廊街①那么长。

从新港到纽约,中间一定要经过海峡,这个海峡,船行起来,并不是永远平平安安的,也不是令人愉快的。在那儿,曾出现过几次不幸的事故。那是一个潮湿的早晨,而且雾气很大,所以我们很快就看不见陆地了,不过却风平浪静,快到正午的时候,天气也放晴了。我(在一个朋友的帮助下)把饭橱里的东西和储存的瓶装啤酒都消灭了以后,就躺下睡觉

---

① 伯灵顿拱廊街(Burlington Arcade):是伦敦的一个有盖购物廊,位于庞德街后面,从皮卡迪利街到伯灵顿花园。它是19世纪中期的欧洲购物廊和现代购物中心的先驱之一。兴建伯灵顿拱廊街是"为销售珠宝首饰和时尚需求的花式物品,为公众的满足"。

去了，因为昨天非常疲乏。不过我很快就醒来了，赶紧跑到甲板上层，看到"地狱门""公猪背""煎油锅"和别的臭名昭著的地方，这对于所有读过名著《狄德里奇·尼克巴克传》①的人都会很感兴趣的。我们正行驶在一个狭窄的河道里，两边都是倾斜的河岸，岸上有星星点点的美丽别墅，草地和树木让人看到了就感到清爽宜人。很快，我们陆续抛下了一个灯塔、一个疯人院（那些疯子看见前进的汽船和奔涌的浪潮又扔帽子，又高声呼喊）、一个监狱和其他的建筑物，这样就进入了一个宏伟的海湾，在万里无云的天空下，水光闪烁着，就像自然的一只眼睛仰面看着天空。

　　许多杂乱的房子在我们右面延伸展开。不时地会出现一个尖塔或者高阁，俯视着下面的牧群；还会不时地出现一片朦胧的烟雾，在一片林立的桅杆前面，是迎风摆动的帆和随风飘扬的旗。穿过这里到达对面岸上，是蒸汽渡船，上面载着人、马、马车、篷车、篮子和箱子；还有别的渡船，往来穿行，没有停歇。在这些如昆虫般穿行不息的小船中间，有两三条大船，以缓慢和庄严的节奏前进着，像个骄傲的家伙，鄙夷地看着小船那微不足道的路线，向开阔的大海驶去。更远处，是闪着光的高山，闪耀的河流环绕着岛屿，远处的景色那样蔚蓝明亮，丝毫不比和它相接的天空逊色。城市的喧嚷声、叮叮当当的绞盘声、当当的钟声、汪汪的犬吠声、咔嗒咔嗒的轮声都在留神倾听的耳朵里回响。所有的这些活动和喧嚷，在激荡的海面飘过，在和海水自由的交际中，获得了新的生命和生机。它们和海水的活泼轻灵的精神相契合，在水面上闪耀着，如同在做游戏似的。它们包围在汽船周围，激起四周的海水飞溅，雄赳赳地把汽船漂送到船坞，又飞奔回去迎接别的来船，然后又加速行驶在船前，奔向喧嚷的港口。

---

　　①《狄德里奇·尼克巴克传》（Dicdrich Knickerbocker's History）：欧文的一部讽刺当时历史的作品。文中提到的"地狱门""公猪背""煎油锅"都来自书中。

第六章

纽 约

美国这个美丽的首都，绝对没有波士顿那么干净，但是它的很多街道都和后者有同样的特点，只是它的房子，没有那么颜色新鲜，招牌没有那么炫目，金字没有那么辉煌，砖没有那么红，石头没有那么白，百叶窗和地面围栏没有那么绿，街门上的把手和门牌没有那样明亮和闪烁。这里有许多条小街道，干净的色彩几乎是很不起眼的，肮脏的颜色却很显赫，就跟伦敦的小街道一样。还有一个地区，通常被叫作五分区①，它的肮脏和贫穷，完全可以和著名的圣盖尔斯②的七面钟③或任何别的部分不相上下。

最主要的散步场所和大街，是很多人都知道的，那就是百老汇——是条宽阔热闹的街道，一头从炮台公园④起，另一头到乡村大路的终点止，大约有四英里长。我们不妨先在卡尔顿大饭店（坐落于纽约这条主干路上最好的地势）的楼上坐下，等我们厌倦了俯瞰下面的光景，再互相挽着胳膊到外面去，加入车流人流中去如何？

---

① 五分区（Five Points）：位于美国纽约市曼哈顿区，在纽约市政区东北。
② 圣盖尔斯（St. Gails）：位于伦敦市，在威斯敏斯特东北，是当地著名的贫民区。
③ 七面钟（Seven Dials）：是圣盖尔斯的一部分，在不列颠博物馆和特拉法加广场之间，是一个广场。中间有个圆柱子。
④ 炮台公园（Battery Gardens）：位于美国纽约市曼哈顿区南端，有许多纪念碑、绿地，从那里还可以看到纽约港。

暖和的天气，从打开的窗户照到我们头上的阳光都好像光线是通过取火镜聚光而来的那样。而日头正升到中天，那个季节，也是不同寻常的。还有像百老汇这样洒满阳光的街道吗?！人行道上的石头，由于被行人不断用脚踩，变得光滑而发起亮来；房子的红砖，似乎仍然在那干而热的烧砖窑里呢；公共马车的车顶，看起来似乎把水泼到它上面，它就会发出嘶嘶的声音和冒烟，闻起来像被扑灭了一半的火那样的味道。这儿的公共马车真不少！在几分钟的时间里，已经过去六趟了。这里还有许多的单马双轮小马车、四马四轮大马车、单马双轮轻便马车、双马四轮轻便马车、单马双轮大轮马车，私人马车——样子有些笨拙，但是和公用马车没什么大差别，是专门为城市以外的难走的乡村路而造的。马车夫有黑人、白人；有戴草帽的、黑帽子的、白帽子的、光面帽子的、皮帽子的；有穿浅褐色外衣的，还有穿黑色的、棕色的、绿色的、蓝色的、淡黄色的、条纹斜纹布和亚麻外衣的，还有一个是穿制服的（他经过的时候要赶紧看，要不就晚了）。那是个南方共和党人，给他的黑奴穿上制服，自己就像苏丹那样，炫耀和威武。远处，有一对毛剪得很整齐的灰马，拉着一辆双马双轮轻便马车，站在马头那儿的，有一个约克郡马车夫，他刚到这地方不久，脸上一副悲伤的样子，正四处给他那双长筒靴子找个伴侣，但是他也许要在这个城市里走上半年还是找不到。上帝保佑那些女士们，看看她们穿的！我们在这十分钟的时间里，看到的花样颜色，比别处待好几天看到的都要多得多。多么花色各异的阳伞啊！彩虹般的绸缎！薄袜子的花样真美！薄鞋多么尖瘦！带子和穗子多么飘逸！各式各样的大衣带着耀眼的兜帽和衬里！年轻的绅士们，你们可以看到，都喜欢把衬衣领子放下来，都喜欢精心地留胡子，特别是下巴上的，但是他们在服装或风度上却远不如女士们，因

第六章　纽约

为，事实上，他们属于另一种人。写字台和柜台后面的拜伦①，你们往前走吧，让我们看一看你们后面那些人是怎么回事吧——他们是穿着节日服装的两个工人，一个手里拿着一块搓皱的纸条，费力地拼上面写的一个难读的名字，另一个则到处在门上和窗上寻找那个名字。

都是爱尔兰人！即使他们脸上戴着面具，你也可以通过他们穿的那种后摆很长的蓝外套、发亮的扣子和浅褐色的裤子认出他们。他们穿着这样的衣服就像习惯了穿工装一样，穿别的衣服都不舒服。没有这两个工人的男同胞和女同胞的话，让你们的模范共和国运行是很难的：因为谁来挖地、钻洞、做苦工、做家务、开运河、修道路、执行内部改进的伟大路线呢？他们两个都是爱尔兰人，在寻找中非常困惑。让我们过去，为了对家乡的热爱，本着让诚实的人得到诚实的服务，诚实的工作得到诚实的收入的自由精神，不管如何去帮一下他们吧。

好啊！我们最后还是把地址找到了。虽然字写得歪歪扭扭的，也许是用作者熟悉的铁锹的粗木柄写的，而不是用钢笔写的。去那边的路要远一些，不过他们到那儿去有什么事呢？他们带着自己攒的钱，要把它存起来？不是。他们是兄弟，他们其中有一个先独自跨过大洋来到美国，辛勤地工作了半年，更是艰苦地生活，积攒下了钱，就把另外一个也带过来了。然后，他们并肩工作，心甘情愿地一同劳动，一同艰苦地生活了又一个时期，然后他们的姊妹也来了，之后又来了一个兄弟，最后他们的老母亲，也被接到美国来了。但是现在如何呢？原来这个老人，到了新地方总是心神不宁，她说，要把她自己的遗骸和她家里的人一起，埋在家乡的教

---

① 拜伦（George Gordon Byron，1788—1824）：英国19世纪初期伟大的浪漫主义诗人。代表作品有《恰尔德·哈洛尔德游记》《唐璜》等。在他的诗歌里塑造了一批"拜伦式英雄"。拜伦发明了一种衣领向下外翻的穿衣方式，人们管这种衣着叫拜伦衣领。这里提到的拜伦，就是指追求拜伦衣领的年轻绅士们。

堂坟地里，因此，他们只得花钱把她送回去。愿上帝护佑这个老人和她的子女们！护佑一切单纯的心灵！护佑一切转向他们年轻时所礼拜的耶路撒冷，在他们祖先的冷炉台上点祭火的人们！

这条狭窄的，在太阳下被烘烤和起着泡的道路，就是华尔街①，即纽约的交易所和伦巴德街②。很多人在这里一夜暴富，也有很多人瞬间破产。你看到的在那徘徊的商人里有些人，像《天方夜谭》③里的人那样，把他们的钱锁在保险箱里，再打开的时候，却只看到枯萎的树叶儿在里面了。在下面，紧靠着水边，船首斜桅都伸到便道上，甚至几乎插到窗户里了，这里停靠着高贵的美国船，它们的邮船服务是全球最好的。他们把外国人带到这儿，满街都是。也许到这儿的外国人并不比到其他商业城市的多，不过在其他地方，他们都有自己常去的地方，你必须去那里找他们，而在这里，他们遍布全城。

我们现在必须再次穿过百老汇，去好好清爽一下，逃避开这酷暑，看一看搬到铺子里和酒吧间里的一大块一大块的干净冰块，看一看被摆着出售、数量繁多的菠萝和西瓜。你看，整齐的街道，宽敞的住宅——华尔街上有许多住宅是一会儿装修好而一会儿又拆除掉的。这是一个绿荫遮蔽的广场，这一定是个好客之家，家里的人都是那种让人记在心间不忘的。在那儿，门总是开着欢迎每位宾客，里面摆满了各种好看的植物，有个小

---

① 华尔街（Wall Street）：华尔街是纽约市曼哈顿区南部从百老汇路延伸到东河的一条大街道的名字，全长仅三分之一英里，宽仅十一米。街道狭窄而短，从百老汇到东河仅有七个街段，却以"美国的金融中心"闻名于世。著名的纽约证券交易所也在这里，至今仍是几个主要交易所的总部：如纳斯达克、美国证券交易所、纽约期货交易所等。"华尔街"一词现已超越这条街道本身，成为附近区域的代称，亦可指对整个美国经济具有影响力的金融市场和金融机构。

② 伦巴德街：在伦敦城圈，是伦敦的银行街，英国的金融中心。

③ 《天方夜谭》（Arabian Nights）：又名《一千零一夜》，是著名的古代阿拉伯民间故事集，有二百多个故事。其中有个故事说有个屠夫，把一个长胡子老人付的钱放到了箱子里，后来再取钱时，发现钱都变成了树叶子。

第六章 纽约

孩,眼睛笑眯眯的,从窗户往外看下面的小狗,你会很奇怪的是在这条小街上竖着一个高高的旗杆,旗杆顶上挂着一件像自由女神头顶上戴的东西,这个旗杆有什么用呢?我也觉得奇怪。不过这儿有一种对高高的旗杆的热爱,只要你用心的话,五分钟内就可以看到另一个类似的旗杆。

又一次,我们穿过了百老汇,在五颜六色的人群中,从闪闪发光的商店外走过,来到了一条很长的主街,这就是波威里街①。那边是轨道马车路,看到了吗?两匹结实的马,轻轻松松地拉了二三十人和一个大木头柜,在轨道上小跑着。这儿的商店更萧条些,行人也没那么华丽。这里可以买到做好了的衣服和做好了的熟肉。百老汇活泼轻快的马车的飞奔声变成了这里的双轮和四轮运货马车的沉闷咕隆声。有一种数量很多的广告牌子,像水里的浮标或者小气球,用绳子拴在杆子上,摇晃着,你抬头看到上面写着"牡蛎!各种风味"。在夜里,这些牌子非常能吸引那些肚子饿的人,因为,那时候,粗粗的蜡烛在里面闪烁着,照亮了那几个诱人的字,让在外面逛街的人看到了直流口水。

这个像奇怪的埃及风格一样的建筑是什么呢?它前面阴森森的,看着和情节剧里的魔法宫殿一样。原来这里是个叫作"墓地"的著名监狱。我们进去看看如何?我们走进去,那是一座长而窄的高楼,和其他地方一样,里面也生着炉子取暖,四面都是走廊,层层高起,有楼梯互相通着。每两层的两头和正中间,都有一座桥,为了来往方便。在每一座桥上,都坐着一个人——要么打盹儿,要么看书,或者在那儿和无所事事的伙伴闲谈。每一层上面,都有两排相对的小铁门。它们看起来和高炉的门一样,不过却又冷又黑,好像炉里的火全都熄灭了一样。有两三个门开着,只见

---

① 波威里街(Bowery Street):纽约下曼哈顿区的一条街道,以舞厅和赌场闻名。

低着头的女人，正和一个屋子里的人谈话。整个一座楼，只通过一个天窗透光，不过天窗关得很紧。房顶上悬挂着软软地垂下来的，两个没什么用的风帆。

一个带着钥匙的人出现了，要带我们四处看看。他是个长得不错的家伙，并且，以他那种方式来说，算是文明和礼貌了。

"这些黑门就是囚房吗？"

"是的。"

"里面住满了吗？"

"差不多都住满了，这是事实，无可怀疑。"

"底下那一层，是不卫生的吧，确定吧？"

"哦，我们只把黑人关在那儿，这是事实。"

"犯人都是什么时候活动？"

"他们不怎么活动。"

"他们从来也不到院子里散散步吗？"

"很少很少。"

"有时候也散步吧？我想。"

"哦，很少这样。他们不散步，也是很高兴的。"

"不过，如果有一个人在这儿待上十二个月呢。我知道，这个监狱是专为重刑犯而设的，他们在这里候审或者复查。但是，这里的法律有许多办法可以拖延定案的时间。例如，由于请求重审，或者取消原判、再度审理，等等，一个候审人也许得在这儿待上十二个月，我想，不是吗？"

"哦，我想，也许是的。"

"你的意思是说，在这一年里，他永远也不能出那个小铁门到外面去活动吗？"

第六章　纽约

"他可以散一散步——也许——不过不能多。"

"你可以开一个门吗？"

"你高兴的话，所有的门都可以。"

门上的插锁之类，咯吱哗啦响了一阵，然后那扇门就慢慢地打开了。我们进去看看。里面是一个光秃秃的囚室，墙上高处有一个小洞。光线就是从那儿射进来的。室内有粗陋简单的洗漱用具、桌子和一张床。床上坐着一个六十岁的老人，正在那儿看书，他抬头看了一眼，不耐烦地摇了摇头，很倔强的样子。最后又把眼睛盯到书上去了。我们从室内出来之后，室门又关上了，又像以前那样锁好了。这个人谋杀了他的太太，大概要判处绞刑。

"他在这里待了有多久了？"

"有一个月。"

"他什么时候受审呢？"

"下一期。"

"下一期是什么时候？"

"下个月。"

"在英国，如果一个囚犯被判了死刑，他每天可以在特定时间透透气，做做活动。"

"有这可能？"

他说这句话的时候，态度那样冷静，真令人惊讶和无法形容。他带我们到女囚室去的时候，是那样地闲散，一边走，一边用钥匙当响板，往楼梯的栏杆上敲。

在这一边儿，每一个囚房的门上都有一个小方孔儿。有的女囚，听见脚步声，就很焦急地从这个小孔眼儿里往外窥视；另一些女囚，尖声叫着往后躲,是因为害羞。"那个大约十岁或者十二岁的男孩子是犯了什么罪也被关在这儿呢?""哦,那个孩子吗?他就是咱们刚才看见那个人的儿子,他是他父亲那个案子里的证人,他被收容在这儿,为的是安全起见,要一直等到审判完了——就这些。"

不过,让一个小孩儿,在漫长的白天黑夜都待在这儿,挺可怕的。这样对待一个年幼的证人,太过于严厉了,不是吗?带我们参观的那个人是怎么说的呢?

"哦,这里的生活并不算太吵闹。这是事实!"

之后他又拿钥匙当响板敲着,悠闲地带着我们走了。我们走着的时候,我问了他一个问题。

"请问,他们为什么叫这个地方是'墓地'呢?"

"哦,那是一句行话。"

"我知道的,但是为什么要这样叫呢?"

"这个监狱刚盖起来的时候,出了几起自杀的案子。我想那种叫法就是这么来的吧。"

"我刚才看见那个囚犯,把衣服都乱放在囚室的地上。难道你们这儿不要犯人守秩序,不叫他们把衣服好好地放起来吗?"

"要他们往哪儿放呢?"

"当然不应该放在地上啊,是不是该把衣服挂起来啊?"

他站住了,把头回过来,以加强他回答的语气。

"哎呀,您算是说对了。他们有了钩子,就会把自己挂在上面了。所以囚室里所有的钩子都撬下来,拿走了。现在就剩了从前钉钩子的痕迹了。"

他现在站着的那个监狱院子,就是可怕的表演场所。他们把犯人带到这个窄小而像坟墓的地方,犯人在这里被处死。那个可怜的家伙,就站在绞架下面的地上,脖子上套着绳子,当信号一出来,绞架的另一头上就落下来一个重物,一下就把犯人吊到空中——成了一具死尸。

法律规定:在这种阴森的场景下,必须有法官、陪审员和二十五个公民在场。社会公众不许看到这种情景。对于那些放荡和恶劣的人,这件事永远是令人恐怖的神秘事件。在罪犯和他们之间,监狱的墙,像一块阴暗的厚幕一样横插在这里。这墙就是罪人死亡之床上的帐子、他的裹尸布和坟墓。墙隔断了他和一切,打消了他想硬撑到最后一刻那不思悔改的强硬——仅仅是那面墙,立在那里的样子就够他受的。那儿没有胆大妄为的人让他胆大妄为,没有留下恶名的流氓恶棍。无情的石头砌成的墙外面,是谁都不了解的世界。

让我们再回到兴高采烈的街上吧。又来到百老汇了!这儿还是那些妇女,穿着色彩鲜艳的衣服,来来往往,成双成对或者单人独行。再远点儿,是那把轻盈的蓝色阳伞,在我们坐着吃饭的那家饭店的窗前来来去去地有二十次。我们从这儿穿过去,要注意猪。在这辆马车后面,有两头肥胖的母猪跟着,还有精选的五六头公猪,正从一个拐角处过来。

这里过来了一头单独的猪,正往家里走去。它只有一只耳朵,另外那一只,是它在街上游荡的时候,被一只野狗咬掉了。但是它没有了那只耳朵也照样过得很好,过着闲逛的、绅士的、流浪的那种日子,和我们国内的俱乐部会员非常像。它每天早晨在特定的时间离开寓所,来到街上,在自认为十分满意的情形下度过一天,通常在夜里才在自己的家门出现,很像吉尔·布拉斯①那个神秘的主人。它是一头自由且安逸、马马虎虎、无

---

① 吉尔·布拉斯(Gil Blas):法国小说家勒萨日同名小说中的主人公。吉尔·布拉斯的主人每天很晚才回家,他都不知道他的主人是干什么的。

所用心的猪，在同样性格的猪中间有很多熟识，不过只是知道它们的样子，而并没跟它们交谈过，因为它很少费力去站住和别的猪打招呼，而只是咕咕哝哝往臭水沟那儿奔，把花时间去找城市里的新闻和闲谈都变成找白菜茎和垃圾，屁股后面是自己的尾巴——而那条尾巴，也短得很，因为它的敌人野狗，也袭击过它这条尾巴，以至于它的尾巴剩下了没多少。无论从哪方面说，它都得算是一头民主主义的猪，喜欢去哪就去哪，即便不是以优越的身份，也得说是以平等的身份，和上等社会的人交往，因为只要它一出现，所有的人，都要给它让路，即便最高傲的人，也得把那块地方给它让出来。它是伟大的哲学家，除了遇到前面说过的那些狗，很少动地方，有的时候，确实，你可以看见，它那双小眼睛，会一眨一眨地望着它那被屠宰的朋友，尸体装饰着屠户的门框。但是它却咕哝了一声，说："生命就是这样，所有的肉都要成为猪肉。"说完，把嘴往烂泥里一拱，摇摇摆摆地往臭水沟那儿奔去，跟着安慰自己说，"不管怎样，反正明天来争着吃烂菜叶的，少了一张猪嘴。"

这些猪是街道的清洁夫。虽然都是丑陋的动物，大部分是棕色的瘦小背部、像旧式的马鬃呢箱子的箱盖，上面长着不健康的黑斑点。但是它们有又瘦又长的腿，还有尖尖的嘴。如果你能让人把其中的一头猪它的侧影画下来，那决不会有人认得出来是猪。从来没有人管它们、喂它们、赶它们或捉它们。它们很小的时候，就完全得靠自己谋生，因此变得异乎寻常的狡猾。每头猪都知道自己住在什么地方，比有人告诉它们还准确。这会儿，夜晚正在到来，你可以看到它们成群结队地，边吃边往家走去。有的时候，一头年轻的猪，吃得太饱，或者被狗惊扰过分，会踌躇地奔回家里，像个浪子似的。但是那是不常见的——它们最突出的特点是：泰然自若、自力更生、极其稳定。

第六章 纽约

街上和商店里都亮灯了,眼睛顺着这条很长的通道看去,街上装点着星星点点的汽灯,使我们想起牛津街①或皮卡狄里。到处都是地下室的宽阔石头台阶,带有彩画的灯,把你指引到打保龄球或者打十柱戏的球房里——十柱戏是一种运气加技巧的游戏,发明于立法机关通过禁止九柱戏的法律之后。在其他下到地下室的台阶旁,有其他的灯,标明牡蛎地窖的地点——这是令人愉快的幽静去处,我是这样认为的:不是因为它们的做法美妙,牡蛎像奶酪碟子那么大(也不是您的缘故,亲切的希腊文教授),而是因为,在所有吃肉的、吃鱼的、吃鸡的人中间,在这个地方,只有吃牡蛎的,不是成群的,他们畏缩起来,就跟他们所吃的东西所具有的品性一样,学着他们所吃的东西的那种羞涩,坐在挂着帘子的包厢里,两个两个的,而不是两百两百地在一起。

不过现在街上多么安静啊!这儿没有巡回演出的乐队吗?没有奏管乐的或者弦乐的吗?没有,一个都没有。白天的时候,没有演傀儡戏的、木偶戏的、耍狗的、变戏法的、演魔术的、演洞琴的,甚至演奏弦风琴的吗?没有,一样都没有。哦,我想起来有一样。有个上弦风琴演奏和跳舞的猴子——本来天性爱玩,但是很快变成了一个呆滞沉闷的猴子了,成了功利主义派了。除了这个,没有其他生动活泼的了——连一个蹬转笼的小白耗子都没有了。

这儿没有娱乐吗?有,那边就有一个讲演厅,从那里射出灯光来。而且每星期给妇女举行的晚礼拜可以有三次或者更多。对于年轻的绅士们来说,有会计房、商店和酒吧——你从这些窗户往里看,酒吧里都是满满的人。听,锤子把冰砸成一块块的声音,砸碎了的冰块往杯子里倒的声音,

---

① 牛津街(Oxford Street):英国首要的购物街,是伦敦西区购物的中心,长1.25英里的街道上有超过三百家的世界大型商场。皮卡狄里也是伦敦商业繁华的地区。

冰和酒掺和在一块，发出汩汩的声音。没有娱乐？这些吸雪茄喝烈酒的人在做什么呢？他们把帽子和腿弄出各式各样可能的形状，这不是娱乐吗？五十种报纸，街上早熟的顽童大声吆喝着卖，在酒吧间里则叠放得好好的，这不是娱乐吗？这种娱乐不是那种索然无味、像水一样的娱乐，而是真正的好东西。极力地辱骂和粗鄙地称呼，探听别人家私事的，像西班牙的"跛魔鬼"那样，不管是多么恶心的口味，要极尽能事揭人家的丑，这些编造的谎话都能把最贪婪的胃撑饱了，把所有从事政治活动的人，一律说成是出于最卑鄙无耻和最粗俗不堪的动机；对有良知和做好事的萨玛利亚人威胁恫吓，叫他们离开遍体鳞伤、伏地不起的政治机体；吹着口哨、拍着臭手叫喊着，攻击那些最恶的害虫和最坏的猛禽，这叫没有娱乐吗？

让我们继续走，穿过这个荒野一般的旅馆，旅馆的地下室就是酒店，像欧洲大陆上的剧院，或者是伦敦歌剧院①把柱廊去了那样。然后进入"五分区"。但是，我们必须有两名警官陪同。如果你们在大沙漠中遇到，你们会认出来他们是很敏捷的、训练良好的警察。确实如此，有些行业，不管在什么地方，都会使做这些工作的人呈现出同样的品格。这两名警官，可以说是生于弓街，长于弓街②的。

我们白天和晚上，在街上都没看见过乞丐，但是看到了很多在街上闲逛的人。贫穷、不幸和罪恶在我们要去的那条街上很普遍。

这就是那个地方——这些狭窄的路，分道在左右两边，到处充斥着肮脏和污浊。这儿的人过的生活，也和任何别的地方所产生的后果完全一样。门口的一张张粗野和浮肿的脸，在英国和全世界都能看到。放荡的生

---

① 伦敦歌剧院（London Opera House）：又叫伦敦皇家歌剧院（Royal Opera House），位于弓街。
② 弓街（Bow Street）：在伦敦考文特花园（Covent Garden）旁边，伦敦主要警察法庭所在地。

第六章　纽约

活把房子都弄得好像未老先衰。你看，那腐朽的梁正要塌下来，那修补的破窗户似乎在阴沉地皱着眉，好像醉酒被打后的样子。那些猪有许多就是住在这儿的。它们是否很想知道，为什么它们的主人，不用四条腿走路，而却用两条腿走路，不咕哝而是说话呢？

我们到现在看到的差不多都是下等酒店，在酒吧间的墙上，是华盛顿的彩色画像、英国女王维多利亚的画像和美洲雕的画像。在一格一格放酒瓶的架子上，有厚玻璃和花纸，因为即便在这种地方，喜欢美观的心理，或多或少也是有的。那儿是水手们常来的地方，所以屋里挂着十几张关于海的画儿。有画着水手和他的情人告别的，有画着民歌里的水手威廉和黑眼苏珊的，有画着大胆走私货的维尔·洼齐的，又有画着海盗保罗·琼斯的，还有其他人的。这些画儿和维多利亚的画像、华盛顿的画像挂在一起，画儿上的维多利亚还有华盛顿，永远注目而视，看着周围这些奇奇怪怪的陪伴者们，而这些画儿上的人也和他们两个一样永远注目而视，对这目前存在的一切感到惊奇。

这是什么地方，这条肮脏的街要把我们带到哪里去呢？那是几幢类似方形的像患了麻风病的房子，要进去的话，只能通过安在外面的木梯子。这摇摇欲坠、一踩就咯吱咯吱响的梯子那边是什么呢——是个破烂的屋子，只暗淡地点着一支蜡，里面没有任何使人舒适的东西，除了藏在那个破烂的床铺上的什么东西。床边坐着一个人，用膝盖支着胳膊肘，额头用双手捂着。"是什么让他如此痛苦？"前面的那个警官问。"发高烧。"那个人沉郁地回答，连头都没抬。想象一下，一个发高烧的人，却待在这样一个屋子里，脑子里会想什么？

爬上这漆黑的梯子，小心别在颤悠悠的梯子板儿上失足，跟着我一起在这个狼窝里摸索吧，那儿好像连一线光、一丝空气都透不进去一样。一个黑人小伙子，从睡梦中被警官的声音给惊醒了——他很了解这声音——但当他听到警官对他保证，说不是为了公事而来时，才又安下心了。然后他就过分殷勤的样子，到处找蜡来照亮。火柴的光闪烁了一下，照见地上堆成小山般的破旧衣物，然后火柴就灭了，屋子更加暗沉——如果说这种极度黑暗还有更黑的情况的话。他跌跌撞撞地跑下了阶梯，一会儿又回来了，用手遮着一支闪闪烁烁的小蜡。这时候那堆成小山状的衣物先动了几下，跟着慢慢地升起来了，只见满地都是身拥破被的黑人妇女，从睡梦中醒来，她们的白牙震颤着，她们发亮的眼睛，带着又惊又怕的样子，闪烁着眨着眼，像一个非洲人吃惊的脸，在一个奇异的镜子里，无数次地重复出现一样。

现在咱们小心点儿再上另一个阶梯（对于那些没有我们这样好的护送人来说，在这儿到处都是陷阱，到处都是圈套），上到房子的顶层。那儿露在外面的梁和椽子在头顶交错，安静的夜色从房顶上的空隙里透了进来。打开其中一扇睡满了黑人的小屋的门吧。哎呀，他们里面生着炭火，有衣服烤焦了的味儿，要不就是肉烤焦了的味儿，他们挤在火盆边，挤得太密实了。屋里还升腾起一片水蒸气来，蒙住人的眼睛，呛人的嗓子。你在这个黑暗的房间里看去，每一个角落里，都有一个半睡半醒的形体，好像审判时刻已经到来，每一座坟墓都裂开了，把尸骨暴露。这种地方是狗都会狂吠不止不愿意躺下的，但是这儿，现在却是男男女女、老老少少跑去睡觉的去处，他们一到这儿，把老鼠都挤得只能到别的地方去。

这儿也有大大小小的巷子，覆盖着深没膝盖的泥；还有地下室，人们在那儿跳舞、赌钱，墙上装饰着无数粗糙的画儿：画上画的船、堡垒、旗和美洲雕。破败的房子，向大街敞开着，从墙上的缺口那儿，若隐若现地出现了其他破败的房子，好像是罪恶和痛苦的世界，没有任何别的东西可以展示。还有使人恶心的贫民楼，楼的名字来自于杀人犯或者强盗的名字。所有使人厌恶的东西，所有萎靡的东西，所有腐烂的东西，这里都有。

我们的领路人现在把手放在阿尔马克的门闩上，从台阶底层那儿招呼我们过去，因为"五分区"这个地方是时髦人物的聚会厅，是要往下走才能到的。我们进去一下吧？只一会儿的时间。

嘿！阿尔马克的女房东真有钱！她是一个混血儿，胖胖的，长得还行，眼睛明亮，头上很讲究地装饰着一方花手绢。在服饰上，老板也不亚于老板娘，他上身穿着一件漂亮的蓝夹克，像船上的服务员，小指上戴着一个分量很重的金戒指，脖子上挂着一条金光闪闪的金表链子。他一见我们可高兴啦，他问我们喜欢点什么，跳舞吗，立即就可以，先生——正经的刮地舞。

胖胖的拉提琴的黑人，和他打手鼓的朋友，坐在那个小小的奏乐台上，用脚踏着地板，奏起生动活泼的调子来。五六对舞伴来到了这儿，由一个活泼的青年黑人指挥，他就是这家舞厅的才子，同时也是著名的跳舞能手。他一直不断地做奇怪的鬼脸，使其他人感到快乐，大家都不停地张着大嘴笑着。在跳舞的人中间，有两个年轻的混血女孩，长着又大又黑又低顺的眼睛，头上也有和老板娘一样的装饰。她们很害羞，或者说，装作害羞的样子，好像她们从来没跳过舞，在游客面前一直低着头，因此她们的舞伴只能看见那长长的穗子般的睫毛。

跳舞开始了。每一个男士都对着他对面的女士跳一段时间，多久随他自己而定。女士对男士也是如此。他们一跳起来就很长，跳了一会儿，大家的兴致就渐渐下去了，于是那位活泼生动的英雄赶来救场了。马上，拉提琴的人笑起来，拼命地拉起来；打手鼓的有了新的能量；跳舞的有了新的笑声；女房东露出了新的微笑；老板增加了新的信心；蜡烛也都有了新的光亮。单脚刮地，双脚刮地，单扭腿，双扭腿，打响指，转眼珠儿，两膝向里对着，把腿肚子转到前面，用脚尖和脚跟在地上打旋儿，就好似打手鼓那个人的手指头转的那个样子。用两条左腿跳，两条右腿跳，两条木头腿，两条铁丝腿，两条弹簧的腿——成了各式各样的腿以至于无腿——这对于他是什么呢？哪种职业、哪种舞蹈，能让一个人获得如此雷鸣般的掌声呢？只见他和舞伴跳着，舞伴的脚已经离开了地面，他的脚也是。他最后来了个华丽的一跳，跳上了酒吧台，用一种无法模拟的百万名黑人发出来的笑声，要了一些喝的东西。

室外的空气，在这种烦乱的地方，让你在一个令人窒息的屋子里待了之后，都会清新许多。现在，当我们走到宽阔的街上的时候，空气更清新地向我们扑来，星星也重新闪亮起来。"墓地"又出现了。纽约市的岗亭就是这个建筑的一部分。它在我们刚刚离开的地方后面出现了。让我们看一看，然后再去睡觉。

什么！难道你们真把普通的违反镇上警规者推入这样的洞里吗？难道那些还没证明是否犯了罪的男男女女，就整夜待在这样完全的漆黑中，被包围在一片恶臭蒸汽里，这臭气环绕着你给我们照路的暗光。闻着这令人恶心的臭味，哎！这样下流低俗、令人作呕的监狱，给世界上最暴虐的帝国都会带来耻辱！你看一看，你天天夜里看到囚室，手里拿着囚室钥匙，你看到他们都是什么了吗？你知道地下排水道是怎么做的吧？这些人做的排水道除了永远潴留不动和它有什么区别呢？

哦，他不知道。他曾把二十五个年轻的女人都关在了这个囚室里。你几乎想不到这些人里有多少好看的。

以上帝的名义！把这个门关上，把现在这个可怜的犯人关在里面吧，

第六章 纽约

把这个堕落的、恶毒的、玩忽的,恶劣于欧洲最坏的地方屏蔽起来。

人们真能不经审问,就把人整夜扔在这样一片漆黑的猪圈里吗?每天晚上,到了七点钟,看守就开始工作。法官在第二天早晨五点钟才开庭。这是第一个犯人最早可以解放的时间。如果一个犯人是警官交押的,那他不到九点钟或者十点钟,还不能被提审。不过,如果有人在中间死了怎么办——像不久以前那样?那他会在一个小时的时间内就被耗子吃掉了,像上次那个人那样,这就是结果。

大钟令人难以忍受地撞着,车轮的撞击声,远处人们喊叫的声音,这是怎么回事呢?着火啦。对面那片深深的红光,是怎么回事呢?也是着火了。我们面前的烧焦了和烧黑了的墙,是怎么回事?那里本是一个住宅,曾经着过火。在一个官方的报告里,不久以前,不仅仅是暗示性地提过,说这些大火,并不完全是出于偶然,投机赚钱的行为甚至在火灾里也找到了用武之地。不管是出于什么原因,昨天夜里发生了一场火灾,今天夜里发生了两场。你可以打赌,明天夜里,至少还要发生一场。这样,记住这些,作为自我安慰吧,让我们说晚安,然后上楼去睡觉吧。

在纽约期间,有一天,我到长岛①或者罗德岛②——我记不清楚是哪一个了——参观了几个不同的公共机关。其中之一是个疯人院。它的建筑很漂亮,楼梯特别宽敞和典雅。整个的建筑还没完工,不过已经是很高大宽敞了,能够容纳相当大数量的病人。

我不能说看了这所慈善机构以后获得了许多舒畅感。不同的病房本来

---

① 长岛(Long Island):在美国纽约州。长190千米,宽20千米到30千米,它从纽约港伸入北大西洋。向北隔长岛海湾与康涅狄格州和罗德岛相望。向南是北大西洋在北美洲边上的大海湾。在东端长岛分为南北两个岔,它们相应地被称为南岔和北岔。

② 罗德岛(Rhode Island):位于美国东北海岸的一个州。美国十三个州之一。濒临大西洋,是美国面积小而人口密度大的州之一。

可以更清洁一些，更井井有条一些。在这儿，我看不到有益健康的制度，我在别的地方，曾看到过一些，给我留下了很好的印象。在这儿，所有的东西都笼罩着一种懒洋洋、无精神、吵吵闹闹的气氛，叫人看着很不舒服。闷闷不乐的白痴，长发散乱，蜷伏着；语无伦次的疯子，狰狞地笑着，用手指来指去；空洞的眼睛、暴躁狂野的脸、抑郁地撬手和嘴、啃吃指甲的动作，都在这里毫无掩饰地展示着，一片赤裸裸的丑恶和恐怖。饭厅是一个空空的、沉闷的、枯燥的地方，那儿眼睛什么也看不见，只有四堵墙；一个女人被单独锁在那儿。他们告诉我，她一心要自杀。如果有任何东西能加强她自杀的决心，那一定就是令人难忍的单调的生存方式了。

  大厅里和走廊里挤满了可怕的人群，使我非常吃惊，因此我把参观缩到最短的时间，同时拒绝了去参观被管得更严的那些不听话的和暴虐的人。我毫不怀疑，在我记叙的那时候管理这个机关的绅士，一定是对于管理很称职的，一定是能尽力发挥这个机关的作用的。人们能够相信在这个受苦和卑微的人待的悲哀场所竟然还有党派斗争吗？人们能够相信，看管和控制神志不清的大脑的那些眼睛（之所以神志不清是因为受到了最可怕的打击），必须要戴上政治这种可怜的眼镜？政党起伏变换，政党那卑劣的风向标有时转到这边，有时转到那边，而这个疯人院的管理者也要跟着今天被任命、明天被撤职，永远更换，人们能相信吗？在一周中，总有一百次这种狭隘、有害的政党精神，像沙漠西蒙风①一样，摧毁和败坏它所吹到的一切健康东西，在极琐碎的事物上表现出来，引起我的注意。但是我没有一次像这次一样，在跨过这所疯人院的门槛时带着深深的嫌恶和无限的鄙视，对此避而远之。

---

  ① 西蒙风（Simoom）：阿拉伯地区携带飞沙的热风。

第六章　纽约

距离这座大楼不远,有另一个建筑,叫作救济院——也就是说,那就是纽约的济贫院。那也是一个很大的机构。我相信,我在那儿的时候,里面收容了将近一千名贫民。那儿通风很差,光线也不好,也不是很干净。总体来说,给我的印象是很不舒服的。不过,我们要记住——纽约,作为一个商业大都,和一个旅游胜地,不仅仅是全美国的也是全世界的。所以它永远有大量的贫民需要收容,因此它在这方面,有它特殊的困难需要克服。也不要忘记,纽约是一个大都市,在所有的大都市里,大量的善和恶都混合交错在一起。

在附近有个专门收容、教养幼小孤儿的机构。我没看见,不过我相信那儿一定办得很不错,我能够更容易地相信那里办得好,因为我知道,在美国,平常他们对于"记着所有的病人和小孩子"那个美好的一句话,有多么在意。

我坐船到的前面说的那些机构,船是岛上监狱的,摇船的是一队犯人,他们都穿着黑条和黄条相间的制服,看着像褪了色的老虎似的。他们用同样的运输工具,把我送到了监狱。

那是个古老的监狱,绝对是监狱中具有开拓意义的机构,设计方法就是我前面说的那样。我很高兴听到这些,因为毋庸置疑那个机构不算什么。但是,在这儿,凡是它所拥有的条件,它都尽量利用了,而且在这种地方,也算是管理得不错的了。

女犯人在专门搭着的棚子下面工作。如果我记得不错,男犯人没有工作间,不过他们中的大部分人都在附近的采石场里劳动。因为天气非常潮湿,采石的工作被暂停了,男犯都待在囚室里。想象一下这些囚室,一共有二三百个,每个里面都关着一个囚徒,他们有的把手穿过门上的格栅,站在那里透气,有的躺在床上(是大白天,记住),还有的在地上躺着,头顶着栅栏，像头野兽一样。外面下着倾盆的大雨，在房子中间生着永远不灭的火炉子，闷热得让人窒息，屋里都是水蒸气，像一个女巫的大锅一样；再加上一种微微的气味汇聚在一起，像一千把被浸透了的发霉的伞，和一千个衣服篮子里装满了洗了一半的亚麻衣服，所散发出来的那一种味道——这就是所谓的监狱，这就是那样的一天。

兴兴州立监狱，和这个监狱不同，是一个模范监狱。那个监狱和奥本监狱，我相信，是静默制度管理下的监狱中最大和最好的范例。

在这个城市的另一头，有一个贫民庇护所。这个机关的目的是：改造年轻的犯人，无论男女，无论是黑人白人，没有区别；教给他们一种有用的手艺，叫他们认一个可敬的师傅，使他们成为对社会有用的人。这种方式，我们一会儿就可以看出来，和波士顿的同类机关相似，而且它是一个值得称赞的、很好的机构，丝毫不逊色于波士顿的机关。

在我参观这个崇高的机关的时候，一个疑问在我脑子里穿过：这个机关的监督人，对于这个世界和世俗性的东西，是否有充分的认识？他们把一些从年龄方面和过去的经历来看，都可以说是妇女的青年女子，当作小孩子那样看待，是否犯了极大的错误？这种做法，在我眼里有种很荒唐可笑的效果，或者我大大地弄错了，在那些妇女眼里，也一定可笑。不过，这个机关，是由非常明智和有经验的绅士组成的团体来进行密切监视的，它不可能管理得不好，不论我在这些小的地方是对的还是错的，对于这个机关的成绩和特点，是无所谓的，对于它的成绩和特点估计多高都不过分。

除了这些机关以外，纽约还有非常好的医院和学校，文学机关和图书馆，一个很好的消防队（本应该是好的，因为它经常演练），还有各式各样的慈善机构。在郊区，有一个宽阔的公墓：还没修盖完，但是每天都在改进。我在那儿见过最令人伤心的墓地,就是那个"陌生人之墓——献给在城内各旅馆的客死者"。

纽约有三个大剧场。其中有两个——公园剧场和波威里剧场,都是庞大、优雅和漂亮的建筑,我很难过的是,通常它们的顾客也很少。第三个剧院叫奥林匹克,是一个展览小屋,专演杂耍和滑稽戏。这个剧场,被米切尔先生经营得特别好,他是一个非常具有轻幽默和创造性的喜剧演员,伦敦的戏迷们都记得他,尊重他。我很高兴地报告:这位值得钦佩的绅士所办的剧场,平常总是满座,每夜,他的剧院总是带给观众们欢乐。我几乎忘了一个小型的夏季剧场,叫作尼布罗斯,附带有花园和露天娱乐场所。不过我相信,在目前的低迷形势下,用一种幽默的说法,"剧场的家当",不过是在惨淡经营。

纽约四周的乡村,都是极其风景如画,精致秀丽。那儿的天气,像我已经描述的,有几分暖和了。如果每天晚上没有海风从那个美丽的海湾吹来,那它会是什么样子呢,我不会让自己或者读者冒着发烧的危险去考究的。

上等社会中的腔调,和波士顿相似,各处也许会有一种商业精神的强大输入,不过一般说来,都是优雅和高贵的,并且永远是最好客热情的。房屋和桌子都很雅致,玩乐的时间更晚一些,更放纵一些,同时也许在外表方面,在财富的炫耀方面,在生活的奢华方面,有一种强烈的竞争精神。而且妇女都非常漂亮。

在我离开纽约以前,就做了安排,在"乔治·华盛顿号"邮船上,定好了回国的票,那条邮船订于六月起航,而六月就是我决定离开美国的日期,如果在我的游历中,没有什么事会耽误阻碍的话。

我没想到,要回到英国我的故乡,回到我亲爱的人身边,回到不知不觉已经长成为我天性的一部分的工作中，我竟然感到从未有过的难过，当我最后坐上轮船要离开时，和在这个城市陪伴我的朋友告别时。我从未想到一个地方的名字，离我如此远，又是最近刚认识的，竟然会在我的脑海中和很多的簇拥聚集的深情的回忆联系起来。对我来说，这个城市里，有许多人，能使拉普兰①那儿的倏忽而去的阴暗冬天都放出光明；在他们面前，连家乡这个概念都变得暗淡了，我们交换了那句令人心碎的话，那句话和我们的所有想法和行动都交织在一起，就是那句在我们婴孩时代的摇篮前萦回，把我们年老时的生命前景结束的话。

---

① 拉普兰：位于芬兰和挪威的北部，它有四分之三处在北极圈内。拉普兰每年10月进入冬季，一直要到第二年的5月才开春，整个冬季长达八个月。到了冬至前后，人们可以亲身感受到极夜；到了夏至前后，人们又可以感受极昼。

第七章

费城和它的单人囚房

从纽约到费城的路程,要坐火车,再坐渡船,一般要五六个小时的时间。那是个天气不错的黄昏,我们坐在车里往前进发。我们坐在靠门的座位上,透过一个小窗户往外看着灿烂的夕阳,我的注意力被吸引到一个很特别的景象上,那是从靠近我们前面的一个男客车厢的窗户那儿显现出来的。我起初以为,那是几个勤劳的人,在车厢里把旧鹅毛褥子拆开了,把鹅毛放飞在风中飘呢。最后我才想起来,他们不过是在那儿吐唾沫而已,也确实是这样。虽然我到现在还是不能理解那个车厢里到底能容纳多少人,能在那里如此好玩而又持续不断地吐唾沫成雨,尽管从那次以后,我在吐唾沫方面,学到了经验。

这次在路上,我结识了一个温和谦逊的青年贵格派①教徒,他先开口和我谈话,他很庄严地低声说,他祖父是冷提蓖麻油的发明者。我在这儿提这个情况,是因为我想,大概这是第一次把这种有价值的药物作为倾泻的话题吧。

---

① 贵格派(Quakers):又名教友派、公谊会(the Religious Society of Friends),兴起于17世纪中期的英国及其美洲殖民地,创立者为乔治·福克斯(George Fox)。贵格派的特点是没有成文的信经、教义,最初也没有专职的牧师,无圣礼与节日,而是直接依靠圣灵的启示,指导信徒的宗教活动与社会生活,始终带有神秘主义的特色。

我们到达费城的时候已经很晚了。我在睡觉前，从寝室的窗户往外看：大街那一侧，有一座漂亮的白色大理石大楼，有一种悲哀的鬼森森的氛围，让人看着有种凄凉之感。我把这归因于夜色昏暗。第二天早晨，刚起床我就又往外看，期望看到它的台阶上和门廊下，挤满了一群群的人在进进出出。但是门却仍旧紧紧地关着，依然是寒冷而惨淡的气氛，那座大楼，叫人看来，好像只有大理石雕的唐·古兹曼①才会在它那阴暗的楼里去处理事务。我赶忙打听了一下它的名字和用途，然后我的惊奇消失了。这就是那个把无穷财富埋葬了的坟墓、投资巨大的地下墓穴——那个值得纪念的联邦银行。

　　这个银行的倒闭，以及倒闭的毁灭性后果，曾给费城投下一片忧郁黑暗（很多地方都这样跟我这么说的），在它的消极影响下，费城确实是非常阴暗无趣和无精打采。

　　这是个美丽的城市，不过太规整了，规整得都能使人发狂。在这里逛了一两个钟头以后，我觉得都愿意用整个世界去换一条弯曲的街道。在它那贵格派的影响下，我的衣领好像变硬了，帽边好像变宽了，我的头发似乎缩短成光滑的平头，我的手安静地交叉在胸前，想要去市场对面的马克巷寄宿，然后靠买卖粮食投机倒把而发大财的想法不由自主地在我脑中出现。

　　费城的淡水供应非常充分，这些淡水各处喷洒和跳跃，到处都有水龙头，打开就能自动流出。自来水厂修建在城市附近一片高地上，既可供生活所需，也可供游人参观，因为它的设计类似于一个公园一样美观，秩序井然整洁。河流在这儿被一道大坝拦住，在自己的力量作用下，聚积到了

---

　　① 唐·古兹曼：是西班牙王菲利普四世的一个部长，以阴暗冷酷出名，他的雕像更是又硬又冷。

第七章　费城和它的单人囚房

高处的蓄水池或者蓄水库，因此整个城市，一直到楼房的顶层，都只需很少的花费就有自来水供应。

这里有各种各样的公共机构。其中有个很好的医院——是贵格派设立的，但不是宗派性质的，而是惠及众生的。还有一个安静而古雅的图书馆，是以富兰克林的名字命名的；还有一个漂亮的交易所和邮政局，以及其他种种。跟医院相连的房子里，有维士特的一幅画，为给医院筹集资金而展出的。画的主题是我们的救世主给人治病的故事。而且它也许是这位大师的代表作之一，和在其他地方看到的他的作品一样好。而高或者低的评价，就取决于读者自己的品位了。

在同一房间里，还有美国著名艺术家萨利画的一个有特色并且栩栩如生的人像。

我在费城停留的时间很短，但是我看到的那儿的社会情况，是最让我喜欢的。说到它的大致特点，我应该说，它比波士顿或者纽约的地方味道更浓一些。在这个美丽的城市里，弥漫着一种品位和评论，那感觉和我们在《威克菲尔德牧师传》①里读到的那段文雅地讨论莎士比亚和音乐玻璃杯有关的主题是相像的。在城市附近，有一座壮丽但却还未完工的吉拉德学院的大理石大楼，是由一位已经故去的绅士创办的，他生前很有钱。这座楼，如果能按以前的计划完成，也许会成为近代最贵气的建筑。不过这位绅士的遗产里有法律纠葛，在清理之前，工程只得停止。因此，跟美国许多大规模的事业一样，得将来有一天才能办，而不是现在就做。

在郊区坐落着一个大监狱，叫作东教养所，按照宾夕法尼亚州特有的

---

① 《威克菲尔德牧师传》(Vicar of Wakefield)：英国作家哥尔德斯密斯 (Oliver Goldsmith, 1730—1774) 所著，描写了社会现实的黑暗和罪恶，同时又创造了一幅纯朴、真诚、理想化的田园家庭生活的图画以鼓舞读者。

管理方法运作。那儿的制度是僵硬、严厉、使人绝望的单人隔离监禁法。我认为，从效果上说，是不恰当的。

它的意图，我非常相信，是仁爱的、慈悲的、致力于革新改善的。不过我却认为，那些发明这种监狱纪律制度的人，和那些仁慈地把这种纪律付诸实践的人，都不知道他们是在做什么。我相信，很少有人能估计到，这种可怕的延续几年的惩罚办法，对于一个人的痛苦和苦恼影响有多大。根据我自己的猜想，从我在囚徒脸上看到的表情，和我对他们内心感觉的确定，我愈加相信，这种惩罚里那种深刻的承受性，只有犯罪者自己才能了解，同时这种惩罚是任何人也没有权力施加到他同类身上的。我认为，这种日日夜夜缓慢的对于大脑的神秘性的干涉，比起对于肉体的折磨，还要更坏，坏的程度无法估量，因为它可怕的标记和象征不像身上的疤痕那样容易被眼睛所看见，被手所摸到——因为它的伤痕不是在表面的，而且它所引起的痛苦呼声也不是轻易能被听见的——因此，我更加谴责它，把它作为一种秘密的惩罚，处于昏睡的人性对于它还没有察觉，所以还没能起身去阻止它。我曾犹豫过，拷问内心，如果我有权力说"是"或者"不是"，我会允许这种办法用在监禁期很短的犯人身上。不过现在，我庄严地宣布，不管给我什么奖励，什么荣誉，我都不能做一个快乐的人，走在广阔的天空下，或者在床上安然地躺着。因为我意识到，有一个人，不管时间多长，在他那个静静的囚室里，受这种人所不知的惩罚，而我就是使他受这样惩罚的人，或者我仅仅是稍稍允许了这样的惩罚。

我被两位绅士陪同着去参观这个监狱，他们都是和这个监狱的管理有关的人。这一天，我从一间囚室到另一间囚室，和囚犯谈话。监狱方面以最大的礼貌，提供给我一切的方便。他们没有对我掩饰和遮盖任何事，我想要知道的所有消息，都是公开地和坦白地提供的。给予这座楼里的秩序

第七章 费城和它的单人囚房

任何高的评价都不为过。那些以极好的动机直接负责实行这种制度的人们，也是不容置疑的。

在监狱大楼和外墙之间，有一个宽大的花园。从大门上的一个小门进去，顺着眼前的一条小路，一直走到尽头，进了一个大房间，从这个房间，有七条走廊由此分开。每一条走廊的两边，都是一排排的低矮的囚室门，每一个门上都有一个号码。上面和下面的囚室一样，只是上面的囚室外面没有狭窄的院落（像下层的那些一样），上面的囚室比下面的稍微小一些。囚室外面那一溜阴暗的空间，是住在下面囚室里的囚徒透气和活动的地方，每天有一小时，上面的囚室没有空间，但是一个囚徒占用两个囚室，人们认为这样就可以补偿这种没有活动空间的缺点了。因此，住在上面的囚徒都有两个囚室，彼此相连和互通。

站在中间，顺着这些走廊看去，阴暗的静谧和安宁，真是恐怖。偶尔，会有一种沉滞的声音从织工的梭子和鞋工的鞋楦上传来，但这声音又被监狱的厚墙和囚室的厚门匿息了，它让周围更加沉寂。每个到这个悲惨大楼里来的囚犯头上，都会罩上一个黑色的头巾，这个黑色的裹布是隔绝囚徒和外面鲜活世界的帘子，他就这样被人带到他再也不能出去的囚室里，一直到他的刑期结束。他再也听不见妻子或儿女的消息，家庭或朋友的情况，以及任何一个生物的生或死的消息。他看到狱警，但是除此之外，他永远看不到任何其他人的脸，听不见别人的声音。他就是一个叫人活埋了的人，经过长年累月，才又被人从土里挖掘了出来。在这段卑微的时光里，除了对痛苦的焦虑和恐怖的绝望有反应，对其他一切他都不过是个死人。

他的名字、他犯的罪、他的徒刑，都没有人知道，即便每天给他送饭那个狱警也不知道。有一个号数，显示在他的囚门上，还写在监狱长手里的那本记录簿上，另一本在道德导师手里。这个号数就是他的历史索引。除了这种记录以外，囚徒没有任何关于自身的记录了。虽然他可以在同一间囚室里待上漫长的十年之久，但是一直到他待到最后的一刻，他都不知道，他的囚室坐落在这座大楼的哪一部分，他四周都是什么样的人，在漫漫的冬夜里是否有活人在附近，或者他在这个大狱里一个孤独的角落里，有高墙、走廊和铁门将他和离他最近那个人隔开。

每一个囚室都有两道门——外面的门是坚固的橡木做的——另一层是铁栅栏门，门上有一个小窗用来传递他的食物。他有一本《圣经》，一块石板和一支铅笔，而且，在特定限制下，还有另外一些专为囚人提供的书，还有笔、墨水和纸。他的刮脸刀、盘子、铁罐和脸盆都挂在墙上，或者放在小架子上。每个囚室都有干净的水，他可以随意取水。白天，他的床架翻起来靠在墙上，给他更宽敞的地方来干活。他的织布机、工作台，还有纺车都在那儿。他在那儿劳动、睡觉和醒来，数着流转的岁月，一天天变老。

我看到的第一个囚徒，正坐在织布机旁边工作。他已经在那儿待了六年了，还要继续待下去，我想还得需要三年多。他是因为收受贼赃而被判刑的，但是，即便他服刑这么久，仍不服罪，他说，他是被误判的。这已经是他第二次犯罪了。

我们进去后，他停止了工作，摘下了眼镜，率直地回答了一切问他的话，不过总是先停顿一下，用低低的、若有所思的声音。他戴着一顶自己做的纸帽子。我们注意到他这顶帽子并称赞它的时候，他很高兴。他用一些不起眼的零零碎碎，很巧妙地制作了一架荷兰钟，他用醋瓶子做了钟摆。看见我对于这件发明很感兴趣，他抬起头来，带着非常自豪的神情，然后说，他正在考虑改进一下这架钟；他希望用一个锤子和一块碎玻璃，

第七章 费城和它的单人囚房

"可以奏起音乐来。"他用从纱线上挤出的一点颜色,在墙上画了几个笨拙的人像。其中一个是女人,画在门上面,叫作"湖上的女人"。

我看着这些发明物消磨时光的时候,他微笑着;当我把眼光从这些东西上挪到他脸上的时候,我看见他的嘴唇在颤抖,我本来还能听到他的心跳,我忘记了怎么就说起他家里还有太太,他听了这话,把身子转到一边,用手捂住了脸。

"你放弃了吧!"一个参观的绅士,在待了一会儿之后,这样对他说,那时候,他已经恢复到原来的状态了。他回答的时候,叹息了一声,这叹息似乎对于未来是完全绝望的。"哦,不错,不错,我现在放弃了。""那你成为一个更好的人了吧?""唔,我希望如此:我肯定我希望是这样的。""日子过得相当快吧?""在这四面墙里,先生,日子真是很漫长。"

他说这几句话的时候,往四周看着——只有上帝知道他有多疲乏!——他说着这些话,在做这些事情的时候,用奇怪的眼神盯着,好像忘记了什么似的。过了一会儿,他叹了口气——很沉重的,戴上眼镜,继续工作起来。

在另一个囚室里是一个德国人,因放火而被判处五年徒刑,已经坐了两年牢了。他也用同样的方法弄了些颜料,把墙上和天花板上每一英寸都画得很漂亮。他把屋子后部那几英尺地方布置得非常精致整洁,在中间还弄了一张床,不过,顺便说一句,这张床看起来却很像一座坟。他在每一件东西上体现出的品位和精巧都非常超群。但是你要想象出一个比他更沮丧、更伤心的可怜虫来,却是很难的。我从来没看见过这样一副精神备受摧残的绝望形象。我的心为他而流血。当他脸上流着泪、用颤抖的手抓住了一个参观者的衣襟,把那个人拉到一边,问那个人,他自己这种阴沉的徒刑有没有减刑的可能,那种情景,叫人都不忍再看。我从来没有看见或者听见过比这个人的可怜样子给我更深刻的印象的事情了。

在第三个囚室，有一个高大强壮的黑人，是个盗窃犯，那时他正做自己的本行，就是螺丝钉一类的东西。他不但是一个灵巧的贼，他还以胆大妄为、作案众多而臭名昭著。他讲着当年的成就用以给我们取乐，说到那起生动的偷盘子的故事，以及他如何隔着大街就看见坐在窗里的老太太们戴的银边眼镜，而后来把它偷走了（他显然是隔着一条大街就把太太们的银边眼镜盯上了）。他兴致盎然地讲着，一边讲一边似乎还舔着嘴唇似的。这个家伙，被人稍微一鼓励，就会在他的职业回忆里掺杂上令人最厌恶的谎话。他声称为入狱的那天祝福，而且他有生之年再也不会犯罪。要是我还指望能听到比这更虚假至极的话，那我就犯了一个大错误了。

有个人被允许可以养兔子。这是一种纵容。他的囚室里因此发出臭味来，他们站在门口叫他到外面的走廊上去。他当然遵从，站在那儿，遮挡着憔悴的脸，因为他的眼睛不能适应从大窗户那儿透进来的阳光，他看起来苍白且怪异，似乎是刚从坟墓被召回来的一样。他怀里抱着一只小白兔。当他把这个小生物放到地上时，它马上就偷偷地回到囚室里去了，那时他也被放开了，怯懦地跟在兔子后面。我想，很难说从哪个方面讲人是比兔子高贵的。

有一个英国的小偷，刚来监狱没几天，被判处了七年徒刑。他是个罪恶的、没教养的、薄嘴唇的家伙，长着一张苍白的脸。他对参观者没兴趣，要不是有额外的刑罚，他也许会很高兴地用他那鞋匠的刀把我扎死。还有一个德国人，昨天才刚刚进狱，我们往他那个囚室里看的时候，他一下子从床上跳起来，用断断续续的英语，请求给他份工作。还有一个诗人，每隔二十四小时都要做两天的工作，一天是为自己而做，另一天是为监狱做的，他还作以船为主题的诗（他本来是个水手），有诗句"使人疯

第七章 费城和它的单人囚房

狂的酒杯",歌咏家里的亲友。

有很多这样的人,有的见了参观的人就脸红,还有的脸色会变得非常苍白。还有两三个人都有狱里的护士陪伴,因为他们病得很重;有一个很胖的老黑人的一条腿就是在狱里锯了去的,现在由一个古典学者和一个技术熟练的外科医生陪伴,那个外科医生也是一个囚犯。楼梯上坐着一个长得不错的黑人男孩,在那儿做着一些轻松的活。"那么,费城没有专收少年罪犯的地方了?"我问。"有,不过那儿只收白人的孩子。"罪犯中居然还有贵族!

有个水手,被监禁了十一年多,再过几个月,就被释放了。十一年的单人监禁啊!

"很高兴听到你的刑期快满了。"他怎么说呢?——什么也没说。他为什么盯着自己的手,抓手指头上的肉,不时地抬起眼睛看一会儿,看着使他头发慢慢变成银发的空白的墙?那是他有时的习惯。

难道他从来不看人的脸吗?难道他永远就这样抓自己的手,似乎是下决心要把皮肉和骨头分开吗?他就乐意这样而已。

他乐意说,他不盼望着能出去,对于刑期将满,他也并不高兴;他以前盼望着这一天,但是那是很久以前了;他现在已经不关心任何事情了。他是一个无助的、被压迫的、被毁掉的人。老天可以作证,他乐意的事情都可以完全得到满足。

有三个年轻的女人被关在毗邻的囚房里,犯了合谋抢劫起诉人的罪行。在这种宁静和孤独的生活中,她们逐渐变得非常漂亮。她们的表情很悲伤,即使最铁石心肠的参观者看了都要落泪。但是这种落泪不是观察男人时所引发的悲伤。其中有个女孩子,还不到二十岁,我记得是。她的雪白的囚房里挂着之前住在这里的犯人的作品。光辉的太阳,透过墙上高处的一个小洞照进来，照在她低垂的脸上。而透过这个小洞，还能看到外面蓝蓝的天空。她诚心忏悔，安静本分，她说，自己已经顺从了这种状况（我相信她的话），她内心很平静了。"简单说的话，你在这很高兴？"我的一个同伴问。她挣扎着——她努力挣扎着去回答这个问题，想说——是的。但是她抬起眼睛来，看到了头顶上那一线自由的天空，她哭了出来，说："我努力这样做，我没有任何抱怨；但是很自然地，我会有时候渴望走出这个监牢，我克制不了这样的念头。"她啜泣着，可怜的人啊。

那天我从一个囚房走到另一个囚房，我看到的每一张脸，听到的每一句话，注意到的每一件事，都那样历历在目，让人深感悲伤。但是还是让这些都过去吧，去看一看更加令人愉悦些的另一个监狱，是我后来在匹兹堡参观的，它也是同样的管理方法。

当我以同样的方式看完了这个监狱后，我问监狱长，有没有在他管理之下，马上就要出狱的人。他说有一个，明天这个人刑期就满了，但是他只坐了两年的牢狱。

两年啊！我回顾了一下自己两年的生活——没有坐牢，过得富裕、快乐，被幸福、舒适和好运环绕着——想想看，这是多大的差距啊，在孤独的囚禁中度过的两年该是多么漫长啊！我看着这个明天要出狱的人的脸，就在我的眼前。他脸上的快乐比那些人痛苦的表情更令人难忘。他说，这个制度很好，时间过得"非常快——就监狱生活而论"，而且，当一个人知道他冒犯了法律，必须要受惩罚时，"他不管怎样都会过下去的"，等等。他说的话既容易又自然。

"他用那样奇怪的焦躁语气跟你说什么呢？"我问那个带我们参观的人，他刚刚把监舍的门锁上，在过道里跟我又走到了一起。

"哦！他担心自己的靴子底走不了路，因为他进监狱时那双鞋就已经

第七章 费城和它的单人囚房

穿得很旧了，要是我能找人给他修一修，他会很感激的。"

那双靴子在两年前被脱下来和他的其他衣服一起被收了起来。

我趁机问，这些人在即将出狱之前，是如何表现的，还加了一句，说："我猜他们颤抖得一定很厉害。"

"嗯，也没有颤抖得很厉害。"对方回答说，"虽然他们也颤抖——神经系统已经完全错乱了。他们不能在登记册上签自己的名字；有时候连笔都拿不住；看着四周似乎不知道他们为什么在这儿，或者这是什么地方；有时候一会儿站起来，一会儿又坐下，一分钟得有二十次这样子。这是他们在办公室里的样子，当时他们和被带进来时一样都戴着帽子。当他们走出监狱大门后，他们停下来，看看这条路，然后看看那条路，不知道该走哪条。有时候他们好像喝醉了一样跟跟跄跄的，有时候不得不倚靠着围栏站会儿。他们状态太差了：不过一会儿就能走路了。"

当我在这些单人囚房中间走动时，我看着里面的人的表情，我试着去想象这些人在这种状况下自然地产生的想法和感受。我想象他们的帽子被摘下来，和展示在他们眼前的那种阴暗单调的囚禁生活。

刚开始，这个人像是被击晕了一样。他的牢狱生活是一片可怕的图景。他过去的生活才是真实的。他往床上一倒，躺在那里，心情低落到了绝望。渐渐地，这里无法忍受的孤独和荒芜感把他从昏迷中唤醒了，栅栏铁门上的小洞打开了，他低三下四地乞求恳请一份工作。"给我一些事情做吧，要不我真要疯了！"

他得到了一份工作，就间歇地开始干活了。但是不时地，他会有种歇斯底里的念头在心里升腾起来，那就是要在这个石头棺材样的小屋里度过很多年，一想到他将看不到的人和听不到他们的消息，他就感到万分痛苦。他从椅子上站起来，在这个狭窄的住所里大步走来走去，用双手紧紧抱着头，听到了有什么声音在说：一头撞死在墙上吧。

他又倒在了床上，躺在那里，呻吟着。突然，他跳了起来，心里想是否有人在附近，是否旁边还有一个类似的小屋，他认真地倾听着。

没有声音，不过可能附近还是有其他犯人的。他想起来，曾经听别人说，那时候他还没有想过会来这里，这些囚室的设计不能让犯人听到彼此说话，但是狱警们可以听到他们说话。

离他最近的人在哪里呢——在右边，还是左边？或者左右都有？这个人现在坐在哪里呢——脸冲着亮光？还是走来走去？他穿的什么衣服啊？他在这儿待了很久了吗？他很疲劳吗？他是不是很白，像个幽灵？他也想到了自己附近的人吗？

他不敢喘气，一边想着，一边听着，他想象出来一个背对着他的人，想象这个人正在另外一个囚房里活动。他想不出这个人长什么样，但是他很确定这个形象是个驼背的黑乎乎的人。而另一边的囚房，他也想出来一个形象，也不知道脸是什么样。一天又一天，他常常在半夜醒来时，想到这两个人，一直想到自己心烦意乱为止。他从来不更改这两个人的样子，他们永远都是他一开始想象出来的样子——右边是个老人，左边是个年轻人。而不知道这两个人的具体长相让他痛苦不已，却产生了一种令他颤抖的神秘感。

这些令人疲倦的日子，像葬礼上哀悼的人一样，迈着沉重的步伐过去了；渐渐地，他开始觉得囚房里白色的墙上有什么可怕的东西在里面：颜色很骇人，光滑的表面令他发冷，还有个可恶的角落折磨着他。每天早晨他醒来的时候，他都把脑袋用被单盖住，看到那吓人的房顶俯视着他，他就发抖。美好的日光，就像一张丑恶的鬼脸，从那个一成不变的小洞——也就是囚房的窗户里，透了进来。

第七章 费城和它的单人囚房

虽然缓慢却又很明确,那个可怕的角落带给他的恐惧感与日俱增。最后,他时时刻刻被这种恐惧感包围着。休息的时候,它折磨他;睡觉的时候,他被噩梦吓着,夜晚变得很恐怖。刚开始,他有种对它的很奇怪的不喜欢,感到似乎它在自己的脑子里也产生了一个相同的形儿,而又不应该在那儿,让他的脑袋疼痛不已。后来他开始害怕,还会做梦梦见它,有人在低语它的名字并指着它。然后他不敢看它,也不敢背对着它。现在,它成了每晚鬼魅们出没潜伏的地方。一个魅影,一个不出声的东西,看起来很可怕。但到底是个鸟,还是兽,或者是个蒙着头的人形,他说不出来。

当他白天待在自己的囚室里时,他害怕外面的那个小院子。当他到小院子里时,他害怕重新回到囚室里。夜晚到来了,角落里是那个魅影。如果他有勇气站在它那个地方,就把它赶走(曾有过一次,他拼尽全力),它到了他的床上。在暮光中,总是在同一时间,有个声音叫着他的名字。随着夜色越来越浓,他的织布机变活了,即使以前是他的安慰,现在也是个可怕的东西,一直盯着他到天亮。

还是缓慢地,这些可怕的幻影一个又一个的都离开了他,有时候还会回来,是出乎意料的,不过间隔很久,而且形象也不那么令人害怕了。他跟来参观的那位先生谈到了宗教方面的事情,他还读了圣经,把祷文写到了他的石板上,并作为一种保护挂了起来,还当成是上帝陪伴他的保证。他现在会梦见自己的孩子和妻子,但是他确定他们都死了,或者已经丢弃了他。他很容易落泪,温和而顺从,精神不振。偶尔,过去的痛苦会再次袭来,很小的事情就会使这痛苦复活,甚至是一个熟悉的声音,或是空气中夏花的香气。但是痛苦持续得不长,现在,外面的世界已经是个幻象了,而这种孤独的生活,才是悲伤的现实。

如果他的刑期短的话——我是指相对而言,因为不可能有短的——最后的半年是最糟糕的,因为,那时候他想监狱要是着火了,他会被烧死在废墟中,或者他注定是要死在这高墙之内的,或者他会因为错误的指控而被再判上个几年,而无法出去。要么其他的事情,无论是什么,肯定会发生,而不让他自由。而且这是很自然的,你想用理性来对抗都不可能,因为,他被隔绝出人类生活这么久,他受了这么多罪,想一想,任何事情比起他重新获得自由和回归同伴中可能性都要更大。

如果他的刑期很长,那么被释放的那种前景会让他慌乱和迷惑。当他想到外面的世界和它对于自己这些孤独的岁月的意义时,他支离破碎的心也许会飘飘然一会儿,但是也就是这些了。囚室的门关住了他所有的希望和牵挂,关得太久了。把他弄到这里,再让他出去和已经不是他的同类们去混在一起,倒不如把他一开始就绞死。

在这些犯人憔悴的脸上,有着同样的表情。我不知道把它比喻成什么。我们能够在盲人和聋子的脸上看到类似的紧张感,还混合着一种恐惧,就好像他们暗中受了恐吓。我进去过的每个小囚室里,我看到的每个门上,我似乎都看到了同样吓人的表情。它存活在我的记忆当中,以那样鲜明的画面,有种特别的魔力。一百个人在我眼前走过,只要其中有一个是刚刚从这种孤独的遭受当中被释放的人,我也能把这个人指出来。

如我刚才说过的,女囚们的脸,在这种生活中变得温和优雅。是因为女人们本质更好,在孤独中会引发这种本质,还是因为她们是更温和的生物、更具有耐心和忍耐力呢,我无从得知。但是确实是这样的。在我看来,尽管如此,惩罚对于她们,还是非常严酷和错误的,就像对于男人一样,这我不用赘述。

我坚信,除了这种惩罚所引发的精神痛苦——这种痛苦如此严苛和巨大,你是如何也想象不到的,它还把人的精神折磨成一种病态,从而不能

第七章 费城和它的单人囚房

适应人类世界艰苦和忙碌的工作。我坚定地认为，所有经受过这种惩罚的人，一定会以很不健康、很病态的精神状态进入这个社会。有很多记录显示，一些自愿或者被判罚过着非常孤独生活的人，即使是一些非常精壮的圣人天才，据我所知，几乎都会受到这种明显的影响，变得思维混乱，并有阴郁的幻觉。是什么样的怪异魅灵，天生消沉疑虑，在孤独中生养，在这个世界上大步行进，让宇宙变得丑陋，使天堂也为之变色。

犯人中自杀的很少，确实，几乎没听说过。但是不能因为这种情况而说这种制度就是好的，尽管经常有人这样认为。那些研究精神疾病的专家们，非常清楚这样的极度抑郁和绝望会改变一个人的性格，会消除人的灵活性和自制力。可能既会在一个人身上产生作用，却又让他不至于自我毁灭，这是常见的情况。

它会使人的感觉迟钝，一点点地损害身体的机能，这一点我非常确信。我对跟我一起参观这个费城监狱的那些人说，那些长期在这里的犯人，都是聋子。他们，本来是习惯了经常看到这些犯人，还是对于我这种说法大吃一惊，他们认为这是毫无根据的和想象出来的。他们找来一个验证我说法的犯人——是他们选出来的，立即证实了我的想法（他不知道我的想法）。他说，用那种无可置疑的真诚的态度，他不知道怎么回事，他的听觉确实是越来越迟钝了。

这是一种非常不公平的惩罚，对于最恶劣的人的影响反而是最小的，这是确定无疑的。作为一种改造的手段，它所发挥出来的最高效用，如果拿来和那种允许犯人在一起工作而不能说话交流的制度相比的话，我对它没有任何信心。所有介绍给我的改造例子，都是完全能够——我无论如何都不怀疑，在我看来，都是可以被静默制度同样改造好的。关于那个黑人盗窃犯和英国的小偷，即使是最富于热情的人也没指望能把他们改造好。

在我看来，那些反对这种制度的人，他们认为在这样一种违背自然的孤寂状态下，发展不出来任何健康和美好的东西，即使是一条狗，或是更加智能的物种，在这种制度影响下，都会悲哀、抑郁和垮掉，这种反对意见是针对这个制度的有力的反驳。而且，我们再想一想，这种制度多么的残酷和严厉，是这个地方所生长出来的那种最悲惨的人性所特别反对的；再想一下，不是在这种制度或是一个低劣的、考虑不周的制度之间选择，而是在这个制度和一个更有效果的制度、一个设计和运行都完美的制度之间去选择。这样一来，我们就非常有信心来放弃这么一个没有希望和前途，而且充斥了大量弊端的惩罚制度。

在这种沉思之余，稍作一下休息吧，我要讲一个跟这里主题相关的奇特故事来结束这一章，是我参观这里的时候，一个这里的先生跟我说的。

有一次监狱的视察人员定期开会的时候，费城的一个工人来到会上，恳切地要求把自己关到单人囚房里。当被问到为什么会提出如此奇怪的请求时，他回答说自己控制不了经常喝酒，他不断地沉溺于酒精，给他带来了痛苦和毁灭。他没有抵御这种倾向的能力，希望能够被关在隔绝这种诱惑的地方，他想不到比这里更好的地方了。他被告知，这个监狱是为那些被法律审理和判刑的犯人而设置的，不可能为他这样奇特的目的而安排入住。他被劝告去好好戒酒，如果他想这样做，他就能做到，还有一些其他好的建议。他后来就走了，非常不满意这个结果。

他后来又来了好几次，恳切而强烈，最后，视察员们在一起商议了一下，说："如果我们再拒绝他的请求，他肯定会再次要求住进来的。把他关起来吧，这样他就会很愿意离开的，我们也就摆脱了他啦。"因此，他们让他签了一个声明，防止他申告非法监禁，说明他是自愿、主动被监禁的。他们要求他注意，只要不想在这里待着了，敲敲大门，看守就可以把

第七章 费城和它的单人囚房

他放出去,白天晚上都行。不过希望他明白,一旦出去了,就不能再进来了。这些条件他都同意了,还是执意要进来,于是就被领了进来,关在一个囚房里。

在这个囚房里,那个过去没有坚定的态度去把一杯酒放在面前的桌子上而不去尝尝的人,在孤寂的囚禁中,每天都在做鞋,待了快两年。他的健康随着时间的流逝而每况愈下,医生建议他可以有时候在园子里工作一会儿,他很喜欢这个建议,兴高采烈地去园子里干活了。

夏日的一天,他正在园子里挖地,很努力地干着活,监狱大门上的小角门碰巧开着,可以看到外面熟悉的尘土飞扬的道路和阳光照耀的田地,对于他,就像对于任何自由的生命一样,可以从这里走出去。他刚抬起头来,看到了这一切,在阳光下照耀着的一切,在不自觉的本能反应下,他马上扔掉了铁锹,以最快的速度跑开了,再也没有回头。

第八章

华盛顿　立法机构和总统府

在一个非常冷的早晨，我们坐着小汽船，于六点钟，离开了费城，向华盛顿进发。

在这一次的旅行过程中，和随后的情况一样，我们都碰见了一些英国人（在国内大概都是小农民，或者是乡村酒店老板），他们都在美国定居了，目前都因为各自的事情在外地旅行。在美国的公共交通工具上，和我们拥挤在一起的各式各样的人中，这些英国人常常是最令人难以忍受的旅伴。除了具有美国旅客最糟糕的那一类人所有的令人讨厌的特点以外，这些同胞还表现出一种傲慢无礼、自命不凡，以及理所当然、优越感十足，让人看起来十分荒唐可笑。他们粗率地试图跟你亲近，无耻地向你问话（在这些方面，他们急切地去表达，好像他们对曾经在国内所受的礼貌约束心怀不满，而现在想做个发泄），他们的这种表现比起我所看到的典型美国人来，都更加令人厌恶。每当我看到或者听说这些人的行为表现时，我就会萌发一股爱国热情。因此，如果我能给予世界上任何别的国家荣誉去声明这是他们的子民，那我乐意接受任何合理的罚金。

既然华盛顿可以被叫作是被香烟熏染的唾液这种行为的总部，那现在是我必须毫不掩饰地承认的时候了，那就是嚼烟叶和吐烟叶这两种流行的

第八章　华盛顿　立法机构和总统府

恶劣行为，到了现在，不仅使我感到不舒服，而且很快让我更加憎厌和恶心。美国所有的公共场所，这种肮脏的习惯都得到了认可。在法庭上，法官有他自己的痰桶，传唤者有，证人有，甚至犯人也都有自己的痰桶；而陪审员和旁听的人也都被提供了这种容器，这是为了这么多人出于本能必须要不断吐痰的需要。在医院里，墙上贴着布告，要求医科学生把烟色唾液吐在专门设立的小箱子里，不要污染了楼梯。在别的公共场所，也用同样的办法，恳请游客们把他们咀嚼的精华，或者叫"塞子"（因为我听见那些对于这种好吃的东西很有研究的绅士们如此称呼它）吐在全国通用的痰桶里，而不要吐在大理石柱子的座盘上。不过，在一些地方，这种风俗习惯都不可分割地和宴会、正式拜访以及所有的社会交际活动混合交融。一个陌生人，如果沿着我所走过的道路走一下，将会发现，这种风俗习惯在华盛顿达到了空前盛况，那种不可一世的姿态真是繁荣昌盛。这个新来的人不要说服自己（像我以前那样，让我很羞愧），以为之前的那些旅游者都夸大其词。这件事本身，在肮脏方面就是一种夸大，已经无法再被超越了。

　　在这个汽船上，有两位年轻的绅士，衬衫的领子和平常一样向下翻着，手拿着粗大的手杖；他们在甲板的中间相隔大概四步远的地方，安置下了两个座位；他们掏出自己的香烟盒儿，面对面坐下来，开始嚼烟。不到一刻钟，这两位大有前途的年轻人就在干净的甲板上，喷吐了大量的黄雨，这样一来就划出一个魔法阵，在它的界限内，没有人敢闯入，而且他们不断地更新着黄雨，以免其变干。这是在早饭前的事，我承认，这让我倍感恶心，但是认真看了会儿其中的一个吐痰的年轻人之后，我清楚地看出来，他在嚼烟上还是个新手儿，所以他的内心并不舒坦。这个发现使我内心喜悦洋溢。我看到他的脸变得越来越苍白，他左颊里的"烟叶团"随着他压抑的痛楚而颤动着；不过他还是吐了嚼、嚼了吐，和他那位年龄稍大的朋友竞争着，我当时都可以伏在他颈背上，恳求他继续不停地嚼上几个小时。

我们在下面的舱房里吃了一顿惬意的早餐，和英国的吃早饭相比既不匆忙也不混乱，并且比在英国坐驿车旅行的会餐要更礼貌些。大约九点钟的时候，我们到达了火车站，又换乘了汽车继续前行。到了正午，我们下了车，乘坐另一条汽船穿过了一条很宽的河，在河对岸的铁路延伸的地方靠岸，又坐上汽车继续前行，接下来的大约一个小时内，我们过了两座木桥，都是一英里长，桥下的这两条河分别叫大火药和小火药。这两条河上都乌压压地布满着一群群的灰背鸭子，在一年中的这个时节，在附近成群出现。

这种桥是木制的，没有栏杆，宽度刚能容一列火车通过，只要出一点儿事故，火车就会不可避免地掉进河里。它们是使人惊奇的发明物，当你从上面过的时候，是非常有意思的。

我们在巴尔的摩停下来吃晚餐，现在到了马里兰州了，在这里第一次被奴隶们侍候。强迫一个和我同样的却可以被买卖的人来服务于我，而且好像是自己造成了他们现在的境况，这并没有什么使人羡慕的。这种习俗也许是以最不让人厌恶和最和缓的方式在这种城市存在着。但是它仍是奴隶制，虽然我在这方面是无辜的，但它的存在让我感到羞耻和自责。

用完晚餐，我们又去了车站，坐上了开往华盛顿的火车。因为还早，那些正好无事可做的大人和孩子，都对外国人表现出好奇来，（根据风俗）都围在我坐的那个车厢里，把车厢的窗户全放了下来，把脑袋和肩膀都探到车厢里，用胳膊肘儿以一种舒适的姿势支着身子，开始对我的外貌品评起来。他们以那样的漠然态度，似乎当我是个填充的假人。我从来没有想

第八章　华盛顿　立法机构和总统府

到我的鼻子和眼睛能引发那么多毫不客气的评判，以及关于我的嘴和下颌在不同的人心里的不同印象；还有我的脑袋，在这种情形下，从后面看是什么样子的。有些绅士，动用他们的触觉就感到满意了，而孩子们（他们在美国都令人惊讶地早熟）却不容易满足，他们会一次次不断地向我进攻。很多初露头角的顽童们，头上戴着帽子，双手放在口袋里，走进我的车厢，盯着看我整整两个钟头，偶尔会扭扭鼻子作为休息，或者从水壶里喝一口水，要么就到窗户那儿，招呼外面街上的孩子，叫他们上车来做同样的事情，嘴里还喊："他在这儿！""上来！""把你兄弟们都带来！"以及其他类似热情的邀请。

我们大约在那天晚上六点半到了华盛顿，在路上就看到国会大厦那美丽的身影了，那是一座科林斯式①的漂亮建筑，居于雄伟显赫的高处。到了旅馆后，我那天晚上就没有出门游览，因为很累，愿意早点睡觉。

第二天早饭后，我在街上转了一两个小时，然后回了旅馆，把房间的前后窗户都打开了，向外看去。华盛顿在我眼前呈现，在我脑海更新了形象。

把城路和本顿维尔②最糟糕的部分，或者把巴黎零散的郊区那里最小的房子，保留下来它们的奇特部分，特别要把本顿维尔那儿的（但却不是华盛顿的）那些经营家具的小商店、小饭店的和喜好养鸟的人开的小铺子都拿出来，然后烧掉所有这些房子，然后用木头和灰泥重新盖起来，再稍微扩大些，加上圣约翰③的一些木头在每一所私宅外面都安上绿色的百叶

---

①　科林斯式：源于古希腊，是古典建筑的一种柱式。希腊古典建筑的第三个系统，公元前五世纪由建筑师卡利漫裘斯（Callimachus）发明于科林斯（Corinth），此亦为其名称之由来。柱头是用莨苕（Acanthus）做装饰，形似盛满花草的花篮。相对于爱奥尼柱式，科林斯柱式的装饰性更强，但是在古希腊的应用并不广泛，雅典的宙斯神庙采用的正是科林斯柱式。
②　城路（City Road）和本顿维尔（Pentonville）都是伦敦的区。
③　圣约翰（St. John）：在伦敦西北部。

窗，给每个窗子都装上红窗帘和白窗帘，把每条路都整平整，在每一块本不该有草坪的地方都种植上一大块粗壮的草坪，盖起来三座石头和大理石的漂亮大楼，任何地方都行，不过越是完全人迹罕至的地方就越好，这三座大楼一个是邮政部，一个是专利局，一个是财政厅；让这里上午热得被烤焦，下午冷得如冰冻，不时还刮一阵旋风飞沙；让那些自然该有街道的中心地带都有个砖场，而使那儿不见一块砖——这，就是华盛顿。

我们住的那家旅馆是一长排面向街道的小房子，后面都通到一个院子里，院子里挂着一个大三角圈。不论谁想招呼侍者，就敲击这个三角圈，敲一至七下，根据客人所住那个房间的号数而定。由于所有的侍者都经常有人呼唤，却没有一个出现，因此这个当当响的玩意儿，就整天不停地鸣奏。衣服晾晒在同一个院子；头上包着棉布头巾的女奴隶穿梭着忙旅馆的事情，黑人侍者端着盘子来回走动；还有两条大狗在一堆放着砖头的小广场中央戏耍；一头猪在院子里仰着肚皮晒太阳，吭哧着说"真舒服"；但是，不管是男的，还是女的，不管是狗，还是猪，任何的生物，都没有注意那个三角响圈的，任它在那里疯狂地乱响。

我走到前窗那里，看着路那头散落的一排房舍，有一层高，几乎正对着我的是房舍的尽头，但稍偏左一点，房子建在一块凄凉的荒地上，上面长着乱草，就像是乡村的一隅，迷失在了酒精中。在这块空地上面，矗立着一个不太对劲儿的、仿佛是从月亮里掉下来的一块陨石似的东西，它古里古怪，歪着半边身子，只有一只眼睛，是个木制的建筑物，看着像一座教堂；在比一个茶叶箱子大一些的尖顶上，竖着一个旗杆似的东西，和教堂一样高。在窗户下面是一个小小的停车场，赶车的黑人在门口的台阶上晒着太阳，在一起闲聊着。附近最突出的三个房子是最差劲的。其中一个是商店，窗户上从来不放什么东西，门也从来没开过。商店上漆着几个大字:"城市午餐"。另一个房子,就像是通往别处的后门一样,却是独立的一座建筑,各种各样的牡蛎都可以在这里吃到。第三个房子是一个非常非常小的裁缝店,这里可以订购裤子,或者说,可以在这里做裤子。这就是华盛顿的街道。

有时候,它被人们称为壮阔之城,不过最恰当的是把它叫作"有宏伟企图的城市",因为,只有站在国会大厦的顶层,鸟瞰这里,人们才能看出它的设计师——那位有雄心的法国人——伟大的构想。广阔的林荫大道,不知起点是哪,也不知终于何处;一英里的长街,没有房屋、道路和居民;公共建筑,缺少公众来使其名副其实;有大道的装饰物,却没有这些装饰物可以应用的大道——这就是华盛顿的主要特色。人们可以想象:时节已经结束,房子和主人都一起在这个小城消失了。对喜爱城市的人来说,这座城市是巴米赛德①的宴会,是一个可供想象力游荡的惬意场所,是一个为逝去的计划树立起来的纪念碑,没有留下记载过去伟大的清晰可辨的碑文。

它现在如此,很可能将来也会继续如此。一开始这个地方被选为政府所在地,只是为了要避免各州之间的嫉妒和利害冲突,而且很有可能,因为它远离群众——这种考虑,即便在美国,也不是可以忽略的。它没有自己的商业或者买卖:除了总统和总统府的人员,开会期间住在这儿的立法机关的成员,政府各个部门的工作人员和官员;旅馆和寄宿处的老板,供应他们餐饮的商人,就没有别的人住这里了。这个地方很不卫生。我认为,除非是被迫无奈,没有人愿意住在这儿。移民和投机的潮流,那些快速而又不顾一切的潮流,不太可能会流到这种沉闷迟缓的水里来。

---

① 巴米赛德(Barmecide):《天方夜谭》里一个故事中的富人,他请一个穷人吃饭,光用嘴说一道道菜,却并没有把菜端上来。

国会大厅的主要部分，当然是参众两院的会场。不过，除此之外，在这座大楼的中间，还有一个漂亮的圆厅，直径96英尺，高96英尺，围墙被分为几部分，装饰着历史故事的画儿。其中四幅画，是关于革命战争的杰出事迹。绘画者是特兰伯尔①上校。他是这些事件发生时华盛顿参谋中的一员，这些画儿具有一种特别的乐趣。在同一厅里，格里诺②先生给华盛顿做的大雕像，刚刚安置好。当然它有很大的优点，不过我却感到，这个主题相当紧张和激烈。但是，我还是希望，能够在这个地方有比目前更好的光线下观看一下它。

　　在国会大厦有一个优雅宽敞的图书馆。从前面的阳台上，如我刚刚所提到的，可以鸟瞰到这个城市以及附近乡村的美丽景色。在这座楼里用作装饰的一部分，有个公正之神的雕像。对于它，参考手册上说，艺术家最初打算把它雕成更多的裸体形态，但是却被警告说这个国家的公众舆论不赞同那样，于是他小心地去处理，也许，就走到了另一个极端。可怜的公正之神！她在美国被穿上更加奇怪的衣服呢，比她在国会里这种可怜的打扮更甚。让我们期望，她那些衣服做好了以后，她已经换了做衣服的人，而公众的情绪不会再剪裁出她目前用于遮蔽可爱身躯的衣服了。

　　众议院是一个漂亮而宽敞的大厅，半圆形，有气派的几根柱子作为支撑。走廊一部分是专门供女性使用的，她们就坐在那儿的前几排，进进出出的，好像在看戏剧或者听音乐。议长席上覆盖着天篷，高起于大厅地面。每一个议员都有属于自己的一把安乐椅和一张写字台——这些东西曾受过一些外面人的谴责，认为它们是极不幸和极不明智的安排，会造成人

---

① 特兰伯尔（J. Trumbull, 1756—1843）：美国爱国艺术家。曾参加过美国独立战争，给华盛顿、杰弗逊等人画过像。在国会大厅里，陈列有他的四幅画。
② 格里诺（H. Greenough, 1805—1852）：美国雕刻家，有《华盛顿雕像》《胜利的维纳斯》等作品。

第八章 华盛顿 立法机构和总统府

们长久坐着,发言冗长。那是一个看起来很优雅的房间,但是对于听各种发言的人来说,却不是个好地方。参议院要小一些,没有这种毛病,非常适合它被设计成的作用。开会,我不必费力赘述,是在白天,议会的一切形式,都是以故国为原型的。

有时候,我在去别的地方的途中,有人会问我是否对华盛顿立法者中的头头脑脑留下过深刻的印象,不是指他们的首领和领导,而是指这些立法者每个人的脑袋,是指他们长头发的地方、他们具有颅相特点的地方说的。"没有,我不记得有过深刻印象。"我这样说,经常让这些提问者愤怒得哑口无言。因为我必须,无论冒多大险,都重复这个声明,我会紧接着用尽可能少的语言把我对这个话题的印象说一下。

首先,也许是来自我那发育不全的崇拜器官,我不记得我曾由于看到立法机关而晕厥,或者被感动得流出快乐骄傲的眼泪。在下议院里,我是以男人的样子来接受一切的,没有屈从于任何的脆弱,但是在上议院里,我却在困倦。我看到过市选举和区选举,但是(不管哪一党派胜利)我从来没有因为往空中扔帽子表示欢庆而把帽子弄坏了,也从来没有因为对于光荣宪法喊出任何的口号,欢呼我们独立自主的选举人高尚纯洁,欢呼我们独立自主的议员具有无可挑剔的正直,而把嗓子喊哑了。具有了这样能抵抗各种攻击的刚毅性格,那很可能是我在选举各方面,是冷漠和迟钝的,甚至达到了冷冰冰的地步。因此,我对于华盛顿国会里的肉身柱子的印象,一定得按照我刚才所做的自由的坦白而被理解。

我在这个公共机构里所看到的是不是一群那样的人,他们在独立自由的神圣名义下结成一体,在所有的讨论中,都维护这两位孪生女神纯洁的尊严,在整个世界钦慕的眼光中,提高这两位女神的名义所代表的永恒真理和他们自己的品格,以及他们国人的品格呢?

一周以前，有一位上了年纪的、头发灰白的男人，对于他的祖国他是一位具有永恒光辉的人物，像他的前辈一样，为国家兢兢业业地服务过，即使是在腐败中滋生的蛆虫都成了灰尘，他也被一代一代的人们所铭记——一周前，这位老人站在这个立法机关前，被指控胆敢声称那种把男人、女人和他们还没出生的婴孩带去进行交易是可恶的。是的，然而公然地始终如一展示在这同一个城市的，是那些镀金的、镶木框的、用玻璃罩着的，并且挂起来让人仰慕的，以骄傲的姿态，而非羞惭的态度展示给外人看，没有面冲着墙，没有被取下来烧掉的北美合众国十三州的共同宣言；它庄严地宣布，人人生而平等，被造物主赋予不可剥夺的生命权、自由权和追求幸福的权力。

不到一个月前，这个机构的人冷静地坐在那儿，听他们之中的一个人，诅咒要把另一个人的喉咙从耳朵这头到那头割开，这些诅咒连叫花子喝得烂醉都不会说的。这个人，坐在众人之中，没有被大会上的公众情绪所击倒，仍然和其他人一样保持着好的形象。

还有一周，这个机构中的另一个人，因为要对把他送到这里的人尽职责，因为声明在一个共和国里，有表达感情和公开祷告的权力和自由，即将被审判，被认定有罪，并被其他的众议员们严重谴责。他犯了严重的罪行。几年前，他曾站起来说过，"一群被售卖的男女奴隶，只能像牛一样地繁殖，被镣铐锁到一块儿，正从你们这个平等之殿的窗外大街上走过！看啊！"不过，有各种各样的追求幸福的人，他们还拿着各式的武器。他们之中，有的人拿着九股鞭子、长马鞭子、脚镣和铁箍，在追求幸福的战场上，伴着铁链子的铿锵之声和沾着血的皮鞭子的飕飕鸣响大声喊叫着！（永远赞美着自由）这是他们不能被剥夺的权力。

到哪里去找那些说着粗野的恐吓、像煤炭装卸工一样言语和动粗的立法者们？他们已经忘了自己的教养，他们就坐在会议厅的各处。每届议会都有类似的状况，那些演戏的人就在那里。

我能看出来，在这个集会上，聚集的那些人，他们在新世界致力于修正旧世界的错误和罪恶，将通往公众生活的道路打扫干净，铺垫到达权力之地的肮脏之路吗？他们为了公众的福利而辩论和制定法律，只是为了国家的利益而没有党派利益之争吗？

我看到的是将正当的政治机器用作最恶劣扭曲的操纵，这架政治机器是被最差劲的工具所施力。除了在选举中玩弄卑劣的把戏，暗地里对官员行贿，用下流粗鄙的报纸作盾牌，花钱雇佣的笔杆当匕首，对敌人进行卑怯的攻击，对唯利是图的流氓不知羞耻地谄媚，每天、每周他们都在散播毁灭的种子，所使用的利器和古代的龙齿一样，只是更锋利些罢了。对流行思想的一切不良倾向进行扶助和教唆，对好的影响却进行狡猾地压制：这一类情形，简单说来，是尔虞我诈的党派之争里最卑鄙和无耻的形式，从人头攒动的大厅中每一个角落涌现出来。

我在这些人之中，能看到才智和修养吗？能看到美国人那种真实诚恳的爱国之心吗？各处都能看到美国人鲜血和生命的点点滴滴，但是这些点滴却不能给为了利益和赚钱不顾一切的冒险家的溪流涂上颜色。这是这些冒险家的游戏，是恣意放纵的机构的游戏，使得他们把政治纷争弄得如此惨烈野蛮，使好人的自尊毁灭无虞，让那些感觉灵敏、心地细腻的人，不敢接近政治，就为的使他们自己，还有和他们类似的人，可以在战场上满足私欲，无所顾忌。这样一来，最低劣的混乱争斗不断地进行，而那些有才华和地位的人，如果在别的国家里，都会将制定法律作为最高追求，在这儿，却对于这种日趋退化的形势躲得远远的。

在两个议院的人民代表中，在各党中，有些人具有高贵的品格，以及非凡的能力,这是不用我说的。那些在欧洲很著名的一流政治家,之前已经被描述过,而且我觉得没什么理由去脱离我自己订的那一条作指导的原则,就是放弃所有跟个人有关的话题。再补充一句就已经足够,那就是,对于那些政治家最高的赞颂之词,我不但完全而且最衷心地赞同。和他们的个人往来以及自由交流使我感到的,不是那句让人疑心的格言所预言的结果,而是更多的爱慕和尊敬。他们都是很出色的人,不容易被人欺骗,行动迅速,有狮子一样的充沛精力,在各方面成就上都堪比克莱屯①,和印第安人一样目光如炬、行动如火,像美国人一样意志坚强、慷慨大方,他们也代表着国内美国人的荣誉和智慧,就像那位现在在英国宫廷的美国公使,在国外代表着美国人的最高品质。

在华盛顿期间,我几乎每天都到两院里去。我第一次到众议院去的时候,他们正在对议长的决定进行分组表决,不过最后还是议长胜利。我第二次去的时候,一位议员在发言,被某个人的笑声打断了,他就像一个小孩子和另一个小孩子吵架一样,先模仿了下那个笑声,然后说,他要让反对他意见的尊敬的议员们,马上咧着嘴大声喊出来。不过打断别人说话的情况不多,发言的人一般都是在安静的环境中说话。他们之间的吵架比我们要多,比绅士们所熟悉的我们有记录的任何文明社会的威胁都多。不过农家院的模仿活动,还没从英国议会引进。在发言中,大家做得最多的,最喜欢的,似乎就是对相同思想的不断重复,或者是用新的语言把稍有差别的意思叙述出来。门外的人询问的不是"他讲的是什么?"而是"他讲了多久?"不过,这些,也只不过是把各处流行的原则扩大而已。

参议院是一个庄严典雅的机构,它的程序是在非常庄重和规整的气氛

---

① 克莱屯(J. Crichton, 1560—1583):苏格兰的一位学者和冒险家,才华横溢。

第八章 华盛顿 立法机构和总统府

下进行的。两院的地上,都铺着漂亮的地毯,每位尊敬的议员都备有痰桶,但是他们却都不用,而把垂涎往地毯上乱喷乱吐,这样一来,地毯成了什么样子可就令人难以描述了。我只简单说一下,我坚决地建议所有的生人,千万不要往地上看;如果他们不小心掉了东西到地上,即便是钱包,也千万不要不戴手套就去捡那个东西。

看到那么多尊敬的议员们那肿胀的脸时,刚开始,至少还真是让人有些惊异,后来,发现这副样子是议员们硬把一块烟饼塞到嘴里造成的,也就不再惊异。同样让人觉得奇怪的是,一位尊贵的议员,把椅子往后倾斜,脚放到他面前的桌子上,用小刀把烟饼切割成方便适用的"塞子",切割得差不多的时候,把嘴里的那块嚼了半天的烟饼,像放气枪那样喷出来,然后把新切的那一块放到嘴里。

我很惊讶的是,即使是具有丰富经验、沉着稳健的嚼烟老手,也不是永远的好射手,这让我开始怀疑我们在英格兰经常听说的善于打枪的事情。来拜访我的几位绅士中,就有好多位,在谈话的时候,连五步之外的痰桶都经常吐不进去。还有一位(不过,他肯定是个近视眼),把三步之外的关着的窗户误认为是开着的。还有一次,我到外面去吃饭的时候,在开饭前和两位女士和几位先生围着火炉而坐,其中有一位,六次往壁炉里吐,都没吐进去。不过,现在想来,我认为他之所以没吐到壁炉里,只是由于他不想往那里面吐,因为壁炉的炉围前面,有一个白色大理石炉台,更方便些,更适合他吐到上面。

华盛顿的专利局,是最能表现美国人的进取精神和心灵手巧的。那里面大量的模型是近五年来才积累的发明物,五年以前的模型,全部都被一场火烧光了。这座陈列着模型的雅致的建筑只能算是一个设计,而不是一个完成的建筑。因为本来要盖四面,现在却只盖了一面,而全部工程已经停止了。邮政局是一座非常简洁和美丽的大楼。楼里有一个部门，除了陈列着各种稀奇珍贵的物品，还摆着美国大使驻外国宫廷的君主送给他们的礼物——法律规定，这种礼物不准本人保存。我承认，看到这些展出品让我觉得难受，那些展品绝不是在奉承美国对于诚实和荣誉的国家标准。你想象一下就知道这很难说是高的道德境界，比方说，一个有名誉和地位的绅士，竟会被呈递上一个鼻烟壶或者一把镶嵌精工的刀，或者一件东方的披巾后而玩忽职守；而一个政府，对于它的公务人员完全信赖，就比另一个政府因为这些微不足道的小东西就怀疑其公务人员要更受尊重，从而让它的公职人员尽职尽责。

在郊区的乔治镇，有个耶稣会①学院，周围景致很好，并且，就我有机会所看到的而言，是管理有序的。我相信，许多不是天主教会的信徒，也同样利用这类机构的有利机会，使他们的子女受到教育。附近的高地，俯临波多马克河，风景如画，同时，我认为，也没有华盛顿那种不干净的弊端。在这个高度，空气非常凉爽清新，而城里的空气则是火热撩人。

总统府，更像是一个英国的俱乐部，无论里面还是外面。我无法拿其他机构与之相比。周围设立的装饰道路都是跟花园的路径一样，非常漂亮，令人赏心悦目。但是，它们有一种令人不舒服的、昨天刚刚修好的感觉，让这种美景大打折扣。

我第一次去这个府邸，是到华盛顿的第二天早晨，带我去的是总统府的一位官员。他是个很好的人，尽职尽责地引领我去见总统。

---

① 耶稣会（Jesuit）：天主教主要修会之一。1534年西班牙贵族圣依纳爵·罗耀拉创立于巴黎，1540年经教宗保罗三世批准。耶稣会为半军事组织，仿军队建制，纪律森严。以一般修会三愿（贫穷、贞洁、服从）为基础，但强调绝对服从教皇。耶稣会分神父、修士、助理修士三个神品。神父是耶稣会核心，在神父中选出各级领导和总会长（又称"将军"）。1807年在美国成立教会。

第八章 华盛顿 立法机构和总统府

我们走进了一个大厅,在那儿按了两三下铃,无人回应后,我们就不再按什么礼数,径直走进去,穿过楼下几个屋子。只见许多绅士(大部分戴着帽子,手插在口袋儿里)正逍遥漫步。他们之中,有带着女士,正给女士们指示这些房屋看的;还有其他一些人就在椅子和沙发上懒洋洋地躺着;还有的人,无聊得极其困倦,正在懒洋洋地打着呵欠。这些人中大部分都是来显示自己的尊贵而非做什么事的,因为没有人知道他们有什么专门的事情可做。少数的几个人,就在那儿认真地看着家具,好像要确认,总统(远非受欢迎)是否为了个人利益,把任何家具搬走,或者把任何设备变卖了。

这些闲散无事的人,都分散在一个漂亮的客厅里,客厅向外通往一个平台,可以俯视一片美丽的河景和附近的乡下风光;还有人在一个叫作东客厅的更大一些的厅里来回地闲逛。瞥了这些人一眼之后,我们就上了楼,进到另一间屋子。那儿也有些客人,正等着接见。一个穿着朴素衣服和黄色拖鞋的黑人,悄无声息地行走着,在那些等得不耐烦的人耳边轻声说着什么,看到带我来的那个引领者,立刻打了个招呼,然后轻步离开,去通报客人到来。

我们之前曾往另一个屋子里看了一下。屋子里放着体积巨大、光秃秃的木制写字台或者叫柜台,上面放着夹着报纸的文件,好几个绅士正在那儿看着。但是在这个屋子里,却没有那种消磨时光的东西,在那里和我们那些公共机构的候客室里或者在自己家里诊治的医生的饭厅里一样地沉闷和无聊。

这个屋子里有二十人左右,有一个个子高高、结实健壮的老头儿,他来自于西部,被太阳晒得面目黝黑,膝上放着一顶白棕相间的帽子,两腿中间放着一把大伞,他身子笔直地坐在椅子上,皱着眉头望着地毯,嘴边的深纹抽搐着，好像他已经下定决心，非要把总统"固定"在他所要说的话上面不可，丝毫不能让步。另外一个是肯塔基州的农民，身高六英尺六英寸，头上戴着帽子，双手放在衣服下摆里面，靠墙站着，用脚跟踢着地板，好像他把"时间"的脑袋踩在脚底下，正要把它真正"踩死"似的。第三个是个鹅蛋脸，脾气不好的样子，剪成了光头，胡须刮得只剩下了青胡茬，他正用嘴呷着一个粗手杖的头，不时地还把手杖把儿从嘴边拿下来，看一下成了什么样子。第四个除了吹着口哨别的什么也没做。第五个只是吐着痰。确实所有这些绅士，在刚说的这种动作方面，都是坚持不懈、精力旺盛的，把他们的最爱往地毯上痛快播散。以至于我不由得要认为，总统府里的女仆们，一定薪水很高，或者说得更文雅一些，一定报酬很高——"报酬"是美国人说到公务员的时候，用来指代薪水的。

　　我们在这个屋子里还没等几分钟，那位黑人报信人就回来了，把我们带到了一个小一些的屋子里，在一张放着纸张的办公桌前，坐着总统[①]本人。他显得有些疲劳和忧虑——他本来理应如此，因为他跟每个人都正在斗争中——但是他脸上的表情却温和愉快，他的举止非常自然、绅士风度、和蔼可亲。我认为，在他整个的举止表现中，他和自己的身份非常相符。

　　我被告知，这个共和国总统府的礼节颇为通情达理，能够接受一个像我这样的游客拒绝参加晚宴的邀请。因为给我的请帖到达的时候，我早已安排好要离开华盛顿了。由于这种情况，我又回去过那里一次。那是某次大集会的场合，这种大集会是在某些夜晚九点到十二点举行，被叫作是

[①] 当时的美国总统是约翰·泰勒（John Tyler, 1790—1862），是美国历史上第一位由副总统直接升任总统的人。

第八章 华盛顿 立法机构和总统府

"早朝",很是奇怪。

我和我太太在十点钟左右到达。在院子里有很多拥挤的人和马车。而且,据我了解,没有特别清楚的规定是关于队伍的安驻的。这里确实没有警察为了安抚受惊的马,要么来回拉着马缰绳,要么在马的眼前挥舞着警棍。而且我发誓,没有老实的人头上遭到痛打,背上或者肚子上遭到猛戳的,或者受到这样温和待遇却站住不动的,然后又因为不肯前进而被拘押的。而是一切都秩序井然,没有混乱。我们的车,并没有受到任何暴乱、咒骂、喊叫、打倒车或者别的骚乱影响,就依次到了门廊。我们下车的时候也是轻松和舒适的,就好像被全城的警察从上到下护送一样。

一楼的套房都亮着灯,有个军乐队在厅里演奏着。在一个较小的客厅里,在一圈人中间,是总统和他的儿媳。他儿媳那天担任总统府里的女主人角色,是一位有趣、优雅和有学识的女士。在这群人中有一位绅士,好像是担任仪仗队长官的职务的。我没看到别的官员或者侍从,他们也不需要在这出现。

我之前说过的那个大客厅,还有楼下别的屋子里都塞满了人。这些人,用我们的说法,并不能算是出挑的,因为这里面包括了许多级别和类别的人。在那儿也没有华贵服装的展出——确实,有的服装,在我看来,真是很奇怪。但是当时人们的行动举止都很礼貌适度,没发生任何粗野不快的事情。每一个人,即使是那些杂七杂八的没经邀请,也没有票就进来观看的人,他们也都表现出来自己就是这个机构的一部分,有责任使它保持适当的特色,表现最佳的状态。

这些客人,也同样,不管他们是什么身份,都不乏精致的品位和对才智天赋的欣赏能力,同时对那些通过和平的手段运用自己的了不起才能、给国人的家庭带来了新的魅力和亲密关系、使他们的品格在外国人眼里也提高了地位的人们也都不乏感激之心。这些都可以从他们善待我的好朋友华盛顿·欧文①这件事上得到充分的证明，他刚刚被任命为美国驻西班牙的公使，那天晚上也在召见的人之中。他是以他的新身份，在去外国以前，第一次——也是最后一次——到那儿去的。我真诚地相信，在美国那种疯狂的政治舞台上，很少有公众人物，能像这位颇有魅力的作家那样受到真诚的、忠实的、亲密的热爱。我对于这次公众集会的尊敬，远高于任何别的公众集会。是因为当我看到这次聚会中那些人，同心同德地离开那些喧闹聒噪的演说家和政府官员，而以慷慨和真诚的热忱，会聚在这位安静地写作的人身边，为他被国家重用所反映了一国的光荣而觉得骄傲，对他倾泻出的优美思想而全心全意地感激，希望他能慷慨地广施思想宝藏，希望人们能永远地记着他的价值。

我们计划在华盛顿停留的时间现在已经结束，现在又要开始旅行了。因为我们所穿越的铁路路程，在这几个较老的城市中间走过的旅程，在这片广阔的大陆上来看，简直不值一提。

我本来一开始打算去南方——到查尔斯顿去。但是当我开始考虑那个旅行所花费的时间，以及提前热起来的天气，即使待在华盛顿都经常让人受不了的情况时，而且在我自己头脑中再深入地一想，那种经常看到奴隶制度，从而让我不断思虑这件事情所造成的痛苦，以前我看到它的机会并不多，并且还有用于伪装的外衣，现在这外衣已经脱下来，所以这些东西会不断累加到关于这个话题的那些事实证据上时，曾打算改变主意。不过我又开始倾听那些在英国所听到的古老的低语，当时我还没想到能来这

---

① 华盛顿·欧文（Washington Irving，1783—1859）：19 世纪美国最著名的作家，号称美国文学之父。欧文的第一部重要作品是《纽约外史》。1820 年，欧文的《见闻札记》出版，引起欧洲和美国文学界的重视，这部作品奠定了欧文在美国文学史上的地位。欧文曾任美国驻英公使馆秘书，1842 年出任美国驻西班牙公使。

第八章 华盛顿 立法机构和总统府

里；又开始梦想那些成长的城市，就像童话中西方荒野上和森林里的宫殿一样。

当我开始顺从自己想去那个方向旅行的心愿以后，大部分对我的劝告，按照习惯，都是非常阴暗无光的。我的旅伴所受到的危险、威胁和不安，都多得让我记不起来，即便能记起来也不能列举。其中，要完全明白的是，汽船爆炸和马车抛锚，都算是最轻微的事故了。但是，我让一个最佳且人品最好的权威人士画了一个西方路线图，对这些让人退缩的劝告置之不理后，我很快就制定了我的行动计划。

那就是先去南方，只到弗吉尼亚的里士满，然后转而去遥远的西部。下面就请读者和我一起到新一章里去看看。

第九章

波托马克河上夜晚的蒸汽船
弗吉尼亚的道路　黑人驾车者　里齐芒德
巴尔的摩　哈里斯堡的邮车　哈里斯堡一瞥
运河上的船

我们打算在旅行的前半段先坐蒸汽船进发。因为早晨四点钟是开船的时间，通常人们都要在船上过夜，所以我们到了船停靠的地方，那时正是这样的旅行最不舒适的时间，当时拖鞋是最宝贵的东西，还有一张熟悉的床，在一两个小时以后看起来是那么让人愉悦。

正是夜里十点钟的时候，或者是十点半：有月光，很温暖，也沉闷得很。那条蒸汽船（外形和小孩子玩的挪亚方舟差不多，机器装在船顶上），正懒懒的上下起伏航行在水面上，而且还笨拙地撞着木头桥墩，因为河里的微波正和它那不灵活的躯体嬉闹。码头离市区有一段距离。那儿没有一个人。当我们的车开走了之后，只有蒸汽船甲板上的一两盏昏暗的灯是生命迹象的象征。我们的脚步刚在甲板上有声音，一个胖胖的黑人女子，天性特别喜欢忙乱，就从黑暗的楼梯那里出现了，带着我的夫人，向女客舱房走去，到了那个僻静处后，又拿来了一大捆斗篷和厚大衣。我勇敢地决

第九章 波托马克河上夜晚的蒸汽船 弗吉尼亚的道路 黑人驾车者 里齐芒德 巴尔的摩 哈里斯堡的邮车 哈里斯堡一瞥 运河上的船

定了,不去睡觉了,而是去桥上来回走走直到天亮。

我开始转悠起来——想着许多远处的人和事,却没有近处的东西——来来回回走了半个小时。然后我又上了船,走到一盏灯下,看了看表,想到这表一定是停了,同时心里琢磨着我从波士顿带来的那位忠诚的秘书现在什么样子呢?他正在和我们最近的房东(至少是一个陆军元帅,毫无疑问)因为为我们送行而吃晚餐,这顿饭也许需要两个小时。我又开始走起来,不过气氛越来越沉闷:月亮落下去了,明年的六月似乎在黑暗中越来越远,我自己的脚步回声让我紧张起来。天气也变冷了。在那样孤独的情景下,没有一个伴儿,一个人走来走去,真是可怜的消遣。所以我坚强的决心瓦解了,心里想,也许,倒不如上床去睡觉呢。

我又上了船,把男客的舱房门打开,走了进去。不知怎的,因为很安静的原因,我猜——脑子里有了一种想法,那就是那儿一个人都没有。可是让我惊骇的是,那儿都是各种各样睡着了的人,各种形状,各种姿势,各种睡相:有的在铺上,有的在椅子上,有的在地上,有的在桌上,特别是还有人在炉子旁——是我可恶的敌人。我又往前走了一步,眼神转到了一个黑人服务员闪闪发亮的脸上,他裹着一个毯子正睡在地上。他跳了起来,咧着嘴笑起来,一半是由于疼,一半是表示欢迎。他在我的耳边上低语了一下我的名字,在那些睡着了的人中间摸索着,把我带到我的铺位那儿。我站在旁边,数了数这些睡着的人,数到了四十多。没有必要再往下数了,所以我就开始脱衣服。由于椅子都占满了,没有别的地方放衣服,我就把衣服放在了地上:不可避免地把两只手都弄脏了,因为地上和国会里的地毯情况一样。

也是同样的原因。衣服脱了一部分后,我爬上了我的架子,把床帏子拉开,又看了几分钟我那些旅伴,之后,我把床帏子放下来阻断了我和那些人，隔离开外面的世界，转过身，躺下睡了。

当然，在起锚的时候，我醒来了，因为噪音很大。天色刚刚微明。每个人都在同一时刻醒来了。有些人马上就恢复清醒了，还有一些就很困倦而搞不清楚自己身在何地，他们揉着眼睛，靠着一个胳膊肘，往四处看着。有的打呵欠，有的哼哼唧唧，几乎每个人都在吐痰，只有少数几个起床了。我是其中之一。因为，不用到新鲜的空气中，就能很容易地感觉出来，舱房里的空气污浊到了极点。我抓了件自己的衣服随便穿在身上，走到了前客舱，让理发师给刮了刮胡子，自己洗了把脸。船上给旅客所准备的梳洗用具包括两条长毛巾，三个小木头脸盆，一小桶水，一个勺子用来舀水，一面六英寸见方的镜子，两块同样大小的肥皂，一把梳子和一把刷子，为梳头之用，没有刷牙的用具。每个人都用那把梳子和刷子，除了我之外。每个人都瞪着眼看我用自己的梳子和刷子。有两三位绅士，还强烈地想要取笑我的这种偏见，不过并没去这样做。我梳洗好了以后，走到了上层的轻甲板，在那儿用力地来来回回走了两个小时。太阳光灿灿地升起来了，我们的船正经过芒特弗农①，华盛顿就葬在那儿。河水宽广而急速，两岸景色优美。所有的白天的壮丽和灿烂正在到来，每一分钟，这景致都变得更加强烈。

八点钟的时候，我们在我过夜那个房间里吃了早饭。不过那时门和窗户都打开了，房间里的空气足够清新。吃饭的时候，明显没有人表现出那种匆忙和贪婪，比我们在英国旅行时的早饭时间要长，更加有秩序和有礼貌。

---

① 芒特弗农：位于美国弗吉尼亚州北部，距离首都华盛顿南21公里处的名胜古迹。是乔治·华盛顿总统的家乡和坟墓所在地。

第九章 波托马克河上夜晚的蒸汽船 弗吉尼亚的道路 黑人驾车者 里齐芒德 巴尔的摩 哈里斯堡的邮车 哈里斯堡一瞥 运河上的船

九点钟后不久,我们来到了波托马克河①,我们在那儿上岸。然后,旅程中最奇怪的一段来到了:准备拉着我们往前继续走的七辆驿车,有的车已经准备好了,有的还没有准备好;有的车夫是黑人,有的是白人;每辆车都有四匹马拉着。所有的马,上了套的,没上套的,全在那儿。旅客都正从蒸汽船上下来,上了马车;行李都用吱吱呀呀响着的手推车运到了车上。马受了惊吓,已经等不及地要开路;黑人车夫们,像很多猴子似的,对着马说着什么;白人车夫像牛羊贩子一样对着他们的马高声喊着:因为,在各个街道上主要的事情都是尽可能多地弄出动静来。马车有些像法国的车,不过没有那么好。车上没有弹簧,车子被固定在最结实的皮子做的条带上。车和车之间没有什么选择和不同。它们就像英国市集上的秋千的汽车座部分一样,上面有顶儿,装在车轴和车轮上,用画着画儿的帆布当帘子。车子从车顶到轮胎,都覆盖满了泥,从被做好的那一天起,就没被清洁过。

我们在船上拿到的票上标明了是一号,所以我们要坐一号驿车。我把大衣扔到车夫的座位上,把我太太和她的女仆举到车里面。车只有一块踏板,离地有一码高,平时上车总是蹬着椅子;没有椅子的时候,女士们只好听从天意了。车里装了九个客人,门和门之间有个座位横跨着,在英国是我们放腿的地方,因此,有一种比上车更难的技术,那就是,从车上再下去。只有一个车外面的旅客,他就坐在车夫的座位上。因为我就是那个旅客,所以我就爬上了车厢。当时他们正把行李捆绑到车顶上,同时,把行李在车顶后部垒成一个托盘的样子。我趁着这样的好机会看了看车夫。

他是一个黑人——真是非常黑。他穿着件黑白点相间的粗制套服,有

---

① 波托马克河:美国中东部最重要的河流,源自阿巴拉契亚山脉西麓。

太多的补丁和织补处（尤其是在膝盖的地方），脚穿一双灰袜子，巨大的没上黑油的高帮缚带鞋，一条很短的裤子。他有两只奇特的手套：一只是杂色毛线的，另一只是皮子的。他有条很短的鞭子，中间折断了，用线绑在一块儿。然而他戴着一顶低顶宽边的黑帽子：模糊地显示出一种疯癫地模仿英国马车夫的样子！一个管事的人喊了一声："前进！"正当我观察这一切的时候，一辆四匹马拉的货车，装着邮件，在前面开路，其他的几辆车都跟在后面依次前进：第一号车打头。

顺便说一下，每当英国人喊出"好吧"的时候，美国人就会喊"前进"，这些多少能表明两国的国民性格。

这条路的头半英里要跨过一些桥，桥是由松散的木头板子组成的，放在两行平行的木头上面，车从那上面过的时候，板子就翘起来。还要在河里走，河底是淤泥，还有许多坑。因此马经常有一半身子突然就不见了，得需一段时间才能看到。

不过我们挺过了这样的状况，最后上了正常的道路，这个大路是一系列交互出现的沼泽和碎石坑。现在我们面前是一个惊人的地方，那位黑人车夫眼睛转动着，把嘴噘得很圆，直直地看着两匹领头马的中间，好像在对自己说："我们以前这样干过许多次了，不过现在我觉得，咱们会把车撞翻的。"他一只手拽着一条缰绳，猛拉和拽着两条缰绳，两脚在挡泥板上跳起来（当然还是坐在座儿上）就像那位最近让人哀悼的杜克洛①对待他那两匹脾气暴躁的马一样。我们到了一个地方，车陷在泥潭中，几乎没到了马车窗户那儿，一侧歪成了四十五度，一动不能动了。里面的人都惊慌失措地叫喊着，车停下了，马挣扎着。其余的那六辆车都停下了，他们

---

① 杜克洛（A. Ducrow，1793—1842）：英国著名骑马师，创造了许多马戏中的骑马技术。

第九章　波托马克河上夜晚的蒸汽船　弗吉尼亚的道路　黑人驾车者　里齐芒德　巴尔的摩　哈里斯堡的邮车　哈里斯堡一瞥　运河上的船

那二十四匹马也在挣扎；不过它们只是为了跟我们的马做个伴，跟它们一致而已。于是接下来的情况发生了：

黑人车夫（冲着马）："嗨！"

没什么效果。车里的人又喊叫起来。

黑人车夫（冲着马）："呵！"

马陷了下去，将泥水溅到了黑人车夫身上。

车里一位绅士（向外看）："哎呀，这到底是——"

那位绅士被溅了好多的泥，没问完话也没等到有人回答，把头就又缩回来了。

黑人车夫（仍旧冲着马）："几地！几地！"

马使劲儿地拉，把车从坑里拉了出来，拉到一个坡儿上。坡太陡，因此黑人车夫两脚朝天、身子向车顶上的行李中间倒去。不过他很快就恢复了原样，喊起来（仍然冲着马）："皮尔！"

没有效果。相反，车开始朝着二号倒滚了去，二号朝着三号倒滚了去，三号朝着第四号倒滚，如此往后，一直到听见七号咒骂起来，在我们后面四分之一英里那么远。

黑人车夫（嗓音更高了）："皮尔！"

马又使着劲儿往坡上走，而车又往后倒滚过去。

黑人车夫（嗓音还要更高）："皮——尔！"

马做了拼命地挣扎。

黑人车夫（恢复了精神）："嗨！几地，几地，皮尔！"

马又做了一次努力。

黑人车夫（用了极大的精神）："阿里路！嗨！几地，几地。皮尔。阿里路！"

马几乎成功了。

黑人车夫（眼睛快瞪出来了）："里，嘚儿！里，嘚儿！嗨！几地，几地，皮尔，阿里路，里——！"

马上了坡，又以快得让人害怕的速度从另一面跑下去。让它们停下来是不可能的，坡底有个深坑，里面装满了水。马车滚跑的速度惊人，车里的人惊叫着，泥和水在我们周围飞溅着，黑人车夫像个疯子似的跳动着，突然，我们被什么特别的力量给控制住了，停了下来能喘口气了。

这位黑人车夫的一位黑人朋友正坐在围墙上，黑人车夫认出他来，转动着自己的头，就像个小丑那样，翻转着自己的眼球，耸了耸肩，咧着大嘴笑。他突然停了下来，转身对我说：

"我们会帮你渡过难关的，顺顺利利的，祝你一路平安。家里还有个老伴儿。"一边咯咯地笑着，"在外面的先生总记着家里还有个老伴儿。"又咧着嘴笑了起来。

"唉，唉，我们会照顾好那个女人的。别担心啦。"黑人车夫又咧嘴笑了，不过，又出现了另一个坑，更远一些，是又一个陡坡，离我们挺近。因此他停住了，喊道（还是对着马）："稳住，要稳住。别慌，稳住。嗨！几地，皮尔，阿里路。"但是从没喊"里！"直到我们被逼到最后绝境时，处于几乎无法解决的困难当中时，他才喊这个。

这样，这十里路或者差不多这么长的路我们用了两个半小时，虽然很多人都擦伤了，但没人伤着骨头。总之，走完了这段路程，"顺顺利利的"。

这一段奇特的马车之行在弗雷德里克斯市①结束了。在那儿有铁路通往里士满。这条铁路行进的那片地带，曾经是一片富饶的地方，但是却被

---

① 弗雷德里克斯市：马萨诸塞州的一个城市，位于华盛顿和里士满之间。

第九章 波托马克河上夜晚的蒸汽船 弗吉尼亚的道路 黑人驾车者 里齐芒德 巴尔的摩 哈里斯堡的邮车 哈里斯堡一瞥 运河上的船

雇佣奴隶来开发土地，而不给土地施肥这种制度，弄得土壤衰竭：现在它比一块长满了树的荒地好不了多少。那儿虽然沉闷无趣，但看到这种可怕的制度所带来的恶果降临了，我心里却很是高兴。注视着这块枯竭憔悴的土地，比看到它富饶繁盛更让我感到快乐。

在这个区域，也和所有其他的有奴隶制度笼罩的地方一样（我经常听到人们都这么说，甚至是那些最热烈的奴隶制度的拥护者们），到处充斥着毁灭和衰退的气氛，这和这种制度是分不开的。仓房和屋外的厕所已腐朽塌陷了；棚子都打着补丁，仅一半有棚顶而已；木屋（在弗吉尼亚，都把土做的或者木头做的烟囱安在外面）都脏到了极点。在什么地方都看不到体面的舒适之处。铁路旁边的鄙陋车站，空旷荒凉的木料场院，火车头的燃料就来自于此；在木屋门前的地上和狗啊、猪啊的一块儿打着滚的黑人小孩儿们；还有走过去的载物的两条腿的"牲畜"——阴暗和沮丧笼罩着这一切。

我们旅行的这趟火车的黑人专属车里，有个妈妈和她的孩子，他们刚刚被人买下。她的丈夫——孩子的爸爸却被留在他们的旧主人那里。孩子们一路上都在哭，而这位妈妈就是悲惨的化身。对生命和自由，以及追求幸福的拥护者，把他们买了下来，也坐在这趟车里。每次我们停下来的时候，他都要过去看看，看他买的奴隶是否还在。在辛巴达①旅行时遇到的一个黑巨人，在前额中间长着一只眼睛，像燃烧的煤一样闪着光，和这个白人绅士比起来，是自然的贵族。

那是晚上的六七点钟，我们坐车去旅店，在旅馆前面，通到门那儿的一排宽台阶上面，两三个绅士，正在摇椅上晃晃悠悠，抽着雪茄烟。我们

---

① 辛巴达：《天方夜谭》中的一个航海家，书中讲述了他的各种出海冒险经历。

发现这是个很宽绰、很优雅的设施，招待周到，让旅客们心满意足。天气干得让人口渴，在一天无论什么时间，宽绰的酒吧间里没有一刻缺少顾客，也没有一刻中断配制凉酒。这儿的人是一群欢乐的人，而且晚上有音乐演奏，听起来真是个消遣啊。第二天、第三天，我们要么坐车，要么步行，都在城里观光。这座城市坐落在俯视詹姆士河的八座小山上，这个位置让人欣喜。詹姆士河是一条闪闪发光的河流，到处散布着明亮的岛屿，散嵌着破碎的礁石。虽然那时不过是三月中旬，南方的天气却极其温暖；桃花和玉兰花正盛开，树都绿了。在山间的低地上，有一个山谷，被叫作"血路"，在这儿曾发生过一场和印第安人的惨烈的战斗。这儿是一个绝佳的作战的场所。跟其他的和这个如此迅速地从地球上正在消失的野蛮民族传说有关的地点一样，我对这里也非常感兴趣。

这个城市是弗吉尼亚州的当地议会所在地：在它那阴暗的立法大厅里，一些演说家正在昏昏欲睡地对着炎热的中午滔滔不绝。不过，因为不断地重复这些宪法的景象，还不如很多教区委员会更令我感兴趣。我很高兴能离开这里，换到一个管理很好、有几十万册藏书的公共图书馆悠闲了一番，还去了一个烟叶工厂参观，这里的工作人员都是黑奴。

我在这个地方看到了采摘、卷叶、压叶、干叶、装箱、加商标的全部过程。所有的烟叶都是为了人们咀嚼而这样加工的。人们会认为那个储藏间里有那么多的烟叶，足够美国那么多人口去咀嚼了。在这种方式下加工，烟草看着就和我们养牛的油饼一样，即使想不到它后来变成的样子，也够让人讨厌的了。

很多的工人看起来都很强壮，几乎用不着再去赘述他们那时都安安静静地在那儿工作。下午两点钟后，他们被允许可以唱歌，每次唱的人数都有规定。我参观的时候，钟声恰好响了，有那么二十个人，唱了一首赞美

第九章 波托马克河上夜晚的蒸汽船 弗吉尼亚的道路 黑人驾车者 里齐芒德 巴尔的摩 哈里斯堡的邮车 哈里斯堡一瞥 运河上的船

诗的几段，唱得真不错，同时还工作着。当我准备离开的时候，钟响了起来，他们就都一拥而出，走到街对面的一座楼里去吃饭。我说了好几次，说我想看看他们吃饭的情况，但是我对其提要求的那位绅士似乎突然聋了，我不再继续请求。对于这些人的外观，我现在还是有些要说的。

第二天，我去参观一个种植园或者说农场，这个农场大约有1200英亩，在河的对岸。在这里，虽然我和农场主一起去了"区"，这块地是黑奴们住的地方，我却没被邀请进任何黑奴们住的小屋里去。我所看到的，全部是一些乱七八糟、鄙陋可怜的小房儿，附近是一些半裸的孩子在晒太阳，或是在土地上打着滚儿。不过我相信，这位绅士是个体贴和极好的主人，他从先人那里继承了50个奴隶，从来不买卖奴隶。根据我自己的观察和信念来说，我肯定，他是个善良和可敬的人。

种植园主的房子是个空气流通而富于乡村风格的农舍，一下子让我想到笛福关于这种地方的描写。天气很温暖，不过百叶窗都放下了，窗户和门都大开着，一股阴凉的风穿梭在每间屋里，经过外面刺眼的太阳和炎热的空气炙烤后，使人觉得非常清爽宜人。在窗户前面有一个开放的凉台，在那儿，到了他们认为天热的时候——不管那是种什么叫法吧——他们吊着吊床，喝着酒，痛快大睡。我不知道他们的冷食在吊床上吃起来什么味儿，不过，因为吃过，所以我可以这样说，高高堆起的冰品和一碗碗的冰镇薄荷甜酒和雪莉冷酒是那些将要保持知足的心境的人，在夏天吃过一回之后，最好不要再去想的零食。

有两座桥横跨河上：一座属于铁路，另一座，一个奇怪的玩意儿，是附近一个老太太的私人财产，她向镇上的人收路税。回来的路上，从桥上过的时候，我看见栅栏门上贴着一个通告，提醒所有人慢慢行车：有违反的，如果是白人，罚5块钱；如果是黑人，罚50鞭子。

在通往里士满的路上所笼罩的那种腐朽和阴暗的气氛也弥漫在这个城市里。市街两旁有美丽的别墅和宜人的房子。大自然也在周围的乡村展露出笑颜。但是在漂亮整齐的住宅中夹杂拥挤着可悲的租住楼,失修的围栏,崩塌而成为瓦砾堆的墙,就像奴隶制度和许多崇高的美德同时存在一样。这些外观之下有什么东西,和其他同样的境况一样,都惨淡地暗示着什么,迫使人们去注意,而且当人们把明快的景象忘掉时,还在人们心里留下郁郁难忘的印象。

对于那些很高兴地已经习惯了它们的人来说,街上和劳动场所的面貌,也是令人震惊的。法律禁止对奴隶进行教育,对这方面违法的人给予的处罚,比加在那些残害和折磨奴隶的人身上的惩罚还要重。所有了解这种法律的人,一定会有所准备而想到:奴隶脸上的表情是智力低下的表现。但是,那种黑暗——不是肤色,而是心灵上的黑暗,无时无刻不显现在一个陌生人眼中,由大自然之手所描绘出来的所有美好品格都被粗暴地对待和冷酷地清除,所有的这些状况都不可估量地超越人的最底线信仰。那位说他刚刚在马群中生活过的讽刺大家①在他创作出来的游记里,从一个高楼的窗户里凝视着他的同类,恐惧地微微发抖。一个人看到这种情况所感到的排斥和气馁,都几乎难以和一个人初次看到这些黑人面孔的时候所感到的相比。

我最后看到的人是一个可怜的做苦工的人。他来来回回劳累了一整天

---

① 讽刺大家:指的是斯威夫特(Jonathan Swift),著有《格列佛游记》。作者假借虚构人物外科医师莱缪尔·格列佛(Lemuel Gulliver)所写的一系列神奇的旅行经历,对当时的科学家、辉格党、汉诺威王室进行强烈讽刺,批评英国对爱尔兰的压迫和辉格党的外交政策,揭示人类的劣根性。该书共分成四个部分,分别记载格列佛的四次冒险旅行——"大人国游记""小人国游记""诸岛国游记""慧骃国游记"。在慧骃国,居主宰地位的是有理性、公正诚实的慧骃,供慧骃驱使的是一种类似人形的畜类耶胡。最后一章里,格列佛从慧骃国回到了欧洲,他从慧骃国道德高尚的气氛中再回来,无法面对肮脏污浊的欧洲人,有一天,他从一个屋子往下看,又吓得把头缩了回来。

第九章　波托马克河上夜晚的蒸汽船　弗吉尼亚的道路　黑人驾车者　里齐芒德　巴尔的摩　哈里斯堡的邮车　哈里斯堡一瞥　运河上的船

直到半夜（偶尔在楼梯上偷偷地打个盹儿），正在凌晨四点时刻擦洗着黑暗的走廊。我离开的时候，心怀感激，我能够不在奴隶制度所在的地方生活，从来不会因为曾在一个被奴隶摇着的摇篮里，就让我的感觉迟钝到对于种种谬误和恐怖没有了知觉力。

本来我打算从詹姆士河和切萨皮克湾①前行到巴尔的摩。但是由于其中一条蒸汽船出了事故，没有出现在港口，所以交通工具就由此不能确定了。我们就沿着来时的路，回到了华盛顿（有两个警察，因为追捕逃跑的奴隶，也坐在这条船上），并且又在那儿停了一夜，第二天下午才去巴尔的摩。

在美国我住旅馆的经验中，最舒服的，就是这个城市的巴尔纳宾馆，当然舒服旅馆并不少。在这里，一个英国旅行者可以发现床上有帘子，而在美国，这是第一次，大概也是最后一次（这是一句毫无利害关系的话，因为我从来不用床帏子）。而且在那儿，他可以有足够的水来洗澡，这一点儿都不是件司空见惯的事情。

马里兰州的首府是一个熙攘忙碌的城市，有各种各样的繁忙交通，尤其是水上交通。这个城市人们最喜爱的那一部分，并不是最清洁的，这是真的。但是城市上部却是完全不同的一种特点，有许多宜人的街道和公共建筑。华盛顿纪念碑，一个秀气的、上面安着华盛顿塑像的柱子，医学院，以及战斗纪念碑，纪念和英国军队在北点那一次的交战②：这些都是最引人注目的建筑物了。

---

① 切萨皮克湾：美国东部大西洋沿岸平原最大的海湾。因萨斯奎哈纳河及其支流沉降而形成。长311公里，宽540公里。海湾南面与弗吉尼亚州交界，北为马里兰州。大西洋入口北侧有查尔斯角，南侧有亨利角。

② 英美于1812—1814年交战。1814年，英军企图围攻巴尔的摩失败。此处的北点战役，即指此次交战。

在这个城市有一个非常好的监狱，在它的机构当中，还有一个州教养所，后者曾出过两件奇怪的案子。

一件是关于一个年轻人的，他因为杀了自己的父亲而被判刑。案子的证据，都是完全间接的，有很多相互矛盾，令人怀疑。而且也找不到什么动机来判断能够促使这个青年去犯这样大的罪。他受过两次审，第二次的时候，陪审团在对他定罪时，颇为踌躇，他们要定他是过失杀人，或者说是二级谋杀罪①——但这是不可能的，因为，毫无疑问，没有争吵或者挑衅，如果他真有罪，那他毫无疑问地犯的是最宽泛意义上的、最恶劣的罪行。

这个案子里最值得注意的特点是，如果那个不幸的死者，不是被他的亲儿子谋杀的，那他一定就是被他的亲兄弟谋杀的。所有的证据，都显而易见地证明，谋杀者必为二者之一。所有值得怀疑的地方，都是死者的兄弟作为证人，他对被告所做的一切解释（有一些还非常合乎情理），通过解释和推断，都在指明他蓄意要把罪名加在他侄子身上。这两个人之中，必有一个是杀人犯：陪审员得在两个嫌疑人中做个决定，都是同样地不近人情，不可理喻和奇怪。

另一个案子，是一个人有一次在一个酿酒的人家，偷了一个铜量器，里面盛着好多酒。他被追上了，被捉住时，手里还拿着那些东西，被判了两年监禁。他刑期满了，出了狱后，又回到那个酿酒人家，把那个铜量器偷走了，里面盛着和上次同样多的酒。当然没有一丁点儿理由，说这个人想要重回监狱。除了他犯的罪之外，一切都和这种假想是相悖的。对于他这种奇怪的行为，只能有两种解释。一种是：为着个铜量器，他受了这么

---

① 美国的法律规定谋杀要依据犯罪情节的程度来判定级别，一级谋杀是预谋比较周密的，二级次之，随之而来的责任也是不同的。为自卫或出于一时的激怒因而杀人者属于后者。

第九章　波托马克河上夜晚的蒸汽船　弗吉尼亚的道路　黑人驾车者　里齐芒德　巴尔的摩　哈里斯堡的邮车　哈里斯堡一瞥　运河上的船

多苦，他认为自己对于这件东西，就有了一种要求的权利。另一种解释是：经过了对这件东西长久地琢磨，那它就变成了他为之狂热的东西。它有种使他无法抗拒的魔力，它从一件人间的铜加仑，变成了天上的金桶了。

在那儿待了几天后，我要严格按照最近制定的一个计划来行动，决定往西部进发，不再耽误。因此，我把行李减到最少的可能限度（都送回纽约，准备以后再转到加拿大，这些都是不必要的东西）：取得了一路上的对银行所必需的凭证，而且，还在落日中等待两个夜晚的来临。我们当时对于要去的那个地方的了解程度就如同我们要去这个星球的核心旅行那般。就这样，我们在早晨八点半，坐着另一趟火车，离开了巴尔的摩。在旅馆的早晨正餐时间，到了六十英里外的约克市，那儿是四马公车的起点，我们要乘坐这种车，去哈里斯堡。

我很幸运地订好了这种马车的车厢座位。车来到火车站接我们，和平常一样，又脏又笨。因为还有许多旅客在旅店门口等车，车夫就小声说，像平常那种自言自语的口气，同时看着老朽的马具，好像对自己说：

"我看我们需要那辆大车。"

我禁不住在心里想，这辆大邮车有多大呢，它能够装载多少人，现在这辆因为太小而无法满足客人量的马车，就已经比英国那种笨重的夜行马车大两倍，简直和法国邮车是孪生兄弟。不过，我的疑虑很快就被打消了：因为，我们刚吃了饭，街上就咕隆隆地来了辆车，两边颤动着就像一个肥胖的巨人那样，像一种有轮子的船。这辆车，跌跌撞撞地走了一阵，又往回倒了倒车，才停在了门口：车的其他部位都没有活动了，它的两边却仍旧沉重地左右摇晃，好像它在潮湿的车棚里感冒了似的，而且，它还要在患着水肿的老年阶段快步前进，气喘吁吁，备感痛苦。

"这怎么可能不是最后往哈里斯堡去的邮车呢，看上去真是太漂亮耀眼啦，"一个上了年岁的绅士，有些兴奋地喊道："该死的妈的！"

我不知道，"该死的"这种感觉是什么滋味；也不知道，一个人的妈是否比其他人对于该死这件事能够更好地享受或者更加的嫌恶。不过，如果我们谈到的这位老太太对于这个神秘仪式的忍受要靠他儿子对于哈里斯堡邮车的亮和好的抽象看法是否准确来决定的话，那她一定会遭受这番苦痛的。车里载了十二个客人，行李（包括一个大摇椅和一个大饭桌这类零零碎碎的东西）最终都在车顶上拴好了，我们以饱满的热情启程了。

在另外一个旅馆门口，有另外一个旅客要上车。

"还有地方么，先生？"这位新旅客对车夫喊。

"嗯，有的是地方，"车夫回答说，没有下车，甚至也没看那个旅客。

"没有一点儿地方了，先生。"车里一位男士大喊。车里另外一个男士也如此证实了，说，想要加入任何其他客人都"绝对不可能了"。

那位新客人，脸上没有任何焦急的样子，往车里看了看，又抬起头看了看车夫说："现在，你让我怎么弄？"停了一下说，"我必须得走。"

车夫把马鞭拧成了一个结扣，没搭理旅客的问话：明显地表明，这是其他人的事，而不是他自己的，旅客应该在他们中间想办法自己去搞定。在这种情况下，事情好像接近于另一种困境了，这时候，车内角落的一位客人，几乎快被挤得窒息了，微弱地喊着，"我出去吧。"

这对于车夫，不是什么让他轻松或者高兴的事。因为，他遇事不为所动的原则不能被任何车里发生的事情给打乱。世界上所有的事物里，马车都似乎是他最不放在心上的。不过，交换还是成功了。那位把座位让给了别人的旅客，于是就在车夫的车厢里坐了第三个乘客，坐在了他所说的车厢的正中间，也就是把一半身子坐在我的腿上，另一半坐在车夫身上。

第九章　波托马克河上夜晚的蒸汽船　弗吉尼亚的道路　黑人驾车者　里齐芒德　巴尔的摩　哈里斯堡的邮车　哈里斯堡一瞥　运河上的船

"前进，队长！"上校喊，他指挥着。

"开步！"队长喊着他的队伍，就是马。我们开走了。

走了几英里以后，我们到了一家乡村酒吧，一个喝醉了的绅士爬到车顶上的行李中间，然后又滑溜下去了，但没受伤。他渐渐走远了，又回到原先我们看到他喝格罗格酒的那个店里去了。我们也和更多的旅客在不同时段分别，因此，到了我们换马的时候，又只剩了我一个人坐在车夫旁边的座位上了。

车夫总是和马一起更换，而且都和车一样脏。第一个车夫穿得像一个穷困的英国面包师；第二个像一个俄国农民，因为他身上穿着一条宽松的紫色羽纱长袍，毛领子，腰间系一条花色的毛线腰带，穿着灰裤子，手上戴着一副浅蓝色的手套，头上戴着一顶熊皮帽。这时候，下起大雨来，还有又湿又冷的雾，渗入人的皮肤里。利用停车的空当，我下了车，活动了一下腿脚，抖掉了大衣上的雨水，喝了些平常的开斋饮品用来驱散寒气。

我再次回到车厢的时候，看见车顶上有一件新包裹，看起来像一个装在棕色的袋子里的大提琴。但是走了几英里以后，我发现，这个包裹，一头有一个光亮的帽子，另一头有一双沾着泥的鞋。再仔细一看，原来那是一个小男孩，穿着鼻烟色的外套，两只胳膊紧紧贴在身子两边，两只手使劲插在口袋里。我猜，他大概是车夫的亲戚或者朋友。他躺在行李上面，脸朝着雨，除了一次翻身让他的鞋触着了我的帽子之外，他都好像睡着了的样子。最后，因为我们要停下了，"这东西"才站起来，有三英尺六英寸高，他眼睛盯着我，礼貌地打着呵欠，呵欠却又被一种友好亲昵的态度所淹没，尖声说："喂，外国人，我猜你觉得这很像英国的下午吧，嘿？"

外面的风景，刚开始时平淡无奇，在最后这十几英里路里，却美丽起来。我们的路，蜿蜒穿过宜人的萨斯奎哈纳河①谷。那条河，点缀着无数的绿色岛屿，就在我们右边。左边，是一个陡坡，岩石崎岖林立，松树郁郁葱葱，雾气缭绕，形成千奇百怪的形状，肃穆地在河上漂移，忧郁的暮色给一切都带来了一种神秘和静谧，更增加了它的自然意趣。

　　我们从一座木头桥上穿过了这条河，桥上面有顶，两边有墙，大约有一英里长。桥上黑沉沉的，巨大的梁从每个可能的角度互相交错；从板桥上的缝隙中，能看到急流的河水在深处闪闪发光，像无数的眼睛一样。我们没有车灯。马从这座桥上蹒跚辗转，向着远处越来越暗的光点前行，路似乎没有尽头。一开始我很难说服自己这不是在做着一个痛苦的梦，因为我们咕隆隆地沉重前行，桥上都是一片空洞的响声，而且我把头低着，以免碰着桥顶的椽子。因为我时常梦见在这样的地方艰难前进，而且在做梦的时候，都经常内心挣扎着："那不可能是真的。"

　　最后，我们还是来到了哈里斯堡街上。那里微弱的灯光，从湿漉漉的地面上阴沉地反射着，照射出一个不那么欢乐的城市。我们很快就在一个舒适的旅馆里安顿下来了。这个旅馆，虽然和我们从前住过的许多旅馆比起来，要小一些，也没那么华丽，但是它却在我的记忆中，比所有其他的都要好，因为它的店主是我打过交道的人里最亲切、最体贴的，也是最绅士的。

　　因为我们要等到下午才能继续前行，吃了早饭，我就出了旅馆，到四外去看看。我被人指给看一座单人囚禁制的模范监狱，刚刚建好，里面还没有犯人；还被指给看一棵老树的树干，哈里斯——第一个定居在这儿的人（死后埋在这棵树下）被敌对的印第安人绑在这棵树上，把柴火堆在周围准备烧死他，恰在当时，河对岸一群友好的人及时出现并解救了他；还

---

　　① 萨斯奎哈纳河：美国东部沿海地区最长河流之一。源出纽约州中部奥齐戈湖，穿过纽约、宾夕法尼亚和马里兰州境内的阿巴拉契山区，在乞沙比克湾入海。

第九章 波托马克河上夜晚的蒸汽船 弗吉尼亚的道路 黑人驾车者 里齐芒德 巴尔的摩 哈里斯堡的邮车 哈里斯堡一瞥 运河上的船

被指给看当地立法机关（因为还有一个这样的机构，正进行辩论），还有这个城市里其他的有趣之物。

美国人和可怜的印第安人历年所签订的许多条约，由印第安人的各酋长，在批准的时候签名，保存在州秘书处。看到这些条约时，我对它们很感兴趣。这些签名，当然追溯到酋长的亲笔，是他们所在部落以此命名的动物或者武器的粗糙图形。所以，巨龟部的签名就是弯弯曲曲的用笔画的一个巨龟，野牛部画了一头野牛，战斧部画了一个那样武器的粗糙图形作为他们的标志。同样的还有箭部、鱼部、头皮部、大舟部等部落。

看着这些微弱而震颤的手签字体，那些手都能把最长的箭在结实的鹿角弓上拉到尽头，或是用来复枪弹把珠子或者羽毛劈裂成两半，我就不由得想起格拉布①对于教区登记簿和用钢笔所签的不规则的笔画所产生的沉思。签名的人，都能把一条长长的垄沟从这头到那头犁得笔直。我不禁产生了悲伤之情，因为那些单纯的战士，满怀真情实意去签名，经过了很长的时间，才从白人那儿学会了如何破除信念，脱离形式和束缚去诡辩。我还困惑，不知道有多少次那个轻信的巨龟部或者真诚的战斧部在条约上签上符号，而这些条约却都是骗人的谎言：他们签了字就放弃了自己的权力，他们不知道这些，一直到这片土地归了新主人，自己无处可去时，才恍然大悟，真是野蛮人啊。

在我们吃早晨正餐前，店主人宣称，说立法机关里有些人打算来拜访我们。他好心好意地把妻子的小会客室让给了我。当我请他把客人带进来的时候，我看见他很难过且忧虑地看着漂亮的地毯。但是，我当时心里正

---

① 格拉布（George Grabbe，1754—1832）：英国诗人，他在《教区记录》中描写乡村农民签的名字弯弯曲曲、歪歪斜斜、杂乱无章，想到了这同一双手能把犁耕地，却不能操作一支笔，真是怪事。

想别的事，没有想到令他不安的原因。

我想，如果这些绅士中有人肯屈从这种对痰桶的偏爱的话，并且能暂时使自己屈就一下使用手帕这种传统的荒谬做法，这样肯定对主客方都会愉快些，也不会对他们的独立性有任何实质的损失。

天仍旧不停地下着大雨，吃了饭后我们往运河船那儿去的时候（因为运河船就是我们前行的交通工具），天气仍旧持续阴雨，没有放晴的意思。而这条运河船上的景致（我们要待三四天的那条船），也绝不是令人愉快的。因为它让人有一些不安的想法，是关于晚上客人的安置，还涉及一系列其他的船上日常生活的安排。这些足够让人烦乱了。

不过，船就在那儿——从外面看，是一个上面有小房子的驳船，从里面看，是集上的大篷车。男士们，像通常的观众一样，被安置在那种花一便士就可以看稀罕的流动博物馆里；女士们，被一个红帘子隔开在另一个区域，像在同样设施中的巨人和侏儒住的地方，那样的人生活在没有人看到的地方。

我们坐在这儿，默默地看着那两排小桌子，排列在船舱的两边，听着雨滴落下来，拍打着船，在水中拍溅出一种忧郁的欢乐。后来，来了一趟火车，因为要等这趟车载来的最后一批客人，我们的船起锚的时间就错后了。这趟火车带来了好多箱子，被哐当当地扔到船顶上，好像它们是直接扔到人头上那般让人感觉疼痛。几个衣服湿了的绅士，走到炉子跟前的时候，身上的蒸汽往外直冒。这是一个让人舒适的想法，那就是如果这下得正紧的雨（现在比以前更湿透），能允许一个开着的窗户，或者如果我们这些人没有三十那么多的话，不过当时没那么多时间让你想这些，三匹马就在拖绳上套好，骑在第一匹马背上的男孩扬起了鞭子，船舵仿佛抱怨似的嘎吱嘎吱响着，我们启程了。

第十章

运河船的进一步描写
船上的日常制度　船上的旅客
经过阿利盖尼山往匹兹堡去的行程
匹兹堡

因为雨还在不停地下,我们就都待在甲板下面——那些围炉而站的身上潮湿的绅士们,在火的作用下,渐渐发起霉来。那些身上干爽的绅士,有的伸展身子躺在座位上,有的脸朝着桌子,并不踏实地睡着了,还有的在舱房里来来回回地走动,一个中等身材的人会在这个过程中把脑袋在房顶上蹭秃几个地方。大约六点钟时,所有的小桌子都拼到了一起,变成了一张长桌子。大家都坐到桌子前开始喝茶、喝咖啡,吃面包和黄油,吃鲑鱼、鲱鱼、肝儿、牛排,吃土豆、泡菜、火腿、排骨、血肠和香肠。

"你试试吗,"坐在我对面的一位说着,并递给我一盘土豆,掰碎了和牛奶、黄油拌在一起,"你试试我弄的这些东西吧!"

很少有像"弄"字那样具备如此多的功能。这是美国人的词汇里的迦勒·柯屯①。你到乡下去拜访一位绅士,他的佣人会告诉你说主人"这会

---

① 迦勒·柯屯(Caleb Quotem):是英国戏剧家科尔曼(G. Colmam,1762—1836)的剧本(Review)里的一个人物。他是一个无所不能的万事通。他门牌上写着:柯屯,拍卖商人,安装匠人,安玻璃的人,木刻匠人,药剂师,教师,钟表匠人,油漆匠人,等等。

儿正弄什么，但一会儿就下来"。那你就要知道，这个佣人是说：主人正在穿衣服呢。你在汽船上，问一个旅伴，早饭是不是马上就好，然后他对你说，他觉得是，因为他刚才在下面的时候，他们正"弄桌子"，换句话说：他们正铺桌布呢。你叫一个行李搬运工给你收拾行李，他恳请你不用担心，他马上就弄好；如果你感觉身体不舒服，别人告知你，叫你去看某医生，他马上就能给你弄好。

有天晚上，我在自己住的那个旅馆里点了一瓶加糖和香料的葡萄酒，等了很久，最后拿来的时候，店主把酒放在桌上并且道歉说，他担心酒"弄得不太好"。我还记得，有一次坐驿车吃饭的时候，无意中听见一位非常严厉的绅士，因为侍者给他端了一盘半生不熟的烤牛肉，就苛责他说是不是认为"是否他管这个，叫作给万能的上帝弄的食物？"

这顿邀请我吃的饭，引起了这些题外话，毫无疑问，我这顿饭吃得狼吞虎咽。那些绅士们，把宽刃刀和双齿叉往嗓子里插得很深，除了在技艺精熟的变戏法的人那里见过之外，我从来就没看见过把这武器如此用的。先生们总要等到女士们都落座以后才坐下。他们也没有省略去对女士献上种种小小礼貌的行为，让女士们感觉很舒服。我在美国各处漫游的时候，无论在什么地方、在什么场合，从来没见过妇女受到过最轻微的无礼、失礼，即使是疏忽。

吃完了饭，雨好像因为下得太快也累了，也快要下完了，所以现在可以到甲板上去了。这真是让人轻松愉快，虽然甲板本身就小，又因为放着行李，更加狭小。行李都堆在甲板中间，上面盖着防水布，两边留了两条很窄的通道，人在那儿穿行时，为了不会失足掉到河里，行走都变成了一种技巧。刚开始有些让人尴尬的是：每过五分钟，舵手一喊"有桥！"你就得敏捷地躲避；有时候，当喊道"有低桥"的时候，你需要几乎全身趴下。不过，习惯成自然，桥既然那么多，适应这种情况只需要很短的

第十章　运河船的进一步描写　船上的日常制度　船上的旅客　经过阿利盖尼山往匹兹堡去的行程　匹兹堡

时间。

随着夜晚降临，我们渐渐看到了第一次出现的连绵群山，那是阿利盖尼山的前哨。景色本来毫无意思，但是现在却变得险峻和突出了。下过大雨后，潮湿的地上都冒着烟气；青蛙的鸣声（在这些地方蛙鸣都几乎是不可能的）听起来好像是一百万个精灵组成的队伍，都带着铃铛在空中穿行，并且和我们步调一致。夜空仍旧多云，但是有月光。到了我们从萨斯奎哈纳河的桥下过的时候——河上有一座独特的木桥，有两层通廊，一上一下，所以在这里，两条船队通过也不会发生混乱——景色真是狂野而恢宏。

我提到过刚开始我对于船上夜晚如何安置客人，有过不解和疑虑。这种困惑一直持续到十点钟或者说十点钟左右。那时候，我到甲板下面去，发现舱房的两侧，都有悬挂着的三层书架，显然是为放小八开本的书而设计的。仔细地看着这些装置（同时纳闷在这种地方找到了这样的文学设备），我看到了在每一个书架上，都放着一种在显微镜下才能看到的小单子和小毯子，然后我才似乎懂了，旅客就是图书馆里的书，他们要被横着放在这些架子上，直到早晨。得到这样的结论，还因为我看见在一张桌子前面，有些人围着船长，脸上带着赌钱的人那种焦虑和热情，正在那儿抓阄，而其他人，手里拿着一张张小号码牌，在架子旁摸索着寻找和他们手中抓到的号码一致的数字。只要一找到了他的号数，就马上脱掉衣服，爬到毯子里，占领这个位置。这些赌徒们进入梦乡的速度真是我所见过的最奇特的景象之一了。至于女士们，她们早都在红帐子后面上床了。帐子被仔细地拉在一起，并且在中间用别针别好了。不过，因为每声咳嗽、喷嚏，或者低语，都能从帐子外清楚地听见，所以我们能生动地感受到她们的存在。

船上负责的人很是周到，在靠近红帐子、离大部分夜间休息旅客有一段距离的地方,给我安排了一个架子。对于这个休息的地方,我对负责人的周到万分感谢。我事后测量了一下,这个架子恰好和普通的巴斯信纸①一样宽。刚开始,我还迟疑着如何才能以最佳的方法上到架子上,但是因为架子就在底层,所以最后我决定,先在地板上躺下,然后慢慢地往架子上滚动,一触及垫子就停下,整个晚上就这么待着,无论哪一面朝上。幸运的是,恰好我的背部触及垫子。但是我往上一看不由得很惊恐,我看到上面,照半码的麻袋形状来看(身子把帆布都压得成了一个绷得很紧的麻袋),是一个很胖的绅士,吊架子的绳子看起来快支持不住了。我不由得想到,他要是晚上掉下来,我太太和家里人会很难过的。但是我如果不费大力气,就别想再起来,那样的话,女士们就会受到惊扰,而且即使我能起来,我也别无去处,因此我就当看不到这种危险,待着没动。

在这条船上旅游的人群类型,都无可争辩地属于两种显著情形之一。要么他们就是心里不安宁到一直睡不着;要么他们就是在梦中也吐唾沫,此种情形很非同凡响地把现实和想象混合在了一起。每天夜里,在这条运河上,都是吐唾沫的绝妙风暴。有一次,我的外套,刚好处于五位绅士所形成的风暴中心(风暴运动是垂直的,精确地按照里德②的暴风定律运动),第二天早晨,我只能把衣服放到甲板上,用干净的水使劲儿搓洗,这样才可以穿了。

早晨五六点钟,我们起床,有些人到了甲板上,是为了让他们能把架子放下来;而另一些人,因为早晨非常冷,挤在生了锈的炉子四周,一面怀抱着刚生起来的火取暖,同时往壁炉里倾吐他们夜里就那样慷慨释放的东西。盥洗设施很简单。甲板上用链子拴着一把铅制勺子,每位绅士都认

---

① 巴斯信纸:英美纸张,16 英寸×20 英寸。
② 里德(W. Reid, 1791—1858):苏格兰人,气象学家。发表过《试论暴风定律的发展》(1838)。

第十章 运河船的进一步描写 船上的日常制度 船上的旅客 经过阿利盖尼山往匹兹堡去的行程 匹兹堡

为很有必要用它来清洁身体（很多人对这样的爱好不以为然），用勺子从河里把泥水舀上来，再把泥水倒在一个铅制脸盆里。还有一条长毛巾，拴在一个小镜子前面的棍条上的，和面包、奶酪以及饼干紧挨着的，是一把公用梳子和公用头发刷。

八点钟，架子被放下并收了起来，桌子拼了起来，大家都坐下开始喝茶、咖啡，吃面包、黄油、鲑鱼、鲱鱼、肝、牛排、土豆、酸菜、火腿、排骨、血肠和香肠。有的人喜欢把各种不同的东西混到一起，都放在他们的盘子上。每位绅士用完了他那一份茶、咖啡、面包、黄油、鲑鱼、鲱鱼、肝、牛排、土豆、酸菜、火腿、排骨、血肠和香肠，就站起来走开。每个人都把所有东西吃干净了，残羹剩饭也被打扫干净。其中一个侍者以理发师身份再次出现，给那些想要刮胡子的人刮胡子，而其他人就在旁边看着，或者看着报纸打呵欠。正餐和早餐差不多，只是没有茶和咖啡，晚饭则和早饭是一样的。

船上有个人，一副轻松、清新的表情，穿着一套黑白相间的衣服，是个最令人难想象的爱发问的家伙，他除了发问就不说话，他就是询问的化身，无论坐着还是站着，静止不动还是走来走去，在甲板上散步，或者是在桌子前吃饭，他每只眼里都有个大大的问号；两只竖起来的耳朵上也有着两个大大的问号；翘起的鼻子上还有下巴上也有两个问号，至少还有六个大大的问号在他的嘴角上；最大的问号则在头发上，亚麻色的头发骄傲地从前额往后拢着。他衣服上的每一个扣子都说："呃？那是什么？你刚才说话了吗？再说一遍，行吗？"他永远睁大着眼睛，像那个中了魔而把丈夫逼疯的新娘子一样，总是不得安静，总是渴求着答案，永远在追问却永远得不到想知道的。从来没有过这样一个好奇的人。

我当时穿着一件皮大衣。我们还没离开码头时，他就问我这件大衣的情况，问它的价钱，在哪儿买的，什么时候买的，是什么皮子的，有多重，花了多少钱。然后他又看到了我的表，就开始问起来，那个值多少钱，是不是法国货，在哪儿得到的，怎么得到的，是买的还是别人送的，它走得怎么样，弦眼在哪，多会儿上弦，每天晚上还是每天早晨上，是否有忘了给它上弦的时候，要是忘了会怎么样。我刚到过哪里，下面要往哪儿去。接着还要往哪儿去。我见过总统没有，他都对我说过什么，我都对总统说过什么，我跟总统说了以后，总统又对我说过什么，啊，天啊！说吧！

发现无法满足他的时候，我在回答了他几十个问题以后，开始回避，不再回答，尤其是关于大衣是什么皮子的，我说不知道。我不知道是不是因为这个，这件大衣却由此使他着迷。我走动的时候，他总是在后面紧跟着，而且跟着我活动，为的是他能更认真地看我的大衣。他还经常冒着生命危险，跟在我身后挤入狭窄的地方，这样一来，他可以用手摸大衣的后部，再反过来摩擦着，以获得满足。

我们在船上还看到另一个怪人，不过他是另一种类型。他是个瘦脸、瘦身型、中等岁数、中等身材的人，穿着一身我从来没见过的、有些灰中带黄的土色衣服。在旅程的前半段，他非常安静，确实，我都不记得我看到过他，直到某种形势使他变得显眼，就像很多英雄伟人在特定形势下出名一样，一系列出现的使他出名的情况，大概是这样发生的。

运河延伸到山脚下，那里就是运河尽头。旅客通过的话要乘坐路车，到了山那一边，接着乘坐和之前一样的运河船，继续前行。有两条运河船行线路，一家叫快车，一家（便宜点的）叫先锋。先锋的船先到了山下，在那里等快车的客人到来，两拨旅客是要被同时送过去的。我们乘坐了快车这班。但是我们过了山，到了运河船的时候，船老板竟然将先锋的客人

第十章　运河船的进一步描写　船上的日常制度　船上的旅客　经过阿利盖尼山往匹兹堡去的行程　匹兹堡

也一齐载在船上,这样一来,我们坐船的人至少有四五十人了,而且旅客的增加会使晚上的睡觉条件更加恶劣。我们对这种做法表示不满,正如人们在这种情形下的正常反应一样。但是没办法,这条过分拥挤的船,又顺着运河前进了。在国内,我应该会强烈地抗议的,但是在美国,作为一个外国人,我保持了沉默。可是前面说过的那位怪客人却没有,他在甲板上的人群中间(我们几乎全都在甲板上),劈开一条路,没有特定对哪个人讲话,自言自语地说:

"这可能适合你们,但是不适合我。这对于新英格兰人,对于在波士顿长大的人,也许很好;但是对于我可不好,这是毫无疑问的。所以,我现在告诉你们:我是从密西西比的棕色树林子里来的。当那儿的太阳照耀着我时,它确实是照耀着,它不是闪烁微光,太阳不是那样。我是一个棕色的来自树林的人,一点儿不错,我不是玉米饼子。我们那儿没有皮肤光洁的。我们是粗人,不错,都是粗人。如果新英格兰人和在波士顿长大的人喜欢这样,我很高兴,可是我不是那里长大的,或是那样种类的人。不是,这个轮船公司需要被好好整顿一下,确实是。我对他们来说可不是一个好惹的,是这样。他们不喜欢我,他们不喜欢。这简直是把人摞起来了,摞成了山了,是的。"他在每个短句结束的地方,都会把脚跟转过去,往另一头走去,说完了一个短句,又突然停下来,然后又转回来。

这位棕色的来自森林的人说的话里,究竟蕴藏着什么可怕的意义,我无法说出。不过我知道,其他的旅客都带着一种含着恐惧的羡慕看着他。同时,这条船马上又回到了码头,把先锋船的客人要么哄着,要么吓着,都弄下船了。

当我们又启程的时候,船上有几个胆大的旅客,鼓起勇气对让我们的前景大加改观的怪人说:"非常感激你,先生。"而那位棕色树林子来的人

（摆着手，同时还是那样来回地走着）回答说："不用这样，你们不用谢。你们和我出身不同。你们为自己做就可以，你们可以。我已经把路标出来了。新英格兰人和玉米饼子如果乐意，可以沿着那条路走。我不是玉米饼，我不是。我是从密西西比的棕色树林子里来的，是的。"等等，还是之前的那些。大家一致同意，把一张桌子做他晚上睡觉的床——大家都在激烈竞争这张桌子——这是为了感谢他对大家的贡献，而且在之后的旅程中，他占据着炉旁最暖和的角落。不过，我看见他老在那里坐着，没看见他做别的事，我也没听见他再说话，一直等到我们到了匹兹堡，在大家熙熙攘攘地在黑暗中往岸上搬行李时，我在忙乱中碰到了坐在舱房门阶那儿抽雪茄的他，听见他自言自语地咕哝着，还发出一种轻蔑的笑声——"我不是玉米饼，我不是。我是从密西西比的棕色树林子里来的，我是从那儿来的，他妈的！"我会倾向于认为，他就没有不说这些话的时候。不过，如果女王和国家要求我承认此事，我却无法宣誓。

　　从叙述的顺序来说，我们还没有到匹兹堡这章，所以我还可以继续说一说船上的早饭，也许是一天当中最不能引起食欲的东西，除了已经说过的那些吃的东西上发出来的可口味道，从附近的小酒吧里，还发出些许杜松子酒、威士忌、白兰地、朗姆酒的味道来，还有一种夹杂的味道无疑是陈了的烟所发出来的味儿。有很多男旅客一点儿也不讲究内衣，有的都成了黄色，和他们嘴角上嚼烟的时候流出来的黄色液体一样，还干在了那里。那三十个刚被收起来的吊铺也在房间的空气里散发着某种味道，而我们也不断地对一种餐桌上偶然出现的菜单上没有的野味引起了兴趣。

　　不过，尽管有这些奇怪的事情——即使有，至少对我，也都有它们的幽默之处——这种旅行方式我当时很是真心享受，现在回忆起来，也让我有极大的快乐。甚至是早晨五点钟，光着脖子，从污浊的舱房里跑到肮脏

第十章 运河船的进一步描写 船上的日常制度 船上的旅客 经过阿利盖尼山往匹兹堡去的行程 匹兹堡

的甲板上，把冰冷的水从河里舀上来，把脑袋扎到水里，再拉出来，感觉非常清新、凉爽且很舒服，这都是让人感觉很有趣的事情；早饭之前的这段时间，我在纤道上轻快地走着，觉得每一条静脉和动脉，都因为精力充沛而焕发动感；天刚亮的时候，晨曦把万物都染上了微光，很是精妙；慢吞吞行进的船，当人们懒洋洋地躺在甲板上，仰面看着蔚蓝的天空，目光穿透了这蓝色。夜里船在河面上轻巧地行进，悄无声息，穿过连绵的山峦，黑魆魆的树木使得山阴沉抑郁，而群山高处，偶尔出现一团红，那是愤怒的火焰，看不见的人蹲伏在火的周围。明亮的星星闪耀着，不被轮声、蒸汽声，或者其他声音所打扰，它们照着的水上透明的涟漪却在船前行中受到些扰动——这一切都让人感到纯粹的喜悦。

另外，还有新的殖民点，孤单伫立的木屋子和板房，对于从故国来的人，满怀兴趣；木屋子有简单的烤炉，在屋外，用黏土做的；还有猪圈，几乎跟人住的地方一样好。破窗户，用破帽子、旧衣服、旧板子、破毯子和纸片子之类东西打着补丁；还有自家做的碗柜，就放在屋子外面，上面摆着家常储物，没多少东西，就是几个土罐和土盆。眼睛看到这些情景很不舒服：每块麦地里都散落着粗木桩子，还有处处可见的沼泽和阴晦的泥塘，腐臭水面上浸着腐朽的树干和蜷曲的树枝。看到这些景象让人感觉很悲伤和压抑：大片的土地上，殖民者们刚刚烧毁了树木，烧了的树身倒在地上，像是被杀害了的生物一样，同时，四处都有被烧焦了、烧黑了的特别大的树，高举着两只枯萎的臂，好像在求上天惩罚杀害它的敌人。有时候，在夜里，河道蜿蜒穿过孤独的山峡，像是苏格兰的隘口一样，在月光下闪耀着，发出幽冷的微光，四面被高耸的峭壁紧紧围住，似乎除了我们来的时候那越来越窄的道路之外，就没有别的出口。直到崎岖的山峰把月光阻在了外面，我们走进了它那幽暗的喉咙里，在阴影和黑暗中包裹着我们前进的路。

我们是星期五离开哈里斯堡的。礼拜日早晨，我们到了山脚下，要坐火车才能穿过山去。有十层坡度：五层上升的，五层是下降的。火车车厢是用静止发动机先拖引上去，然后再慢慢往下走。中间相对水平的地段，在其间移动，有时用马拉，有时用发动机拉，看情况而定。有时候铁轨铺在使人头晕的悬崖边上，从车厢的窗户往外望的时候，能一直望到深谷去，中间没有一块石头一方栏杆。不过，旅程还是很小心翼翼地，只有两个车厢同时行进。只要采取适当的防范措施，不用害怕会有什么危险。

真是一个相当难忘的旅行，沿着高山在锐利的风中快速前进，往下看到的是遍布阳光和柔媚的山谷。透过树冠，不时看到散落的木屋。小孩子们跑到门口，狗狂吠着，我们能看到却听不到；受了惊吓的猪往家里奔去；一家家的人坐在简陋的园子里；牛用一种冷漠的神情向上凝视；只穿着背心和衬衫的人们，在他们还没盖好的房子旁边看着周围，计划着明天的工作。此刻我们的火车向前奔跑着，高高地在他们上面，像旋风一样。同样有趣的是，当我们吃过了饭，咔嗒咔嗒地往陡峭的隘口开下去，我们没有别的动力，而只靠车厢本身的重量。卸下来的车头，远远在我们后面，嗡嗡地自个儿往下跑，像一只巨型昆虫一样，它的背是绿中带着金黄，在日光中闪耀。如果它展开一对翅膀，高飞起来，我当时想象，也绝没有人会觉得有丝毫奇怪的。不过它却停下了，在我们到了运河的时候，以一种规规矩矩的态度停住了，在我们从码头上船前，它又呼哧呼哧地拉着旅客往我们来时的路去了，往山上跑去。

在礼拜一晚上，运河岸边火炉的光和叮当的锤声提醒我们快到这段旅程的终点了。在通过了一个梦一般的地方后——一个穿过阿里盖尼河的长沟渠，比哈里斯堡的桥还奇特，是一个宽大低矮的木屋子，里面装满了

第十章　运河船的进一步描写　船上的日常制度　船上的旅客　经过阿利盖尼山往匹兹堡去的行程　匹兹堡

水——我们来到了这里，面前是如此丑陋的组合——建筑的后背和歪斜的楼厢和阶梯，这种阶梯总是紧靠着水边，不论是河、海、运河，还是水沟，我们到了匹兹堡。

匹兹堡就像英国的伯明翰，至少它的市民这样说。先不说街道、商店、房子、马车、工厂、公共建筑以及人口，也许它是那样。它那里确实弥漫着很多的烟气，因铁厂出名。除了我在前面已经提过的那个监狱，这座城市里还有一个漂亮的兵工厂和其他的机构。它坐落在阿里盖尼河上，景致优美，河上有两座桥。有钱人的别墅，散布在附近的高地上，非常漂亮。我们住在一家很有档次的旅馆里，得到了很好的服务。像通常那样，这里住满了寄膳宿者，地方宽敞，每一层楼前面，都有个粗大的廊柱。

我们在那儿逗留了三天。下一站是辛辛那提。因为这段旅程需要坐蒸汽船，而西去的蒸汽船在旺季都要一周爆炸一个到两个。因此最好先搜集一下信息，关于停靠在河边往那条路线走的那些船的相对的安全性。最受推荐的是一条叫作"信使"的。广告上登载了关于她的信息，两周以来都说她确定会开船，却没有一次开过，而且她的船长对于这件事情也没拿定主意。不过这是一种风俗：因为，如果法律要求一个自由、独立的公民履行他对公众的诺言，那自由还意味着什么呢？此外，这也是生意上的方法。如果旅客在生意上受到欺骗，人们在生意上觉得不便，那作为精明的生意人的人们自己，有谁能说："我们必须叫停这种情况"呢？

公告的那种肃穆深沉给我留下了深刻印象（当时还不懂这种惯例），我气喘吁吁地赶着要上船。但是，被人私下里告知，说船不到四月一号礼拜五不会开，所以我们就让自己舒舒服服地一直到了礼拜五那天中午才上了船。

第十一章

乘坐向西行驶的汽船从匹兹堡到辛辛那提①

码头旁聚集着不少高压汽船,"信使号"只是其中之一。从登船的高处往下看,这些船被对面高高的河岸一衬托,就像漂在水面上的模型船一样。甲板上大约有四十位乘客——没算上甲板下层的穷人。半个小时以后,可能连半个小时都不到,船便起航了。

我们的包房非常小,里面有两个床位,房间同女士包厢通着。毫无疑问,这个包房令人满意之处就是它在船尾。好几次,别人都郑重其事地建议我们坐船尾,因为"如果船爆炸,通常是在船头"。这并非杞人忧天,我们在船上的时候就遇到了不止一次这样的致命事故。除了这一点让我们自喜自得之外——能有一个地方,无论多么狭小局促,能够让人独处,这都是一种难以名状的轻松。包括我们房间在内的一排房间,每个都有一面玻璃门连着女士包厢,另一面通往外面的一条狭窄长廊,很少有其他乘客到这里来,我们就可以在这里静观眼前瞬息变幻的风景。因此,对于新房间,我们欣然

---

① 辛辛那提(Cincinnati):美国中部俄亥俄州西南端的工商业城市,位于俄亥俄河河港。

第十一章　乘坐向西行驶的汽船从匹兹堡到辛辛那提

接受。

如果说我之前描写的那些邮船与我们通常见到的大相径庭，那么这些西行的汽船与我们通常概念中理解的汽船更是相差甚远。我几乎不知道该把它们比作什么，或者该怎么描述它们的样子。

首先，这些船没有任何桅杆、绳索、滑车、索具，或者其他用在船上的装置。其次，单靠样子也分辨不出来哪里是船头、船尾、船舷或者龙骨。要不是它们浮在水面上，还露出了一对儿明轮，单看它们的样子，还以为它们是要在高耸、干燥的山顶上进行什么秘密活动。这船上甚至都看不见甲板，只有一条丑陋不堪的黑色长屋顶，上面闪着一层像羽毛一样轻盈的光；再往上就是两个大铁烟囱、一个发出嘶嘶声的排气管和一个玻璃的驾驶室。按次序再往下看，就是船舷和包厢的门窗，这些东西奇怪地组合到一起，就好像由十几个品位不同的人打造的街道一角。所有的这些都建在一个脏兮兮的平底船上，靠梁和柱子支撑着，比水面高不出几英寸。在这些上层构造和甲板之间的狭窄空间里，就是锅炉和机器，任凭四面八方的风吹雨打，正是这锅炉和机器驱使着船向前行驶。

船在夜间航行，我看着那一大团火焰熊熊燃烧，就像我之前所说的一样，好像是在发出愤怒的嘶嚎，把上面的油漆木板衬得病怏怏的。机器也丝毫没有遮拦或者保护，就在一群挤满了下层甲板的闲人、移民和孩子们中间辛勤地工作。那些粗心大意的船员对于船的神秘结构也才了解了六个月。因此，人们立刻想到的并不是这船上怎么会发生这么多致命事故，而是：这玩意儿是怎么安全航行到现在还没沉的。

在整条船里面，有一间细长的船舱，长度和船一样，船舱两边对着的就是包厢的门。船尾的部分被分隔为女士包厢，另一端作为酒吧。船舱中间有张长桌，两端各有一个火炉。盥洗器具在前面的甲板上，比平底船上的好些，但也好不到哪儿去。在所有的旅行方式中，美国习俗对个人卫生和清洗方式最不重视，也最脏。我强烈地认为，之所以有这么多人得病，都归咎于此。

我们还要在"信使号"上待三天，不出意外，将在周一上午抵达辛辛那提。在船上，每天吃三顿饭：七点吃早餐，十二点半吃午餐，晚上六点吃晚餐。每顿饭，餐桌上都有很多小菜和盘子，盘子里的菜量很少。尽管，盘盘碟碟排起来阵势挺大，但实际上盘子里很少有过一大块肉。除非有人会喜欢甜菜根片、干牛肉碎、一堆乱糟糟绕在一起的黄色泡菜、黄玉米、彩色玉米、苹果酱和南瓜。

一些人喜欢在吃烤猪的时候，把这些小食当作佐料放到一起吃（旁边还要配上蜜饯）。通常这些人是消化不良的女士和先生，他们能在早餐和晚餐时吃下大量热玉米面包（数量之大，闻所未闻。就像吃下去个针垫一样，能促进消化）。有些人不这样吃，他们每顿饭要吃各种不同的菜，通常都是一边嘴里含着刀叉，一边想着下一个该吃什么，再将餐具从嘴里拿出来，伸向盘子，吃一口，然后又进入了这样的循环。晚饭的时候，桌上除了装盛满了冷水的水壶，没有别的东西可喝。任何一顿饭，都没有任何人说话。所有的乘客都显得郁郁寡欢，心事重重。没有交谈，没有笑声，没有社交，除了吐口水——吃完饭后，会有一群人静静地围坐在炉子边吐口水。每个人都无精打采、蔫头耷脑地坐着，吃饭也只是自然需要，绝不带任何娱乐和享受。他们在阴郁的心情中狼吞虎咽，吃完了又闷闷不乐地离开。要不是观察他们好久，猛一看，你可能会觉得那些人就是之前累死在书桌前的记账员的阴魂，那些记账员做事、算计的样子跟这些人如出一辙。殡仪从业者都比他们活泼得多，丧宴的饭都比船上的饭更有节日的欢快气氛。

第十一章　乘坐向西行驶的汽船从匹兹堡到辛辛那提

船上的人都相差无几，根本没有丰富多彩的性格差异。他们出行的原因差不多，言谈举止差不多，甚至连无精打采的样子也都差不多。整个一张长桌望过去，很少有人能与众不同。能坐在一个十五六岁、滔滔不绝的小姑娘对面，是一件多么欣慰的事。绝不夸张地说，她完全没有辜负上天给她的安排，因为在那些打扰包厢里昏昏欲睡的女士的"话匣子"里，她肯定是第一个也是最活跃的一个。紧挨着她坐着的是一个很漂亮的姑娘，就在桌子那一端，这个漂亮姑娘与她旁边的留着黑色连鬓胡子的男人是夫妇。他们结婚才一个月，要去遥远的西部定居，那男人在那里已经住了四年，可是她一次都没有去过。有一天，他们的马车翻了（这在不常见翻车的地方，是一个凶兆），男人的头还包着纱布，看得见一个新疤痕；她也受了伤，昏迷了好几天，才苏醒过来不久，眼神里刚恢复了光彩。

桌子再远的那边，坐着一个人，目的地比那对夫妇还要远好几英里——去"改进"一个新开发的铜矿。他要掌管整个村庄（当时还不是事实）：几间村舍、一个熔铜的设备。他带着他的人，一部分是美国人，一部分是爱尔兰人，都挤在下层甲板上。前天晚上，他们在那一会儿打枪，一会儿唱圣诗，一直玩到深夜。

他们和一些在桌边待了二十分钟的人，一同站起来走开了。我们也站起来，穿过我们的小包间，又在外面幽静的长廊里坐下来。

这是一条宽阔的河，有些地方会比其他河段宽些，通常会有一座树木繁盛的绿洲，将河水分流。偶尔，我们也会在小城镇或村庄（我应该说"市"的，这里每一处都叫"市"）稍作停留，可能是往船上运木材，也可能是让乘客上下船。河岸的绝大部分都深远幽静，岸上绿树成荫、枝繁叶茂。船前行了几英里，几英里，又是几英里，这段孤寂的路竟然一直没有出现任何人类生命迹象或人类足迹踏入，也没有见树林间有任何东西在活动，除了冠蓝鸦，它们纤细娇弱，像是翩翩起舞的鲜花。较远处有一座小木屋，周围有一小片空地，木屋在高地上若隐若现，只见一缕袅袅青烟扶摇直上。木屋在一片长得不怎么样的麦子地一角，麦子地里净是些影响美观的树桩，好像是屠宰墩一样。有的地方刚刚清理出来：砍倒的树还躺在地上，木屋也是上午才开始盖。我们路过这些新开发地时，居民挥舞着他的斧头或锤子，看着我们这些外来人，眼神里充满了希望。孩子们从临时茅屋里爬出来，击掌大喊，那茅屋就像在地上支起的吉卜赛帐篷一样。狗只是环视了我们一周，又抬头看看主人，好像它现在被剥夺了日常工作的权利，百无聊赖。前面的风景也是一成不变的：河水冲垮了河岸，高大的树栽倒进河里。有些树已经倒了很久了，现在只剩下干枯、灰色的树干。有一些树刚刚倒下，根上还带着土，树枝部分浸在水里，甚至长了新芽。有一些在你看着它们的时候就往下滑。还有些树在水里泡了多日，它们褪色的树枝从急流中伸出来，就像是想要抓住船、把船拖入水里一样。

穿行在这样的景色中间，反应迟钝的机器还在发出愤怒的咆哮，船桨每转动一圈，机器就发出一声高压的爆炸声，人们也许会想，这声音大得都够把沉睡在巨大墓丘里的一群印第安人吵醒了。那些墓丘年代久远，橡树和别的树已经在墓丘上扎根了，同时，墓非常高大，就像小山一样，即便在一群真的小山中间，它也毫不逊色。几百年前，那些部落曾无忧无虑地生活在这里，浑然不觉白人的存在，现在已经无影无踪。现在，这条河好像也和人们一样在感慨唏嘘，于是在靠近墓丘的地方泛起涟漪。俄亥俄河的水花没有一处能够像格来福溪丘①的水花这样闪亮。

---

① 格来福溪丘：美国最大的圆锥形墓丘之一，高19米，直径73米，为阿登纳文化的一部分。公元前250年到公元前150年，以俄亥俄河谷为中心的早期北美洲印第安人建造了这些墓丘，搬运了6万多吨土。地点在西弗吉尼亚州的芒兹维尔，靠近俄亥俄河河岸。

第十一章　乘坐向西行驶的汽船从匹兹堡到辛辛那提

这些就是我刚才坐在船尾的长廊时看到的风景。此刻夜幕降临，眼前的万物也变换了风景，这时，几个移民开始下船。

下去的是五个男人、五个女人和一个小女孩。他们所有的行李就是一个包、一个箱子和一把旧椅子——一把旧的、高椅背的藤椅，这把椅子本身就像一个孤独的移民。他们划着小船上岸，因为靠岸地方的水太浅，汽船只能远远地等着小船回来。这些人停靠在一个高高的河岸脚下，河岸上面有几座小木屋，走过一条弯弯的小路就能到。暮色渐浓，夕阳依旧鲜红，洒在水面上、落在树梢上，像是燃起熊熊大火。

男人们先下船，再帮着女人们下船，然后帮着拿行李、箱子、椅子，又跟划船的人道了别，将船使劲一推，小船便向回行驶。船桨划进水面的第一下时，那群人里一个年纪最大的妇人在旧椅上坐下来，靠着水边，一言不发。虽然那箱子足够让好几个人坐的，但是没有人坐下。他们都站在上岸的地方，好像石化了一样，目送着小船越漂越远。就那样，一言不发、一动不动地保持了好久：老妇和她的旧椅子在中间，靠岸放着包和箱子，所有人都目不转睛地盯着小船。小船很快便划回来，船上的人登上甲板，汽船发动机启动，又开始轰轰作响、向前行驶。从望远镜里我能看见岸上的人依旧站着，也没有挥手。船开得越来越远，光线也逐渐变暗，那些人看起来就像一个个小黑点，原地不动：坐在旧椅子上的老妇，就像定格在那个画面里。渐渐地，他们消失在我的视野里。

夜幕深沉，树林茂密的河岸更是给夜色披上了一层黑纱，我们就在其中行驶着。在枝繁叶茂、昏天黑地的迷宫里行驶了好长一段时间之后，我们终于来到一片开阔的地方，在这里，高高的树正在熊熊燃烧。火红的光透出枝叶的剪影，一阵微风吹来，搅乱了这画面，枝叶似乎在大火里蓬勃生长起来。这景色就像是我们在传说里读到过的魔法森林，但我们眼睁睁地看着大自然的鬼斧神工就这么可怕地、孤零零地消逝了,有点悲伤,又想到,要有多少光阴,来了又去,才能让这片土地再现生机。尽管沧海桑田,那天终究会到来,如转世再生,孕育了几个世纪的生命终会破土而出。很久很久以后,不知疲惫的人们仍会来到杳无人烟的地方,而他们的朋友可能正在遥远的城市中卧床而眠,有可能那个城市现在在波涛滚滚的大海之下。那个时候,书里的语言我们现在还没听过,但对于他们来说却已经非常古老。他们会在书里读到原始森林,未经砍伐的森林;还会读到丛林——从未出现过人类足迹的丛林。

午夜和睡意将这些景色和思考一扫而光,当晨光闪耀的时候,一个生机勃勃的城市的屋顶泛起了光亮,不一会儿,汽船停靠在铺砌过的码头旁,周围还有其他汽船、旗帜、转动的轮子、嘈杂的人群,热闹得就好像方圆一千英里之内都不会有寂静的孤地。

辛辛那提是一座美丽的城市:熙熙攘攘、车水马龙、生机盎然。让陌生人第一眼就能喜欢上它:房屋红白相间、整齐洁净;道路铺砌归整,人行道的砖明亮可鉴。进一步了解它后,我还是对它兴趣盎然。街道宽阔、空气爽朗、商铺赏心悦目,住户们干净整洁、举止优雅。后来看到的一些建筑,风格标新立异,讨人欢喜,在过去几天一直待在船上无聊至极的人眼里,绝对是让人心旷神怡的景色。这也证实了:爱美之心,人皆有之。树木与园艺让这些别墅魅力四射,花园内的布局也令经过的人怡然自得、流连忘返。我沉醉在小城和邻郊奥本山的景色中,如痴如醉——从奥本山上俯瞰坐落在低矮环山间的市区,像一幅光芒四射的画,为小城增色不少。

我们到达的第二天,正赶上禁酒大会在这里召开,一大早我就有机会看游行队伍经过我们的酒店。游行的人群有好几千人,包括华盛顿禁酒协

第十一章 乘坐向西行驶的汽船从匹兹堡到辛辛那提

会分会的成员。队伍由几名骑马的军官带领,这些军官轻快地穿梭于队伍的前前后后,颜色明亮的领巾与丝带在他们身后欢快地随风飘扬。还有伴奏的乐队和数不胜数的旗帜,整个场景就像过节一样喜庆。

能看到爱尔兰人,我甚是欢喜。他们总是独树一帜,系着绿色的领巾、举着代表国家特色的竖琴①,并且将马太神父的画像高高举过头顶。他们一如既往地快乐,同时又辛勤工作,不管有多困难,总是欣然接受。所以,我认为他们是那里最独立的人。

制作精美的旗帜,在街道上迎风飘扬,成为当地一景。图案有击石、有流水,有拿着大斧的(旗手肯定会说"大斧")戒酒的男人,对准一条明显要从一个酒桶顶上扑到他身上的蛇的要害。游行到这儿,最主要的特点就是一个充满寓意的船:一面是酒之号,锅炉熊熊燃烧,突然爆炸;另一面是禁酒号,顺风前行,船上的船长、船员和乘客都怡然自得。

环城一周之后,游行队伍聚集到指定地点集合,跟节目单上印的一样。有一群来自不同免费学校②的孩子们迎接他们,给他们唱禁酒歌。我没能及时赶上去听这些小歌手唱歌,也没能对这种新鲜的娱乐形式(至少对我来讲是新鲜的)进行报道,但是我发现:在一块大的空地上,各个禁酒协会的成员都在各自的旗帜下聚集,安静地倾听讲演。从我能听到的部分来说,这些讲演都是为这次大会而特别写的,如果非要扫兴地说,真的是如凉水一样平淡。但是主要的是这次活动以及全天出现的观众实在令人钦佩,让人充满希望。

辛辛那提的免费学校远近闻名、令人尊敬,免费学校数量之多,使得

---

① 爱尔兰国徽为一个竖琴的形象。
② 殖民地时期的美国,没有向儿童开放免费学校。自19世纪40年代开始,出现了与美国现代公立学校类似的学校。当时,美国北部各州的大部分选民认为,创建由州政府规定并由地方管理的免费学校是明智的选择。

每个孩子都有受教育的机会,每年平均有四千名小学生受益。我只在上课时间内参观过其中的一所学校。在男校部,都是些家境贫寒、邋邋遢遢的孩子(他们的年龄是六岁到十二岁)。校长打算临时考学生代数,要让我在这门学科里挑错,我毫无信心,于是如实相告,婉言谢绝。在女校部,有老师提议让学生朗读。我觉得我还能大体应付一下,于是决定听一堂课。发过书后,大约有六个孩子,每人轮流读几段英国史。然而这一过程却枯燥无味,书的内容远远超过她们理解的范围,有三四段与《亚眠条约》①相关,她们读的时候不停地磕巴,读其他类似内容但同样是庞大的历史话题时,也是磕磕绊绊(显然,单词都理解不了几个),我只得赶紧表达了满意之情。很有可能她们只是为了让我惊叹才匆忙地攀上了高尚的"学习之梯",其他时间一直都在低处徘徊,而我若能听到她们在更简单的课上、都能理解的课上练习,我应该会更加满足。

这里的法官和我在别处见到的一样,人品高尚、功成名就。我在这里的一个法庭里待过几分钟,觉得它跟我之前描述过的其他法庭并无大异。一个棘手的案子正在审理中,旁听的人不多;证人、律师、陪审团就像家庭聚会一样围成一圈,显得足够轻松愉快。

这个地方的人们受教育程度高、彬彬有礼。此外,这里的景色赏心悦目。辛辛那提的居民对他们的城市引以为傲,认为这是全美国最有趣的城市,这也是有道理的:这个城市美丽大方、蒸蒸日上,人口有55000人,但这片土地从开始有人类定居到现在也不过250年,这里的居民零零散散地居住在河畔小木屋里。

---

① 《亚眠条约》:1802年3月27日,法国及其盟国西班牙、巴达维亚共和国(荷兰)同英国在法国北部的亚眠签订的和约。

第十二章

乘坐另一艘汽船从辛辛那提到路易斯维尔①
换乘另一艘船从路易斯维尔至圣路易斯②

我们乘坐"派克号"汽船于中午十一点离开辛辛那提,去往路易斯维尔。因为这是一条运邮件的邮船,所以比我们从匹兹堡来时坐的那条好很多。全程不会超过十二三个小时,我们计划当天晚上就上岸。既然有机会在岸上睡觉,我们就没必要非得在船舱里睡了。

船上恰好有一位印第安乔克托族③的酋长,叫皮奇林恩。他递给我一张名片,我很高兴,与他聊了很久。

他英语讲得非常好,尽管他说是成年之后才开始学英语。他博览群

---

① 路易斯维尔:美国肯塔基州的最大城市,面积1032平方公里,人口70万。与印第安纳州只有一河之隔,为俄亥俄河南岸的主要港口城市。
② 圣路易斯:美国密苏里州东部大城市,为美国第十八大城市。位于美国最长的密西西比河中游河畔,美国大陆本土的中央,几乎位于美国的几何中心,地理位置上极具战略意义。
③ 乔克托族:又译为"巧克陶"族,是美洲印第安原住民中的文明化五部族之一。早期分布于美国东南部(现今的密西西比州、佛罗里达州、亚拉巴马州、路易斯安那州)。现在主要分布于密西西比州、加利福尼亚州、俄克拉荷马州、得克萨斯州、亚拉巴马州及路易斯安那州。

书，对斯科特①的诗印象最深：尤其是《湖上女》的开场白和《玛密恩》中的战争场面，毫无疑问，这些都与他意气相投，他从中得到了巨大的兴趣和快乐。他对所有读过的东西都有恰到好处的理解，对于那些唤起他共鸣的小说，他的感情都是强烈的、真诚的，甚至是猛烈的。他穿着日常的服装，松散地显现出他优美的身材，又有一种闲云野鹤的气质。当我说很遗憾没能看见他穿民族服装时，他抬起右臂，好像挥舞某种重型武器一样，之后又把胳膊放下来，一边说，除了服饰，他们这个种族失去的太多了，可能再也见不到了。但是他自豪地补了一句，他会在家里穿民族服装。

他告诉我，他离开西密西西比的老家已经17个月了，现在要回去。此前，他主要待在华盛顿，参与他们部落与政府之间一直未解决的谈判，还没有达成结果（他说这句话的时候很难过），他害怕永远也不会有结果了：寡不敌众的穷印第安人何以能对付那群精于算计的白人？他一点儿也不喜欢华盛顿，很早就厌倦了城市，一心只想回到森林和草原。

我问他怎么看待国会，他笑笑回答说，在一个印第安人来看，国会需要尊严。

他说，他很想在有生之年能到英国看看。他饶有兴致地讲了要去英国看的东西。我跟他说在大英博物馆的陈列室内保存着几千年前就消失的一个民族的日常用品，他听得专心致志。不难察觉，他想到了日渐衰落的本族人。

由此，我们又聊到卡特林②先生的画廊，他对卡特林大加赞赏：他自

---

① 沃尔特·斯科特（Walter Scott，1771—1832）：英国诗人、小说家。出生于苏格兰首府爱丁堡的一个没落的贵族家庭。两岁时因患小儿麻痹症而跛脚，终生残疾。19世纪初，开始从事文学创作。

② 乔治·卡特林（George Catlin，1796—1872）：美国画家、作家、旅行家。主要画印第安人肖像。

第十二章　乘坐另一艘汽船从辛辛那提到路易斯维尔　换乘另一艘船从路易斯维尔至圣路易斯

己的画像也在其收藏之中，所有的肖像都很高贵典雅。他又称赞库柏①将印第安人画得很好，他说我要是也能跟他一起回家去打水牛，我也能写得和库柏一样好——他特别希望我能去呢。我告诉他，即便我去了，我也不会伤害水牛的，他听后会心一笑。

他相貌英俊，依我看，有四十多岁，长发乌黑发亮，鹰钩鼻，脸颊宽阔，肤色黝黑，眼神明亮、犀利而深邃。乔克托族现在仅剩下两万人了，而且还在每天减少。他的兄弟酋长里有些人已经开始接受城市文明，跟白人接触，因为这是他们唯一的出路。但这样的人并不多，大多数人的生活一如既往。他不止一次地解释：除非是他们主动想要被征服他们的人同化，否则他们一定会在文明社会的大踏步到来之前被消灭殆尽。

当我们握手道别时，我跟他说，既然他那么想来英国，那就一定要来。我希望有一天能在英国再见到他，我向他保证，到时候我一定会热情招待，让他宾至如归。他听到我这样的保证显然满心欢喜，但是他只是微笑了一下，往旁边一甩脑袋，说，英国人过去倒是很喜欢印第安人，可是，那是用人朝前，不用人朝后啊。

他走了，姿态庄严、堂堂正正，是我见过的人里面最有绅士风度的一位，船上的人与他相比，就好像是另外一种人。分别后不久，他给我寄来一个他本人的石印画像，栩栩如生，只不过不如本人英俊。为纪念我们短暂的相识，我将此物妥善收藏。

今天途经的景色索然无味，就在这样的景色中，我们于午夜到达路易斯维尔。我们住在一个名叫高尔特的酒店，这家酒店富丽堂皇得好像是在

---

① 詹姆斯·费尼莫尔·库柏（James Fenimore Cooper, 1789—1851），出生于新泽西州的伯林顿。他出生一年后，父亲把他带到纽约州中部奥茨高湖畔的库柏镇。镇子附近未开发地上残存的印第安人以及关于印第安人的传说，给库柏留下了深刻的印象，并促使他日后第一个在长篇小说中以印第安人为题材。

巴黎，而不是在离阿里根尼①几百英里的地方。

这座城市里景色乏善可陈，我们没有什么可留恋的，于是决定第二天乘另一艘名为"富尔顿号"的汽船继续前进。这条船因为要穿过一条运河，会稍作耽搁，我们将在中午的时候到一个叫波特兰②的郊区登船。

吃过早饭后的间隙，我们决定在市里骑车逛逛，我们常骑车，也很开心。街道横平竖直，树木青翠。由于燃烧烟煤，建筑都被熏得黑乎乎的，但是一个英国人对此司空见惯，没什么资格去指责。城市里做生意的不多，一些未完工的建筑和装潢似乎在暗示着这个城市现在正在承受建设过剩、发展势头太猛而造成的后果。

在去波特兰的路上，我们路过了一个地方法庭，看着一点儿也不像司法的机构，倒像是个贵妇学校——一个面朝街道的很不正规的接待室，里面坐着两三个人（我猜是地方法官和他的下属）晒着太阳，无精打采、行动散漫。这就是正义之神因无客上门而退休的样子：把剑和天平都卖了，闲适地把腿搭在桌子上，打着盹儿。

这里也和别的地方一样，路上到处都是大猪、小猪，它们要么躺在各个角落呼呼入睡，要么就是哼哼着寻找美食。对于这样奇怪的动物，我总会心生怜悯，百无聊赖的时候，就看着它们的一举一动，感觉无限欢乐。我们上午骑车的时候，看到两只小猪之间的一个冲突，它们就像人一样可笑古怪，无可名状，毕竟，单靠说还是很平淡无奇的。

一位年轻的猪先生（一只小巧的猪，鼻子上粘着几棵草，看得出来它刚刚在粪堆里进行过调查）步履姗姗，做沉思状，这时，它的哥哥——之前躺在泥坑里，所以猪先生没有看见——突然站起来，瞪大了眼睛，满身

---

① 阿里根尼：位于美国东北部，以俄亥俄州的河流命名。
② 波特兰：美国俄勒冈州最大的城市。

第十二章　乘坐另一艘汽船从辛辛那提到路易斯维尔　换乘另一艘船从路易斯维尔至圣路易斯

污泥，形同鬼怪，把猪先生吓了一大跳。从来没有一只猪像它一样受过如此惊吓，血液好像都凝结了。它先是向后退了一米，盯着那位看了一会儿，然后就拼了全力跑走了，身后的小短尾巴就像一个乱了弦的钟摆一样使劲摆动。没跑多远，它就开始冷静思考那个东西究竟是何方妖怪，它边想边放慢了速度，最后停了下来转过身。它这才意识到，那是它哥哥，直到现在还是浑身污泥地站在阳光下，从刚才的那个坑里往外看，明显是被它刚才奔跑的速度给惊叹到了。它立刻明白了，你甚至可以说，它像人一样用蹄子挡着眼睛为了能看得更清楚。然后它绕了个圈跑回来，扑到哥哥身上，飞快地咬下了一小块尾巴，就像是警告它要小心点，再也不要对家里人搞恶作剧。

我们在运河中发现了汽船，汽船正在等着过闸的缓慢程序。我们上船不久后就有人上门拜访，他算得上是肯塔基州巨人，名叫波特，不穿鞋的话，身高都有七英尺八英寸[①]。

没有任何一种人能够像这些巨人一样对历史撒了弥天大谎，所有的编年史家都残忍地中伤这些巨人。但巨人们并没有穷凶极恶、杀人放火，相反，他们是你所认识的人里面最温和的一类：喜欢牛奶和蔬菜，逆来顺受。他们的性格和蔼可亲、温顺善良，这是显而易见的，我承认，那个因为杀害这样无辜的人而出名的年轻人[②]，在我眼里，就是一个虚伪的强盗，假装心慈好善，背地里只想着巨人们城堡里存的财宝，一心念着如何把它们抢到手。并且，我发现即使英雄史方面的历史学家，即使是特别偏向那位年轻英雄的历史学家，也不得不承认，被杀的巨人都是天真纯洁、心意

[①] 约为 2 米 33。
[②] 在英国童话《消灭巨人的杰克》(Jack the Giant-killer) 中，杰克是一个聪明又勇敢的少年，他智斗作恶的巨人，最终将巨人杀死。下文"威尔士巨人"也是由这段故事引申而来。

虔诚，轻易相信哪怕是胡编乱造的故事，容易掉入陷阱，就像房东一样待人热情如火（如威尔士巨人），即使客人明显像流浪汉一样精通于各种骗术，他们也不会跟外人讲。诸如此类的发现，让我更加偏向我之前的那个观点。

　　这位肯塔基州的巨人便是以上观点的一个例证。他的膝盖附近很柔软，脸上总是一副深信不疑的表情，还央求一个五英尺九英寸①的人给他鼓励和支持。他只有二十五岁，直到最近几年才开始疯长，因为发现裤子②需要加长。他十五岁的时候还是个矮个子，当时，他的英国爸爸和爱尔兰妈妈经常奚落他，因为他太矮而让家族丢了脸。他还说他的身体并不好，尽管和以前相比已经大为改观，矮个子们都偷偷说他是喝酒喝得太多。

　　我得知他是赶马车的，尽管很难想象他那么高的个子是怎么做到的。除非他站在车后的踏板上，俯卧在车顶上，下巴贴着车厢前端。他随身带着枪，当作把玩件。

　　如果把这把枪命名为"小来复枪"，再摆到商店的展示窗里，霍尔本③里任何一个商贩都能发一笔大财。他露了一面再聊了一会儿之后，就带着口袋里的枪离开了。他在一群站得直挺挺也才只有六英尺④的人们中间弯着身子往船舱走的时候，就像一座明亮的灯塔走在一排昏暗的街灯中间一样。

　　几分钟之后，我们的船就开出了运河，再次来到了俄亥俄河。

---

　　① 约为1米50。
　　② 此处原文为"his inexpressibles"直译为"他的不能说的东西"。在维多利亚时代，依据当时的伦理道德，禁止上层社会直接提及胸部以下的部位，很多东西便使用委婉语如 inexpressibles（难以言传的东西）或 unmentionables（不便提及的东西）来替代。狄更斯在避免使用某些衣物名称方面驾轻就熟。
　　③ 霍尔本：伦敦中心区。
　　④ 约为1米80。

第十二章　乘坐另一艘汽船从辛辛那提到路易斯维尔　换乘另一艘船从路易斯维尔至圣路易斯

这条船上的安排和"信使号"上的类似，乘客们也都如出一辙。我们在一个时间吃饭，吃同样的食物，表情举止同样的呆滞迟钝，规矩也都相同。左右相伴的人也都隐藏着巨大的秘密，显得苦大仇深，根本没有一丝高兴或者轻松的神情。我生平从没见过饭桌上能有这么有气无力、萎靡不振的人：就连回想当时的情况，也会把心情拉至谷底，使我一度闷闷不乐。在小船舱里，我蜷缩着，用腿当桌子在上面读书写作，这个时候我特别害怕过会儿就要去吃饭了，如果能从饭桌上逃出来，我就又再次欢喜起来，吃顿饭好像是苦行或者惩罚似的。欢快和高兴的气氛本是宴会的一部分，我可以和勒萨日①描写的流浪演员一起用面包蘸着泉水吃，沉浸在欢乐的气氛里。但是现在坐在这里，同一群神经麻木如同动物的人一起，像例行公事一样吞咽食物，将耶胡②的食槽里的东西尽快消灭，然后再闷闷地走开，让这一社交盛事只剩下满足自然欲望的作用，同我的本性背道而驰，所以我真的认为关于这些如同葬礼一样的进餐回忆是我一辈子挥之不去的阴影。

这条船上也有让人欣慰的事，并且是另一条船上没有的：船长生性耿直、温和，旁边依偎着仪态万千的太太，看起来活泼可人，正如很多同我们一起坐在桌子一端的其他女性乘客一样。但是什么也不能抵消整体乘客带来的压抑感。他们就好像有一种在专门吸引枯燥无聊的磁场一样，赶走了世界上最诙谐可笑的气氛。开个玩笑可能就是犯罪，一个微笑会演变成阴森的冷笑。这么死气沉沉、呆头呆脑的人，这么机械单调、令人厌烦到

---

① 勒萨日：阿兰·勒内·勒萨日（Alain Rene Lesage，1668—1747）是法国18世纪初期的重要作家。喜剧作家，也是小说家，主要作品有：《朴卡雷》《吉尔·布拉斯》。在《吉尔·布拉斯》中描述过一个流浪的演员用面包蘸着泉水吃下去的场景。

② 《格列佛游记》中的慧骃国的居民分为状似野兽的"耶胡"和有智慧、会说话的慧骃两类。"耶胡"代表了人类的贪欲和败坏，而慧骃则生活在原始的善良社会。不言而喻，如果人类堕落下去，将与动物无异，那是多么可悲啊！

不能忍受的人，这么一大群根本没法领会"亲切、快活、真诚、健谈或诚心"的人，自从被上帝制造出来以后就肯定再也没在别的地方聚到一块儿——却全都凑到船上了。

景色也同样让人高兴不起来，船渐渐开到了俄亥俄河跟密西西比河的交汇处，这里的景色让人十分扫兴。树木发育不良，河岸低矮扁平，居住处和小木屋零星散落，当地人是我们见过的最苍白、最疾苦的人。天空中没有鸟儿欢唱，没有香气，也没有因为云彩飘动而带来的光影交错。日复一日、一成不变的炽热的天空一刻不息地炙烤着地面上千篇一律的景物。年复一年，河水身心疲惫地潺潺流动。

我们终于在第三天来到了一个地方，是我们见过最荒凉的地方，以至于我们之前见过的荒郊旷野都充满了生机。在两河交汇处，地面平坦低洼，在一年中的某个季节里，屋顶会被洪水淹没，热病、疟疾甚至死亡在这里肆虐。在英国，这里却被吹嘘为矿藏着黄金，吸引人投资，最后，口口声声地保证却导致人们倾家荡产①。一片可怖的沼泽上有几座盖了一半几近坍塌的房屋，这一块那一块清理出来的地方，密密麻麻地长着有毒的植物，遮蔽了阳光。受到诱惑的流浪汉来到这里，却不幸陷进沼泽，命丧黄泉。可恶的密西西比河在眼前泛起泥泞的旋涡，转向南流，就像一个面目狰狞的魔鬼。这是疾病的温床，是丑陋、绝望的坟墓；一个从水里到地上再到空中没有一样是让人称赞的地方——开洛②。

但要用什么字眼来形容密西西比呢？它是万河之父，没有任何子孙同它一样。它像一个庞大的沟渠，有的地方有两三英里宽，里面流淌着泥

---

① 现属伊利诺伊州。就是狄更斯小说《马丁·瞿述伟》（也译《马丁·朱述尔维特》）里的伊甸土地开发公司的所在地。《马丁·瞿述伟》发表于1843年至1844年。
② 开洛（Cairo）：美国伊利诺伊州最南部的亚历山大县的县治所在。

第十二章 乘坐另一艘汽船从辛辛那提到路易斯维尔 换乘另一艘船从路易斯维尔至圣路易斯

浆,时速六英里;在有粗壮的大树和整片森林的地方,滔滔河水就会受阻。有时,这些树木被制成大的竹筏漂在水上,从缝隙里浮出混有菅茅草的、松散的泡沫;有时像怪物的尸体一样滑过,盘根错节如暗淡无光的头发;有时像一个个硕大无比的水蛭;有时又像受了伤的巨蟒在小旋涡里翻滚。这里河岸低矮,树木短小,沼泽里挤满了青蛙,凄凉的小屋零星分布,居住的人两颊深陷、肤色苍白,天气酷热,蚊虫无孔不入,泥浆沾满了各个地方。没有一处是让人舒心的,只有每天夜晚划过黑暗天际的闪电。

我们在这淤塞的河水中艰难地前进了两天,不断撞到浮木,要么就是要停下来躲避断枝或者漂浮的树这些更危险的障碍物,树根在河水下面,难以察觉。当夜色深沉,瞭望员会站在船头,依据波纹的样子判断前方是否有障碍物,若发现危险便拉动身旁的警铃,向发动机传递停止作业的信号。几乎每个夜晚警铃都会响起,每响一下都会伴有一次撞击,让人难以入眠。

这里的夕阳美不胜收,天边被染成了金红色,蔓延开来。太阳在河岸背面缓缓落下,夕阳的余晖将河岸上的每一棵小草都照得光彩夺目,就像叶子上的纹路一样清晰;太阳落下,河面上赤红、金黄的光芒也逐渐失去光泽,好像它们也随着太阳一样沉入水底;所有的光艳被夜晚的阴沉渐渐侵蚀;这一景色又给此地增添了几分孤寂凄凉,眼前的一切也随着天空昏暗下来。

我们在河上的时候就喝泥水。当地人认为这很卫生,但是这水比粥还浑浊,我只在过滤厂见过这样的水。

在离开路易斯维尔的第四个夜晚,我们到达圣路易斯。我在这儿目睹了一个故事的结局,本是鸡毛蒜皮的小事,但是看着却很有趣,使得我整个旅途中都兴致盎然。

船上有一个身材娇小的女人，抱着一个婴儿，不论是她还是婴儿都长相甜美、神情愉悦、眼神明亮、皮肤白皙。这位小妇人之前离开在圣路易斯的家来到纽约与患病的母亲待了一阵子（那个时候她已经怀孕），这个女人真心爱着自己的丈夫，也愿意这么做。她在结婚后一两个月便离家，在母亲家里生了孩子，已经一年没有见到丈夫了，现在就要回去和他团聚。

是的，肯定不会再有别的妇女像她一样这么满心希望、柔情似水、爱意绵绵又归心似箭的。她一整天都在想：他是否会去码头接她？他看没看到她的信？如果她叫别人把孩子送上岸，他是否会知道并且到街上去接孩子？考虑到他从未见过孩子，这在理论上讲不太可能。但是对于一位年轻的母亲，什么都是可能的。她是多么质朴纯真啊，总是充满阳光和希望、喜气洋洋，将她的心头事表露无遗，所有女乘客都关心起她来，船长也从老婆那里听说此事，开始问寒问暖。绝不夸张地说，每次吃饭，船长就好像健忘似的，都要问起她到了圣路易斯是否有人接她，是否会在到达当晚就上岸（他觉得她不会），也不说那么多冷笑话了。还有一个满脸皱纹的老太太，脸就像干瘪的苹果一样，乘机对于"两地分居时，丈夫是否还会忠诚"表示怀疑；还有一位带着宠物狗的女士，年纪大到已经可以就"人性的朝三暮四"进行说教的程度，但是还能帮着时不时照看下婴儿，当小妇人用孩子爸爸的名字叫孩子时，开心地问孩子关于丈夫的各种光怪陆离的问题时，这位老妇人还会同其他乘客一起欢笑。

离目的地还有不到二十英里的时候，孩子需要睡觉了，这对于小妇人来说可以算是个打击。不过她生得一副好脾气，往头上系了一条手帕便同其他乘客一起去长廊了。俨然，她成了人群中的焦点，已婚的女士们开着

第十二章　乘坐另一艘汽船从辛辛那提到路易斯维尔　换乘另一艘船从路易斯维尔至圣路易斯

令人捧腹的玩笑，单身的人也能够心领神会。小妇人每听到一个笑话都笑得前仰后合，几乎快要笑出眼泪，笑声像钟声一样清脆！

最后，我们终于看到了圣路易斯的灯光，看到了码头，看到了台阶。小妇人用手捂着脸，似笑非笑地跑进房间，关上门。她兴奋得上气不接下气，我毫不怀疑她会把耳朵堵住，唯恐会听到丈夫在喊她，但我并没见她这样做。

然后，有一大群人蜂拥上船，尽管船还没有停稳，还在其他船中间寻找一个停泊位。几乎每个人都在找她的丈夫，却没人见到。突然，只见她搂住了一位样貌俊朗、身材健硕的年轻人的脖子！（天知道她是怎么跑到那去的）之后，她又欢天喜地地拍着小手，拉着他穿过小房间的小门，去看那熟睡中的宝宝了。

我们来到一个叫"种植者之家"的大酒店，建得像英国的医院，有长长的走廊和光秃秃的墙，房间门上都有天窗，便于空气流通。宾馆内房客很多，灯火通明。我们驱车赶到时，从街上透过窗户看到里面耀眼的灯光，好像正在欢庆节日一样。这是一个非常不错的酒店，经理细心周到，客人也宾至如归。一日，我和太太在房间内单独进餐，我数了数，桌子上共放了十四道菜。

在城里的法属殖民地区域，街道狭窄而曲折，一些房屋建得怪诞又独特：木屋构造，窗户前面有摇摇欲坠的走廊，只能由连着街道的台阶或者梯子才能上去。这片街区还有奇怪的理发店和酒馆，数不清的装着闪闪发光的窗户的怪屋，就像在佛兰德斯①看到的一样。一些古旧的房屋，阁楼

---

① 佛兰德斯：西欧的一个历史地名，泛指古代尼德兰南部地区，位于西欧低地西南部、北海沿岸，包括今比利时的东佛兰德省和西佛兰德省、法国的加来海峡省和北方省、荷兰的泽兰省。

房顶上开着三角天窗，样子很像法国人耸肩的样子，随着时间的流逝越来越歪，看起来像是在歪脖子，好像是因为看到美国人的改进而惊骇失色似的。

无须说，这些改进包括了码头、仓库、四面八方的新建筑，以及正在规划中的宏伟蓝图。已经有很多美轮美奂的房子、宽阔的街道和大理石门面的商铺快要完工了，这座城市可能在未来几年内要大兴土木，但是在气质和美观方面，却不可能和辛辛那提媲美。

由早期法国定居者引入的罗马天主教现在在这里广为流行。几个公共机构里有一个天主教耶稣学院，一个圣心天主教女修道院和一个学院下属的大教堂，我到访的时候教堂仍然在建，预备在转年12月2日奉为神用。教堂的建筑师是学院的神父之一，整个工程都由他一个人来指挥。教堂的风琴将会从比利时运来。

还有一个罗马天主教堂，是奉献给圣方济各·沙勿略①的，还有一座医院，是一位已故的居民捐建的，他曾是教会成员。这个教堂还往印第安人中派传教士。

在这样的郊外，就像在美国大多数地方一样，神一体派教会的牧师是一位富有而杰出的先生。穷人们应当铭记并保佑这个教会，因为它与人为善，并且还为合理的教育事业提供帮助，不涉及任何宗派或私人的利益。不论是大举兴建还是好善乐施，这个教堂都是十分慷慨的。

城内有三所免费学校已建成并全面投入运营，第四所在建并即将开放。

---

① 圣方济各·沙勿略（St. Francois Xavier）：最早来东方传教的耶稣会会士。沙勿略1506年4月7日出生在西班牙纳瓦拉省的哈维尔城堡，死于1552年。他是耶稣会创始人之一，首先将天主教传播到亚洲的马六甲和日本。天主教会称之为"历史上最伟大的传教士"，是"传教士的主保"。

第十二章　乘坐另一艘汽船从辛辛那提到路易斯维尔　换乘另一艘船从路易斯维尔至圣路易斯

没有人愿意承认他住的地方不干净（除非他是要离开了），毫无疑问，在这方面我和圣路易斯的居民之间就会有矛盾了。我会质疑它的气候是否有益健康，我觉得夏秋两季一定易发烧。补充一句：夏秋两季天气很热，多河交汇，周围是一大片没有排水设施的湿地。至于它的卫生条件怎样，我留给读者自己判断。

我一直希望在我这趟旅途结束之前能看看美国的大草原，恰好城里一些热心肠的绅士为了满足我，在我离开之前安排去镜原（草原）远足一次，镜原离城不过30英里。我觉得读者应该很乐意了解吉普赛人背井离乡的远游队的情况，以及他们的活动范围，我将在下一章里描述这次远足。

第十三章

镜原远足——去与归

可以说,"草原(prairie)"一词有各种读法,比如"paraarer""parearer""paroarer",而最后一个发音是最常见的。

我们一共十四个人,都是青壮年。这确实是很奇怪但又是很自然的一点,在千里之外的居留地,大多都是朝气蓬勃的冒险家,几乎没有老人,因为旅途劳累,也没有任何女士。我们于当天早上五时准时出发。

为了不让别人等我,我让人四点把我叫醒。吃过面包、牛奶当作早饭后,我打开窗户,朝街上望,原本以为会看到大队人马沸沸扬扬、准备启程的样子,但是一切都是那么寂静,清晨五点的街上一如往常、毫无生机。于是,我又回床睡觉了。

七点的时候我醒了,那时全队人已经到齐,集合在一个轮轴粗壮的轻型马车旁边。从车轮上的一些东西看出,这是一个由推车改装成的马车,这架两匹马四轮轻型马车年代久远、构造奇怪,甚至有些破破烂烂——车顶上有个大窟窿,车头也破了一块。马背上骑了个赶车夫。我和其他三个人进到了第一辆车上,剩下的人坐在另一辆车里。两个大篮子安放在最轻的车上,两个用柳条篮装着的大石坛(又叫作"细颈坛")被托付给队伍里最安稳的人保管。队伍开始朝着渡船前进,渡船会将我们所有人、车、

第十三章 镜原远足——去与归

马一个个原封不动地搬过去。

我们及时过了河,在一个木制车厢前集合,整个车厢都斜在沼泽里,门上印了"定制服装"四个大字。确定了行进的顺序后,我们又选了路线,然后我们就再次启程,决定穿越荒凉的黑洞,或者用朴实的叫法是"美国底部"①。

头一天的天气不能说是"热",因为"热"这个字在当天的高温面前,显得软弱无力。整个城就像被火烤着,热到感觉天地间都沸腾着火光。但是一到晚上就开始下倾盆大雨,整夜整夜地下,一刻不停。我们的两匹马本都很强壮,但是一路上泥泞不堪,尽是黑泥黑水,一小时也就能走几英里,前进不了多少,倒是明显能发现在泥里陷得更深了。不一会儿多半个车轮都陷进去了,一转眼整个轮轴都陷进去了,再看的时候就只剩下窗户还露在外面了。四面八方吹来的风在耳边作响,伴随着响亮的蛙鸣。那些青蛙和猪(一种丑陋不堪的下等品种,要多难看有多难看,好像是跟这个国家从一个娘胎出来的一样)将我们的窘态尽收眼底。时不时地,我们能看到一些木屋,这些破败不堪的木屋零零散散地分散四处,尽管这里土壤肥沃,却很少有人能够在如此恶劣的环境中生存。在我们前行的路两边(如果这也配叫"路"的话)是厚厚的灌木丛,举目四望,尽是些长满霉菌、发出恶臭的死水。

这里有一个规矩,只要马因为太热而嘴角泛白沫,就会给它一加仑左右的凉水喝,因此,我们在一个前不着村后不着店的小木屋那儿停了一会儿。这是一个旅店。它只有一间屋子,屋子里空荡荡的,顶上有个阁楼。老板是一位皮肤黝黑的壮汉,穿着像床单一样的印花棉布衬衣,一条破破

---

① 美国底部:指伊利诺伊州南部都会东区密西西比河的冲积平原,从伊利诺伊的奥尔顿市一直延伸到卡斯卡斯基亚河。该区域面积约450平方公里。

烂烂的裤子。旁边还有几个小男孩，几近赤裸，在水井旁边懒洋洋地一躺。那些小男孩、老板以及旅店里唯一的旅客，都在看我们。

旅客是位老人，蓄着两英寸长灰白、粗硬的胡子，一样颜色的蓬松的八字胡，眉毛又粗又浓，几乎遮挡住了他看着我们时半醉半醒、惺忪蒙眬的眼。他站在那儿，两手交叉在胸前，看着我们，一会儿踮起脚来，一会儿身子又向后倾。队伍里有人跟他说话时，他身子靠近，一边用手摸着下巴（他用粗犷、棱角分明的手摩擦下巴的时候，就像皮鞋走在石子路上一样），一边说，他来自特拉华州，最近刚在那边买了一个农场，说着，他朝矮树最浓密的一片沼泽指去。他又说，他把家人留在了圣路易斯，他正要去把家人接来。但是他好像并不急于要把这些累赘带来似的，因为我们离开之后，他又晃晃悠悠走回木屋，明显是要把最后一分钱花完了再走的样子。他明显是一个伟大的政客，滔滔不绝地跟我们中的一员讲述他的政见。但是我只能记住他仅说了两点，其中之一就是某某人万岁，另一点是其他人下地狱。关于政治方面的一般信条，这绝对是个精辟的总结。

马喝过水后身体胀到平常两倍的大小（这里似乎有个说法就是这样的，肿胀对于它们行进有好处），我们继续前行，走过泥潭和沼泽，忍受潮湿和暴热，穿过了各种障碍和灌木，身边常有蛙鸣和猪叫相伴，日上三竿时，我们在一个叫贝尔维尔①的地方停下。

贝尔维尔是一个小地方，聚集着各种木制房屋，聚集灌木丛和沼泽地的中间。许多房门都刷上了异常鲜亮的红色和黄色，因为最近有位游走的画家来此，我听说他是"游四海，吃八方"的。刑事法庭开始审判偷马

---

① 贝尔维尔：美国伊利诺伊州西南部的一座工矿城市，位于东圣路易斯东南22.5公里处，建于1819年。

第十三章 镜原远足——去与归

贼。这些贼可能会被判得很重,因为各类牲畜有必要在森林里放养,人们把它们的价值看得甚至比人命还重,基于此,法官会找理由将所有嫌犯判罪,无论他们是否真的犯罪。

律师、法官和证人的马都被拴在路上临时搭起的简易架子上,这根本不是马路,而是森林里的一条路而已,泥浆都已经及膝深。

这儿有一个旅店,如同美国其他旅店一样,它有一个很大的公共餐厅。餐厅构造奇怪,摇摇欲坠,屋顶低矮,并且在整个建筑之外,一半是牛棚一半是厨房,桌子上铺着一块棕色粗帆布,墙上有一个锡烛台,在晚饭时可以点上蜡烛。车夫先前就来准备咖啡和食物,我们到的时候这些东西已经备好。他没有选只包括猪肉和培根的"玉米面包与普通套餐",而选了"全麦面包配鸡肉",这个套餐内容丰富,有烤火腿、香肠、小牛排、牛排和其他食物,搭配丰富,创意十足,配起鸡肉十分美味,深受女士们和先生们的欢迎。

旅店门前有一个马口铁的牌子,上面镌刻着"克罗克斯医生"。牌子旁边贴着一张纸,上面是一份通告,克罗克斯医生将于当晚向贝尔维尔公众做有关颅相学的演讲,每人入场费若干。

趁他们准备鸡肉餐的空当,我在楼上闲逛,碰巧路过医生的房间,房门打开着,里面空空如也,我斗胆朝里头看去。房间内几乎没有家具,也没有让人休息的地方,只有床头挂着一幅没有加框的画像,我觉得画像与医生本人十分相似,额头全部露了出来,画师花了大力气来描绘医生本人的头骨发育情况。床上罩着一块破旧的、打补丁的床罩。房内既没有地毯也没有窗帘。壁炉潮湿,里面没有任何炉架,满是烧过的灰,前面摆着一个椅子和一张小桌子,上面放满了医生的书——六本油乎乎的旧书。

这差不多是全世界任何人都不愿意居住的房间。但是大门敞开着,勾结了椅子、画像、桌子和书一起花言巧语地哄骗路过的人，好像真的在说，"进来吧，先生，进来吧！没有疾病，您马上就会得到健康。克里克斯医生就在这里，这可是万人称颂的克里克斯医生啊！他一路赶来，就是为了还您健康。如果您从没听说过克里克斯，那就是您孤陋寡闻了，谁叫您住在这荒郊野岭的地方呢，这可不是医生的错啊。进来吧，先生，进来吧！"

我下楼的时候，克里克斯就在楼下的走廊里。一大群人从法庭回来，其中一个声音对房东说："上校！给克里克斯医生介绍一下。"

"这位是狄更斯先生，"上校说，"这位是克里克斯医生。"

克里克斯医生是苏格兰人，身材高大，相貌出众，但是作为一位救死扶伤的白衣天使来说，他的样貌显得有些彪悍。他挤在人群里，奋力伸出右臂，尽力冲出人群，说：

"先生，我们是同胞！"

我们握了握手，从他的表情我可以看出，我的样子远远不是他期待的。我当时穿着一件亚麻衬衫，戴着一个大草帽，上面还系着绿丝带，没戴手套，脸上、鼻子上尽是蚊虫叮咬的包，我的样子很可能和他想象的相去甚远。

"在这里待了很久吗，医生？"我问。

"三四个月，先生。"他回答。

"你考虑过尽快回国吗？"我说。

医生并没有回答，但眼神中流露出恳求的神情，明显是说，"您能再说一遍吗？大点声！"于是，我就又问了一次。

"想要不久后回国，先生。"他重复了一遍。

"是的，回国。先生。"我也重复了一遍。

第十三章 镜原远足——去与归

医生环顾四周,看看群众对此的反应,搓了搓手,高声说:

"现在还不是时候,先生。现在还不行。我太爱自由了,哈哈。对于我来说,要离开这样一个自由的国度,可不是那么容易。哈哈哈,不行,不行。除非有义务一定要回去,否则决不回国。"

说到最后,他摇了摇头,又笑起来。旁边的几个人也跟着摇了摇头,笑了笑,互相看看。好像在说,"真是个聪明的家伙!克里克斯真是个一流的小伙子。"我敢肯定当晚有很多人都去听医生的讲座了,尽管他们可能并不了解颅相学,或者,这辈子压根就没听说过克里克斯。

我们继续从贝尔维尔出发,穿过同样荒无人烟的空地,耳边常鸣的也是一刻也不间断的同样的音乐(蛙鸣与猪叫)。直到下午三点,我们又在一个小村庄停下了,这个地方叫作莱巴嫩,我们在这停下给马喂水和玉米,倒是真该喂点吃的了。在马匹进食的时候,我朝村子里走去,在那里,我看到一所移动的大房子,被二十几头牛拉着下山。

这里的公共旅店非常洁净,领队决心尽量晚上回来在旅店过夜。决定了路线,马匹也水足饭饱,我们再次出发,终于在太阳下山之时到达草原。

不知道为什么,也不知道怎样去形容,也许是过往听说的和读到的太多,如今却对草原失望了。夕阳西下,地平线在眼前伸展,一望无际的草原上零星点缀着几棵树,草原绵延直到泛着霞光的天际,在那里,大地与绚烂的晚霞水乳交融,又和远处的蓝天融为一体。打个不知是否恰当的比方:就好像天边有一片没有水的海洋或湖泊,厮守着日月星辰。几只飞鸟在空中高低盘旋,放眼四周,依旧是渺无人踪,万籁俱寂。草儿星星点点,就像在地面上打了补丁,野花也稀稀疏疏,映入眼帘。尽管景色优美,但草原的一马平川与一望无际让人无处遐想,兴致索然。这里根本无法让我感受到苏格兰的荒地，甚至英格兰的丘陵带给我的自由和喜悦。这里确实偏远、荒凉，但是这样千篇一律的不毛之地带来的更多的是压抑。这就是我在穿越草原时的感受。我无法忘记一切，全身心地投入景色中，我本应该醉心于脚下清香宜人的石楠花，或者是远方海岸的悬崖峭壁，但我竟频频地朝远方不断后退的天际线看去，希望能快点到达。眼前的景色的确令人永生难忘，但记起时又并非几多愉悦，也绝无奢望今生再见、来世重逢。

我们在一个孤零零的木屋旁边安营寨扎，因为那儿有水，还能在那块地上吃饭。野餐篮里装着烤鸡、牛舌（顺便说一句，这是一道非常精美的小食）、火腿、面包、芝士、黄油、饼干、香槟、雪利酒，还有做潘趣酒要用的柠檬和糖，以及足够的碎冰。这顿饭真是美味，还有说笑的人，他们真是善良又好脾气。自那之后，即便是在家乡与老友小聚时，我也常能回忆起这次令人愉悦的草原之行，它真的让人难以忘怀。

当晚，我们回到莱巴嫩村，在下午暂作停留的旅店住下。在清洁度和舒适度方面，这里一点儿也不比英国的家庭旅舍逊色。

第二天早上，我五点起床，在村子里随意地溜达：没有人家起床，也许对于他们时间还太早。随后，我又到旅馆后面的一个跟农场差不多的院子溜达，自娱自乐。院子里有一个粗糙的马槽，一个简陋的柱廊，用于夏天乘凉，一口深水井，一个冬天储菜的土墩和一个鸽子窝，跟其他鸽子窝一样，窝上一个个洞口看起来都非常小，看起来似乎那些胖乎乎的、走起路来一摇一摆的肥鸽子很难钻进去，但是它们却不费吹灰之力就进去了。后院逛完了，我又到客栈的两个客厅参观，客厅里装饰着华盛顿和麦迪逊总统以及一个面容白皙的女子的彩色画像。画像中的女人的脸上落了几只苍蝇，好似雀斑；她举着金项链，好似在告诉慕名而来的爱慕者说"她只

第十三章 镜原远足——去与归

有十七岁",尽管,我觉得她的年纪可能更大一些。在最好的房间里,有两张半身油画像,画像中是房东和他襁褓中的儿子,他们两人都像雄狮般威风凛凛,眼神锐利得好像能穿透画布一样,这样的画像花再多的钱买也都算是捡个便宜。我好像立刻认出了这个画家的画风,觉得他就是那个将贝尔维尔大门漆成金红色的画家。

早餐过后,我们开始沿着与昨天来时不同的路返回,十点的时候我们遇上了一群德国移民,他们刚刚点了一堆火,现在正往车上装货准备离开。我们恰巧在那里歇脚。幸好有这堆火,因为尽管昨天还有些热,今天确实真的冷了,寒风都有些刺骨。前行的时候,我们遥望远方,那是另一个古代印第安人的坟冢,叫"僧人冢",纪念一群特拉帕苦修会①的狂热分子。许多年前,这里方圆一千英里内还荒无人烟,他们就在这里建了一座修道院,后来因为气候恶劣而被迫离开此地。这样的一个历史悲剧,却很少有理智的人认为社会由此而遭受了严重的损失。

今日返程路上的景色与昨日的略相同。有沼泽,有灌木,有不绝于耳的蛙鸣,有令人掩鼻的恶臭,还有腐烂的、冒着热气的泥土。我们经常能够遇到形单影只、深陷泥潭而动弹不得的马车,上面装满了新殖民者的货物。车子深陷泥沼,车轴木断裂,车轮脱落,车上的人步行几英里去求助;一名妇女坐在家里的细软间,怀里抱着个孩子,一副死活也要等下去的样子,营造出一幅孤凉失落的景象;牛群瘫坐在泥地里,嘴和鼻孔里呼出一团团悲惨的空气,周围所有的湿气和雾气都像是从这里出来的似的——这景象让人不由得心生怜悯。

我们准时在马车前再次集合,乘渡船过河回城,途中我们路过一个地

---

① 特拉帕苦修会:天主教隐修院修会之一,1664年成立。

方,是圣路易斯决斗的地方,叫"血岛",以纪念这里最后一场决斗,这场战斗的双方以血肉之躯在各自的枪口下决斗。最后,两人同时倒地身亡,一些理智的人又会觉得,这对于伟大社会来说算不得什么损失,他们如同"僧人冢"里的那些疯子一样,命如草芥。

第十四章

回到辛辛那提
乘坐驿站马车到哥伦布市　再到桑达斯基
经过伊利湖到达尼亚加拉大瀑布

我想穿过俄亥俄州的内部，然后从桑达斯基的小镇那里的"湖上过"（当地的说法），这条路会把我们带到尼亚加拉，我们需要从圣路易斯返回原路，再一直沿回去的路到达辛辛那提。

离开圣路易斯的那日天气宜人，但是本该在一大早就开的汽船一拖再拖，直到下午才能开船。于是，我们坐车前行，到了一个叫卡隆德莱特的古老法国村庄，这个村还有一个外号，叫"空口袋"。我们和船上的人约好，叫他们到那里去接我们。

这地方只有几间简陋的村舍和两三家旅店，旅店里的储物仓空空如也，倒也应了这地方的别名——空口袋。往回又走了大概半英里，我们才找到了一间旅馆，这里供应火腿和咖啡。我们在那儿等着船来，即使远远地隔着门前一大片青草地，也能看见船的身影。

这是个整洁、朴素的村舍旅馆，我们在一间很奇怪的房间里用了餐。房间里有一张床，墙上挂着古老的油画，可能之前是挂在天主教教堂或者修道院里的。食物价格合理，也很干净。旅馆的主人是一对很有特色的老夫妻，我们聊了很久，他们可能是西部人性格的典型代表了。

房东是一个干巴巴、壮实、相貌严肃的老家伙（我觉得也不算太老，因为他刚刚满六十岁），在对英的最后一次战役①中，当过民兵，见识过各种军务，却连一次仗都没打过。他说，他差一点儿就打了，就差一点儿。他的一生都是马不停蹄地忙碌，迫不及待地想要改变，他的父亲依然健在，他说（我们在屋外的门前讲话，他一边说着，一边甩着头，大拇指指向窗户，窗户里面坐着的是他太太），如果家里没有牵挂的话，他会擦干净他的步枪，明天就启程去得克萨斯州②。他是该隐③若干子子孙孙中的一员，他们注定生下来就要作为伟大人类军团的先驱领袖——他们热衷于年复一年地拓宽他们的领域，将家中妻儿老小都甩在后面，与世长辞的时候也完全不顾下一代是否会把他们的坟墓甩在几千英里之外。

他的太太是一位喜好家庭生活、慈眉善目的老妇人，跟随丈夫从"世界上的皇后城市"来到此地，皇后城市大概是指费城④，她对西部的农村一点儿也喜欢不起来，的确，这里的各种条件都叫人无法忍受。她的子女，一个个都在盛年时发了热病，早亡了。她说，想起那些苦命的孩子，她就心如刀割，哪怕是对陌生人说说，也能带来些许安慰，在这个背井离乡的地方，这甚至成了她最凄惨的欣慰。

---

① 指第二次美英战争，美国在独立战争获胜后，英国不甘失败，妄图使美国重新沦为自己的殖民地。在1783年之后，英国从经济、军事和政治上对美施加压力。1812年6月18日，美国向英国宣战，第二次美英战争爆发。最终，英国连连失败，被迫求和，于1814年12月签订《根特合约》，承认美国独立。

② 得克萨斯州：简称得州，是美国南方最大的一个州，也是全美第二大州。原属于墨西哥，19世纪20年代，大量美国移民涌入得克萨斯州。1836年，得克萨斯州独立。1845年，得克萨斯州加入美国，成为美国的第28个州。

③ 该隐：《圣经》中的人物，亚当与夏娃之子。因杀了其兄弟亚伯，又向耶和华撒谎，耶和华叫他"你必流离飘荡在地上"。见《旧约·创世记》4：1—12。

④ 费城：美国最古老、最具历史意义的城市，位于宾夕法尼亚州东南部。

第十四章　回到辛辛那提　乘坐驿站马车到哥伦布市　再到桑达斯基　经过伊利湖到达尼亚加拉大瀑布

临近傍晚的时候，船才姗姗而来。我们向那位可怜的老太太和她生性漂泊的老伴儿道了别，便朝着最近的登船处走去。马上，我们就又登上了"信使号"，回到之前的包间，向密西西比驶去。

在这条河上，如果说来的时候船慢吞吞逆流而上的过程令人生厌的话，那么这回去的路尽是浑浊的急流，更让人难以忍受。船每小时行进十二英里或十四英里，不得不在水面上四处乱漂的木头里左探右闯地开一条路，而在黑暗中，根本无法看清眼前的水面，船撞到木头在所难免。所以，整个晚上，警铃几乎每五分钟就要拉响一次，每响一下，船就要停一会儿。有时只是响一声，有时是一连串的短促铃声，即使是最轻的铃声也似乎足以震到本来就不堪一击的龙骨，以致它好像是被震成了饼皮一样。天黑之后，再看这污秽的河水，如同四周潜伏着妖怪似的。那些东西黑压压的一片，在水面上翻滚着，有的只露出个头来，船不得不在一堆乱七八糟的东西里开出一条路，有时就会把那些东西又撞到水面之下。时间长了，发动机也会停下，这时，四周的污物又会从四面八方涌聚过来，这些讨厌的挡道儿的东西紧紧地把整条船围个水泄不通，船身如一座浮岛的中心，直到杂物再次漂走，船才能重新启动，就好像乌云被风吹散，船也由此挤出一条生路。

第二天一大早，我们又遇到了令人作呕的叫作"开洛"的沼泽地，在那里停下来往船上运木头。我们的船靠在一个驳船旁边，那条船的一根根梁都要散架了。驳船靠岸停着，一侧写着"咖啡屋"，我想，在密西西比河张牙舞爪的河水把他们的房子一淹就是一两个月的时候，这就是一个可以给人挡风避雨的流动天堂了。从这里向南看，这条令人无法忍受的河拖着满是泥汤、粗俗鄙陋的污物涌向新奥尔良，我们走过了一条黄色的线，横跨急流，再次来到了洁净的俄亥俄州，我相信，我再也不会来密西西比了，就把眼前的一幕幕都留给噩梦去吧。离开密西西比，向它光芒闪耀的邻州驶去，就像是从痛苦到甜蜜，从地狱到天堂。

我们在第四天晚上来到了路易斯维尔，满心欢喜地住进了一家上乘的酒店。转天，我们登上了本·富兰克林号——一艘十分漂亮的汽轮，午夜刚过便到达辛辛那提。那时，我们在架子上睡得腰酸背痛，也就没再睡，直接上了岸。我们摸着黑，跨过其他船的甲板，绕过迷宫一样的各种机器和漏着糖浆的桶，终于到了街上。敲门叫醒了之前住过的酒店里的门房，很快就入住了，这让我们颇感欣慰。

我们只在辛辛那提休息了一天，就启程去往桑达斯基。这一路经历了两种马车，再加上我之前写过的，基本上构成了美国陆路交通的主要方式。由此，我请读者朋友们也同我一道游览，我保证，一定全速前进。

我们的第一站是哥伦布。距离辛辛那提有一二百英里，一整条路都是碎石路（实在是少有的幸运！），每小时能走六英里。

我们在上午八点出发，乘坐一辆大型的邮政马车，它的两颊红润得过分，似乎要有血涌上头的危险。它也确实有些水肿，因为里面坐了十几个乘客。但令人喜出望外的是，马车干净又明亮，如同崭新的一样，欢乐地在辛辛那提的街道上风驰电掣。

我们穿过一个美丽的乡村，她物产富饶，丰收在望。有时我们穿过玉米地，长得健壮结实的玉米秆像一地拐杖似的；有时，青葱的小麦在纷杂的树桩中长出萌芽；弯弯曲曲的栅栏铺满了一地，样子很难看。但是农场管理得整洁，除了上面提到的那些不一样之外，这里真的很像肯特郡①的农场。

---

① 肯特郡：英格兰的一个郡，位于伦敦东南，其郡府是梅德斯通。

第十四章　回到辛辛那提　乘坐驿站马车到哥伦布市　再到桑达斯基　经过伊利湖到达尼亚加拉大瀑布

我们要常停下在路旁饮马，这件事于我无聊又沉闷。马车夫下车，灌上一桶水，给马端过去。几乎没有任何人帮他，也没有闲人会站在他一旁，甚至从没有任何人伴他左右、给他逗乐。有时，我们换了马就很难再次上路——让一匹年轻的新马拉车是要有一定套路的：先是抓了它，硬给它上了马具，然后再套在马车上。在一通乱踢乱踹和疯狂的挣扎后，马儿终于肯迈步，我们也就能像之前那样赶路了。

偶尔，我们停下换马时会看到有两三个喝得晕乎乎的酒鬼，要么插着兜闲荡，要么就是躺在摇椅里手舞足蹈，或者是依偎在窗台上，再或者就是坐在柱廊的栏杆上。他们不经常说话，不光对我们缄口不言，彼此也黯然无语，只是呆呆地坐在那里盯着我们的马车。旅馆的老板也会坐在他们中间，看上去就好像和旅馆毫无关系一样。也的确，他与旅馆的关系正如车夫与马车和车上的乘客一样：不论发生什么，他保持一贯的漠然，心中一片云淡风轻。

虽然车夫轮流更换，但车夫的性情倒也相同：总是灰头土脸、闷闷不乐又沉默寡言。即使心思灵敏、手脚麻利，他也有一种能力很好地隐藏这种绝妙的东西。他与你一同坐着，却从不跟你讲话；如果你先开了口，他要么就是不回答，最好的情况也只是只言片语；他既不在路上指指点点，也不盯住什么看，看着就好像是厌倦了旅途，也厌倦了尘世一般。至于他的马车，他的生意，就与我刚才说的一样，不过是照顾照顾马而已。马车之所以前进是因为马拉着它而且它还有轮子，绝不是因为你坐在里面才拉你。有时长途跋涉快到终点时，他会突然吼出一嗓子选举歌曲的片段，就那么五音不全地唱，但表情依旧麻木，只是声音在高歌，不过这种情况也不多。

他嘴里永远在嚼着烟叶，还一路上吐烟叶，却从来不会受累带一块手帕。这对于车厢里的乘客来说，尤其是当乘客在下风向时，就不那么好受了。

无论车何时停下,你都能听见里面乘客的谈话,无论何时有任何旁人与他们或者其中一人交谈,或者是他们之间在聊天,你都会听见一句话,一次又一次以最大限度地重复出现。这其实是很普通也最平淡无奇的一句话,差不多就是"是的,先生",但是能演化成适应各种语境的版本,在每一个对话里见缝插针。例如:

此时是午后一点,地点是我们在路上歇脚并吃饭的地方,马车朝着旅馆门前驶去。此日风和日丽,旅馆前有几个人闲逛着,等着开饭。这些人中间,有一位身板结实的先生,带着棕色帽子,坐在便道的摇椅上前后摇晃。

车停下来的时候,一位戴着草帽的先生把头探出车窗向外看:

草帽(冲着摇椅上的胖先生):我猜,您是杰弗逊法官吧?

棕帽(还在摇,慢条斯理、面无表情地说):是的,先生。

草帽:天气很暖和啊,法官。

棕帽:是,先生。

草帽:上个礼拜,突然冷了一阵子。

棕帽:是,先生。

停顿一下,两人表情严肃地互看着对方。

草帽:我估摸着,关于那家公司的案子,这会儿也该结案了吧?

棕帽:是的,先生。

草帽:怎么判的,先生?

棕帽:被告胜诉了,先生。

草帽(疑问地):是吗,先生?

棕帽(肯定地):是啊,先生。

第十四章　回到辛辛那提　乘坐驿站马车到哥伦布市　再到桑达斯基　经过伊利湖到达尼亚加拉大瀑布

两人一同（冥思状，目视街上）：是的，先生。

又一个停顿，他们再次互视，神情更为严肃。

棕帽：我猜，今天这辆车比平常晚了很久。

草帽（怀疑地）：是吗，先生？

棕帽（看了一眼表）：是的，先生。几乎晚了两个小时。

草帽（眉毛上扬，呈惊讶状）：是啊？先生！

棕帽（坚决地，举起表）：是的，先生。

车厢内所有乘客（在他们中间）：是啊？先生。

车夫（面色阴沉地）：没有，不晚。

草帽（朝着车夫）：呃，我也不知道，先生。我们最后十五公里走了很久，这可是事实。

车夫没有答话，很明显，他并不想加入这个争论，明显是拒绝参与到任何与他的同情心与情感都没有共鸣的话题中来，另一位乘客说："是啊，先生。"戴草帽的那位先生对乘客对他的认同表示感谢，向乘客说："是的，先生。"算作回礼。接着，草帽问棕帽，是否他（草帽）坐的这辆马车是新的。棕帽答道："是的，先生。"

草帽：我也这么觉得。油漆的味道还挺大呢，是吧？

棕帽：是的，先生。

车内其他乘客：是的，先生。

棕帽（对车内所有旅客）：是的，先生。

此时，大家对这场谈话的精力已经基本耗尽，草帽打开门下车，剩下的人随之下车。之后，我们与旅馆内的房客一同吃了饭，饮料只有茶和咖啡。而且这两样的味道都不敢恭维，水质也不佳，我就跟旅馆要白兰地，可是这是一家禁酒的旅店，所有酒类，给再多的钱，靠再铁的关系，也买不到。身心疲惫的旅客不得不喝下让人极不愉快的饮料，这种荒谬的事情在美国并不少见。不过，我却发现这些胆小的店家对卖酒都诚惶诚恐，却不能很好地平衡他们服务质量与要价的关系。相反，我甚至怀疑他们降低服务，抬高价格，以弥补他们因无法售酒而造成的损失。毕竟，对于任何有商业道德的人来说，最简单的方法就是如同戒酒般戒掉开店。

吃过饭后，另一辆车已经在门口等我们了（吃饭的时候换了车），我们又重新上路。一路上，乡村风景依旧。黄昏时，我们来到一个小镇，停下来喝茶、吃饭。我们先去邮局投递包裹，然后驾车穿过日常的宽马路，四周都是常见的商店和房屋（布商总是在门前挂一块鲜艳的红布当作招牌），到旅店时，晚饭已经备好。这个旅店房客很多，我们坐在一大群人中间，又如以往一样融入忧郁的群体中。桌头坐着丰腴的老板娘，桌尾坐的是威尔士的一个小学校长和他的妻儿。他想法简单，来到这儿想要教古典文学，但总有些眼高手低。直到晚饭结束，我对他们的兴趣一直浓厚。此时，新的马车也已经备好。我们继续赶路，月光轻洒，照亮了前方的路。午夜的时候，我们又停下来换车，在此期间，我们在一所破砖烂瓦的房间里待了差不多半个小时，冒着烟的壁炉上挂着一幅模糊的华盛顿的平版印刷像，桌上有一大罐子冷水，大受疲惫委屈的乘客的欢迎，能够提精神，所以乘客一个接着一个，所有人都成了桑格拉都医生①的忠实病人。这些人里有一个很小的男孩，可是他嚼烟叶的样子很像大人；还有一个说话嗡嗡的先生，从诗歌往下，不论谈到什么，总能扯到算术与统计上去，他总是一个音调，强调同样的重音，做出同样沉重的冥想状。他现在出来了，跟我说，有一位姑娘被一个上尉拐跑了，还结了婚，这个姑娘的叔叔

---

① 桑格拉都医生：勒萨日的小说《吉尔·布拉斯》中的一个人物。治病只叫人喝水，许多病人都因被误诊而身亡。

第十四章 回到辛辛那提 乘坐驿站马车到哥伦布市 再到桑达斯基 经过伊利湖到达尼亚加拉大瀑布

就住在这附近,此人英勇威猛、毫不留情,如果他也跟着上尉去了英国,"不论在哪儿看到那人都会把他打死",而我当时,又困又乏,不愿认同这么粗暴的方法,很想反驳他,就跟他保证说,如果她叔叔真的这么做了,或者靠其他类似的方法达到目的,有一天早上他会在老贝利①被处死。如果他要去英国,那就写好了遗嘱再去,因为他一到英国就肯定会需要遗嘱的。

我们走了一夜,直到晨曦扯开夜幕,亮晶晶的阳光愉快地斜射到我们身上。阳光洒向的地方是一片泡在水里的草,几棵死气沉沉的树,几间肮脏狼藉的棚屋,和数不尽的哀愁与悲凉。这是一片树林里中的荒漠,唯一的绿色生物竟是死水上阴湿有毒的物质。那种有毒的霉菌在软泥地上生长,像女巫的珊瑚一样,从房间墙壁和地板的裂缝里发芽。这种丑恶的东西怎么能长在一个城市的入口呢?但是,这块地许多年前便有人买下,现在找不到买主,国家也不能开垦。所以它就一直无人照料,生长在四周兴起的农耕与发达当中,像受到诅咒,因犯了重罪而变得污秽丑恶。

快到七点的时候,我们到达哥伦布②,在那里待了一天一夜,恢复体力。在一家未完工的名字叫尼尔酒店的地方,我们住的房间十分考究。房间里奢侈地铺着漆得光亮的黑桃木,门外有一个宽大的走廊和石头露台,像极了意大利大宅中的房间。小城干净漂亮,当然,也很快就会扩建。这是俄亥俄州立法厅的所在地,所以必须要给予足够的重视与地位。

第二天没有马车,我们希望能找一辆,于是我用合理的价格雇了一辆专车,便启程去蒂芬③——一座小城,那里有一条去往桑达斯基的铁路。这辆专车是一架四匹马的马车,跟所有的马车一样,也得换马、换车夫,

---

① 老贝利:英国伦敦中央刑事法院的俗称。
② 哥伦布:美国俄亥俄州政府所在地,位于俄州的中心地带,也是该州最大的城市。
③ 蒂芬(Tiffin):美国俄亥俄州北部,桑达斯基河穿城而过,是塞尼卡县的县治所在。

但是它这一路上只为我们服务。为了确保我们到了驿站有可换的马,并且不受任何陌生人的侵扰,车主派了一位代理坐在车厢上,全程陪同我们。他就坐在我们中间,四周还有一整篮的开胃冷肉、水果、红酒。我们于翌日早上六点半兴高采烈地出发。由于车内只有自己人,我们精神抖擞,即便一路艰辛,也处之怡然了。

我们保持心情愉悦无疑是对的。因为我们那天走的那条路,如果心情不是坚定地站在晴空万里这一边,肯定能被一路颠簸到狂风暴雨以下好几度。我们一群人,一会儿被甩到车厢底部挤作一团,一会儿又被弹起来,头磕到车顶。有时,车厢的一边陷进泥地,我们就要死死地抓住另一边;有时,车压在两匹马的尾巴上;要么就是疯了一样的弹起到空中,四匹马站在一个不可跨越的高度上,回过头默默地看着我们,好像在说:"给我们松开吧,这路走不了。"在这种路上赶车的车夫,他们赶车的方式十分不可思议,像螺丝锥一样,在沼泽和泥地当中七扭八歪地钻出一条道。从窗户望去,常能看到车夫拿着马鞭,像是什么东西都没赶,要么就是像和马匹嬉戏似的,马还会从车厢后面冷不丁地往里瞧,似乎它们突发奇想,能从后面拉车一样。我们走的路,大部分是所谓的木排路,就是往沼泽地里扔了一排木头,也不去管它们,叫它们自生自灭。在这一个个木头上过马车,沉重的车身颠上颠下,即便是最轻的颠簸也足以让车厢里的人全身骨头脱臼。除非你试试坐着公共汽车到圣保罗大教堂①的顶上去,否则在任何情况下,都不可能有感同身受的机会。一整天,这辆马车没有一刻能以任何位置、姿势或者方式是让我们舒舒服服地坐在车厢里的。这种经验和乘坐任何有车轮的交通工具的经验都无半分相似。

---

① 圣保罗大教堂:坐落于英国伦敦,以其壮观的圆形屋顶闻名,是世界第二大圆顶教堂,高111米。

第十四章 回到辛辛那提 乘坐驿站马车到哥伦布市 再到桑达斯基 经过伊利湖到达尼亚加拉大瀑布

不过这仍然是一个风轻云净、冷暖相宜的一天，尽管我们将夏天留在西部，又把春天匆匆丢下，但我们朝着尼亚加拉——我们的归途又近了一步。临近中午的时候，我们在一片赏心悦目的树林里下车，坐在一棵倒下的树干上吃了饭，剩下的东西，好点的就分给了一个乡下人，坏的就给了猪（这个地方被猪挤满了，多得像海滩上的沙粒一样，对于我们在加拿大的军需部来说是个不小的安慰）。然后，我们又愉快地上路了。

随着夜色渐浓，前方的路越来越窄，直到最后完全消失在了茫茫林海中，车夫似乎只能靠直觉来寻路。好在我们至少不用担心车夫瞌睡，因为时不时地，车轮就会撞上看不见的树桩，这一下，他得赶紧死死地抓住车才能保证不掉下去。也丝毫不必担心超速驾驶，因为在这坑坑洼洼的地上，马能走就不错了；也没有什么可被惊吓的地方，就算是一群野象，拉着这么一辆车，在这样一片林子里，也跑不起来。所以，尽管我们一路跌跌撞撞，倒也不苛求其他。

在美旅行的路上，总会遇到千奇百怪的树桩，算是一大特色。随着暮色降临，对于从未来过此地的人来说，这些树桩呈现出不断变化的幻象，光怪陆离，形象逼真，不禁让人惊异。它一会儿变成旷地里竖着的一只希腊古瓶；一会儿是伏在墓前抽泣的女子；一会儿是一位普通的老先生，穿着白色马甲，大拇指插进大衣的袖窟里；一会儿是一位专心致志读书的学生；一会儿又变成一位蜷缩的黑人；一会儿又成了一匹马、一只狗、一架大炮，还有一位驼背的人脱下斗篷，走进到光明里去。它们就像魔术灯里的玻璃片一样让我着迷，我也从未能猜到它们的样子。好像不管我愿不愿意，它们都要强迫我接受它们的样子；不过说来也怪，它们的样子让我想起曾经很熟悉现在却已忘记的儿童读物里的插图，二者的样子甚是相似。

很快，天暗了下来，看怪树桩的兴致也已不在。树木很密，干枯的树枝不停地剐蹭着一边的车厢,我们被迫把头埋在车厢内。还有闪电,整整打了三个小时,每一道都长长的,十分明亮,还发蓝光;闪电劈开簇拥的树枝,如银树开花;树顶上轰轰响着阴沉的雷声。这景象叫人不得不想:这种时候,什么地方都比在这密林里强。

最后,晚上十点到十一点,远方无力地闪过几道闪电,我们到达了夜里要在此休息并待到第二天早上的地方——桑达斯基河上游的一个印第安人村庄。

在这唯一的一家木屋旅舍里,店里的人已睡觉,但很快便应了我们的门,并在既像厨房又像客厅的地方给我们准备了茶,屋子里的墙上粘了旧报纸。给我和太太看的卧室面积不小,房顶低矮,似乎有些阴森恐怖,灶台上有很多干树枝,两扇门相对,都没有锁,在这黑乎乎的夜色里和荒芜的旷野上敞开着,一扇还常常将另一扇吹开,这种室内建筑结构还是很新奇的,我不记得之前见过。上床之后,我一直想着衣箱里有大量的钱作为旅行费,这让我心神不宁。但恰好有一些行李靠着门堆放着,门也不会再被吹开了,我本以为之后就能安然入梦,却未如愿。

我的波士顿的朋友①也爬上床,是在阁楼上,那儿已经有一位客人,鼻息如雷。忍无可忍之后,他又出去了,跑到马车里,马车正停在屋前过风。但此举并不明智,一群猪闻到了他的气味,把马车当成肉饼了,拼命地在外面乱叫,他在车里吓得不敢出来,躺在那直哆嗦,就这么过了一夜。也没有办法让他取暖,即使他想出来要一杯白兰地,也是不可能的。因为在印第安人的村落,法律善意且明智地规定禁止任何旅馆老板卖酒。但这种预防措施效用不大,印第安人总能从走街串巷的小贩手里买到酒,

---

① 指狄更斯在美国的秘书,叫普特纳姆(G. W. Putnam)。

第十四章　回到辛辛那提　乘坐驿站马车到哥伦布市　再到桑达斯基　经过伊利湖到达尼亚加拉大瀑布

只不过质量更次、价格更贵。

　　这是印第安怀安多特族的定居点。吃早餐的时候，有一位温和的老先生，多年来受雇于美国政府，负责与印第安人协商，他刚刚签订了一个条约，让他们明年搬到西密西西比的某处，比圣路易斯稍微远些，同时每年给印第安人一部分钱。他跟我说，印第安人对于生养他们的土地尤其是亲属埋葬的地方有强烈的感情，非常不愿意迁移。听者为之动容。他见过很多迁移，尽管十分痛心，但他也知道，他们搬离这里对他们自己也有好处。这一族人是去是留的问题，他们在前一两天讨论过，就在专门盖的一个小屋里，那些木头现在还在旅馆前的地上放着。讨论结束后，正反方各持己见，每位成年男性都依次投票。宣布结果的时候，少数派（其实是一大群人）欢快地服从剩下的人，收回了所有反对意见。

　　我们后来遇到过一些这样可怜的印第安人，他们骑在毛发杂乱的小马上，像极了流浪的吉普赛人。如果我是在英国见到他们的，我一定会以为他们是那些居无定所、无家可归的人。

　　吃完早饭，我们再次动身，路况比昨天还恶劣，简直不能再差了。中午到达蒂芬，在那里我们与专用车告别。我们于两点坐上了火车，火车开得非常慢，铁轨修得并不细致，地面也潮湿泥泞，但好在准时到了桑达斯基，在那里吃了晚饭。当晚，我们在伊利湖①边的一个小旅馆留宿，第二天也只能等，等到有开往布法罗②的汽船出现。这个城镇不仅萧条，而且生气全无，像是淡季时英国浴场的后院。

----

①　伊利湖：位于美国和加拿大之间的湖泊，北美五大湖之一，名字来源于原在南岸定居的印第安伊利部落。湖的南岸是美国的俄亥俄州、宾夕法尼亚州和纽约州、密歇根州，北岸是加拿大的安大略省。

②　布法罗（Buffalo）：又译水牛城，美国纽约州西部的一座城市，位于伊利湖东端、尼亚加拉河的源头。

旅馆的主人是一位帅气的中年男人，来自于新英格兰——那个生他养他的地方，他尽力让我们住得舒适，照顾十分周全。他进进出出时永远戴着一顶帽子，停下来谈话时，也是轻松自由的样子，要么就是躺在公共沙发上，从口袋里掏出报纸，悠闲地读起来，我说的这些都是这个国家的特点，并非是抱怨或者是这些令我不快。毫无疑问，如果是在祖国，这些行为肯定会冒犯我，因为它们不成体统，既然不成体统那就是无礼，但是在美国，这样本性善良的人，唯一的愿望就是热情招待客人，让客人感到宾至如归。我没有权利，也不愿意用英国的规矩和标准来衡量他的行为，就好像我根本无权因为他的身材不够高大，当不了女王的近卫掷弹兵而与他争执一样。旅馆里有一位十分有趣的老妇人，她是这里管厨房的，等着开饭的时候，她经常惬意地坐在最舒服的一个椅子上，用一只大号别针来剔牙，一边剔牙，一边还严肃地、庄重地看着我们（时不时还叫我们多吃点儿），直到收拾桌子时才离开。我也无心挑她的毛病。我们想要的已经得到，这已经足够了：他们办事快捷又不失礼数，也十分愿意招待，不光是在这里，其他的地方也如此，而且，一般来说，我们的需求都是我们开口之前他们就积极想到了。

我们来到这里的第二天是礼拜天，这天我们在旅馆里早早地就吃了晚饭，看到汽船出现，刚刚才停靠在码头。问清了这条船是开往布法罗的，我们便急急忙忙上了船，船很快就开了，将桑达斯基甩在身后。

这是一条重五百吨的大船，装备齐全，上面的高压发动机经常向我传达出一种感觉，就好像是住在面粉厂的楼上一样：船上装着面粉，甲板上储存了一些面桶。船长登上甲板来聊天，向我介绍一位朋友。他跨坐在桶

第十四章　回到辛辛那提　乘坐驿站马车到哥伦布市　再到桑达斯基　经过伊利湖到达尼亚加拉大瀑布

上，像巴克科斯①，从口袋里拿出一把折叠刀，一边说着一边用刀削木桶边，削出薄薄的木屑。他削得如此勤奋又有恒心，要不是很快就被人叫走，这个桶肯定整个都会消失，只剩下一堆面粉和木屑。

我们经过了一两处平地，低坝延伸至湖心，在那儿立着几座不高的灯塔，像是没有帆的风车，整幅画面看上去就像是描绘荷兰的小插画。我们在午夜时分到达克利夫兰②，在那儿待了一整晚，第二天早上九点才又动身。

我十分好奇地想要看看这个地方，就是因为我在桑达斯基的报纸上看到过一部分有关此地的文章，文辞激烈，写的是阿什伯顿勋爵③刚刚到达华盛顿，来协调美英分歧这件事。文章称，既然美国在襁褓里时就给英国"抽了一鞭子"④，在青年时又给英国"抽了一鞭子"⑤，那就很有必要在壮年时再给英国来一鞭子。文章还以信誉向所有真正的美国人担保，如果韦伯斯特⑥能够在即将到来的磋商中尽职尽责，尽快将英国勋爵送回，他们就会在两年内，在海德花园⑦唱《扬基歌》⑧，在威斯敏斯特⑨的红色宫殿

---

① 巴克科斯（Bacchus）：罗马神话中的酒神和植物神，相当于希腊神话中的狄俄尼索斯。
② 克利夫兰：美国俄亥俄州最大城市。位于州境北部伊利湖南岸，凯霍加河口，是水陆交通要地，重要湖港和工商业城市。面积196.8平方千米，人口约52万，大市区包括邻近4县，面积3934平方千米，人口约190万。
③ 阿什伯顿勋爵：当时美英不断发生纠纷，时任英国外交大臣的阿伯丁伯爵主张与美国和解，派阿什伯顿勋爵来与美国人谈判。
④ 指1775—1783年的美国独立战争。
⑤ 指1812—1814年的对英战争。
⑥ 韦伯斯特：即丹尼尔·韦伯斯特（1782—1852），美国著名政治家、法学家和律师，曾三次担任美国国务卿。在与英纠纷上，韦伯斯特尽力避免战争，经过阿什伯顿勋爵漫长而轻松的谈判，双方于1842年8月签署《韦伯斯特—阿什伯顿条约》。
⑦ 海德花园：英国伦敦最知名的花园。
⑧ 《扬基歌》：美国传统爱国歌曲。
⑨ 威斯敏斯特：英国国会威斯敏斯特宫，又称国会大厦，是英国国会上下两院的所在地。

里唱《哥伦比亚颂》①。这是个十分漂亮的小镇，我还看了刚才那家报纸的办公室的外面，心情极好。我未能见到写这段话的智者，但毫无疑问，他是一位奇特的人物，并且在精英阶层里享有很高的声誉。

我们船舱的房间有一个很薄的隔断，房间的另一半住着一位先生和他的太太。一日，我无意间听到他与太太的对话，不知不觉，我造成他极大的不安。不知何由，我成了他心中挥之不去的问题，严重地困扰着他。一开始，我听到他说——整件事最可笑的就是，他说的话每字每句都直入我双耳，就好像是在面对面跟我交流一样，即使他伏在我肩旁，对我低声耳语，都不如我现在听得真切——他说："亲爱的，鲍斯②在这条船上。"他想了一会儿，抱怨起来："鲍斯真是独来独往。"的确，那日我身体抱恙，一直躺着看书。我本以为他会就此打住，谁知我上当了，他停顿了很长一段时间后（我想，他一定是翻来覆去睡不着），又嘟囔着："我猜那个鲍斯将来一定会写本书，把咱们的名字都写进去。"他想象和鲍斯同船会有这样的结果，一声叹息之后，便恢复沉默。

我们在晚上八点时到了伊利市③，在那里待到凌晨四点。五点刚过，我们已经到了布法罗，我们在那儿用了早餐，因为离大瀑布太近，便迫不及待要去先睹为快。上午九点，我们乘火车，前往尼亚加拉大瀑布④。

那天的情形颇为凄惨：阴冷潮湿，还有大雾，北边的几棵树也是光秃秃的，凄凄惨惨。只要火车一停，我就竖起耳朵听，眼睛一直往我认为是

---

① 《哥伦比亚颂》：美国最早的一首国歌，它原来是歌颂美国第一任总统华盛顿的《总统进行曲》。建国初期尚未有国歌，常常用法国的《马赛曲》代替，当《总统进行曲》一问世，便受到人们的欢迎，并被改名为《哥伦比亚颂》，被公认为当时的国歌。
② 鲍斯：狄更斯初涉文坛时使用的笔名。
③ 伊利市：宾夕法尼亚州的西北部城市，以伊利印第安人的名字命名，是宾夕法尼亚在圣劳伦斯航道上的唯一港口。
④ 尼亚加拉大瀑布：位于加拿大安大略省和美国纽约州的交界处，是北美东北部尼亚加拉河上的大瀑布，平均流量5.720立方米/秒。

第十四章　回到辛辛那提　乘坐驿站马车到哥伦布市　再到桑达斯基　经过伊利湖到达尼亚加拉大瀑布

瀑布的方向望去，滚滚河水在朝那里涌去。每时每刻，我都期待着下一秒能看到浪花四溅的场面。就在我们停车的那几分钟，我见到两团巨云缓缓从地下深处腾空而上，场面蔚为壮观。那就是我在车中所能看到的。最后，我们终于下了车，生平头一次，我听到耳边滔滔河水响彻云霄，感受到脚下的大地在这冲击中也在颤抖。

河岸陡峭，路面由于下雨再加上化到一半的冰很滑。我也不知道是怎么做到的，但我很快就到了悬崖底，同两位路过的英国官兵一起攀过几块碎石。水声震耳欲聋，水花四溅模糊了双眼，而且还把我们浇得浑身湿透。我们终于到了美国瀑布①的脚下。我只能看见巨浪长空直下，却看不清任何形状，也辨不得位置，只是置身于震天动地的茫茫浪涛之中。

直到我们坐在小渡船里从那条涨了水的河上划过，直面两个大瀑布时，我被震撼了，一时不能理解眼前茫茫然的浩瀚。等到了平顶岩再看的时候：天啊，晶碧翠水的瀑布啊！我这才感受到了它的雄伟与威严。

在这气势磅礴的景象前，我意识到我站的地方距离我的造物主有多近，此刻，有一种突如其来又久久不退的感觉——平静。内心的平静、宁静，对逝者默默地缅怀，对永久的安息与幸福地思考，没有一丝恐慌与忧虑。尼亚加拉在我心里已经刻上深深的烙印，这一幅美图，会在我心中永远留住，永不磨灭，直至我生命停止的那一天。

在这片神奇的土地上，我们待了十天，生活中的困扰与分歧渐渐从我眼前消失，消失在远方。在那轰轰作响的流水中，是怎样的声音在昂扬激荡！闪闪发光的河底，又有怎样的脸庞在默默注视着我们！天使的眼泪里

---

①　美国瀑布：尼亚加拉瀑布实际由三部分组成——美国瀑布（American Falls）、新娘面纱瀑布（Veil of the Bride Falls）及马蹄瀑布（Horseshoe Falls）。事实上，在美国境内看到的只是尼亚加拉瀑布的侧面，而在加拿大则可以一览全貌。

闪耀的是怎样的天谕，散出万道光芒，又将它们化作挂于天边的美丽惊鸿！

　　从一开始，我就一直在加拿大的那一侧，没有换过地方。我从不到河的另一边，因为我知道，河那边也有人，在这样的地方，不愿有陌生人陪伴是很正常的。我整日地徘徊，从各个角度来看瀑布，站在马蹄瀑布的悬崖边，看到湍流积蓄了力量向悬崖奔腾，但好像在一泻千里之前又停顿了一下似的；我还从河面仰视"飞流直下三千尺"；又爬上旁边的高地，透过树影来看流水"万马奔腾"，从那骇人的高度呼啸而下；站在三英里下巨石的荫凉里，就这样看着河水，看它浪花四溅、一波未平，一波又起，表面上没有什么东西来搅动它，谁知深埋于表面下的还有巨浪。仰望面前的尼亚加拉瀑布，感受日月星辰的照耀，日出则红霞披肩，日落则灰蒙一片。白天我欣赏着它，夜里醒来，听着它孜孜不倦的波涛浪卷，人生已别无所求。

　　即便现在，每当我平静的时候，总要想：那片翻滚的水继续咆哮而下，终日不止，一百英尺外的彩虹也依旧悬挂天边。太阳升起，流淌的瀑布便像融化的黄金一样闪耀。夕阳西下，它们如莹莹雪花一样洋洋飞洒，有的在白垩质的悬崖边粉身碎骨，有的则跃下击石，天地间氤氲一团。浩浩荡荡的流水奔下悬崖时宛若英雄就义，但从它那深不可测的墓穴里，总能升起鬼魂般的水花和迷雾。这份令人生畏的雄伟庄严在天地混沌之前，在上帝命令爆发第一次洪水①之前，在世界有了光亮之前，就已在这儿扎根。

---

　　① 《旧约·创世记》里第一章第一节到第三节里记载：起初，上帝创造天地。地时空虚混沌，渊面黑暗；上帝的灵运行在水面上。上帝说："要有光"，就有了光。第六章中说上帝后悔在地上造了人，于是降洪水，淹没全世界。

第十五章

在加拿大　去往多伦多　京士顿
蒙特利尔　魁北克　圣约翰　再回到美国
去往莱巴嫩　震颤村　西点

我尽量不把美国和英属加拿大的社会特色进行任何比较或对比。因此，我将简要描述一下我们在加拿大的见闻。

在我结束对尼亚加拉大瀑布的描述之前，我不得不提到一件令人不快的事情，而且是来到瀑布的游客都会注意到的一件事。

在平顶岩上，有一间属于导游的小屋，出售小纪念品，游客还可以在纪念册上签名留念。有一间保管这些纪念册的房间，它的墙壁上贴着以下内容：请游客不要复制或摘抄保存于此的签名簿和纪念册中的留言和诗句。

如果不是这个告示，我会让它们摊在桌子上，散落在那里，不去理会。就像客厅里的书一样——每段诗篇都由高潮到平淡，傻气哄哄，还自以为是。可它们还被裱起来，高高挂起。读了这则告示后，我不禁想要看看，如此小心翼翼保管的到底是怎样的金玉良言，翻了几页，却发现整页都是字迹潦草的、那些流氓无赖最喜欢的污言秽语。

居然有人如此下流、卑贱，竟大言不惭地在大自然最伟大神坛的台阶前写下污言秽语，这已经够羞耻的了，却还要将这些畜生的留言收藏起来以取悦这些下贱的人，放在人人能看到的公共地点，这是对英语的羞辱（尽管，我希望这些人里没有英国人），对英国也是奇耻大辱（这东西就在英属加拿大的一侧）。

尼亚加拉瀑布周围空气清新，那里的兵营地势绝佳，造型怡人。其中一些是独栋的营房，建在瀑布上的平原上，原本要作为旅馆的。傍晚时分，女人和孩子们就倚在阳台看男人在门前的草地上打球或做游戏，这样的画面总是充满快乐和活力，让路过的人也乐享其中。

尼亚加拉地区的两国边境线距离很近，在这儿守卫的驻兵经常会冒出叛逃的念头：可以想象，虽然叛国的冲动代表了不忠，但当驻兵开始轻率地、疯狂地羡慕邻国的财富与独立时，这一冲动就会更加强烈。不过，真正叛逃的士兵事后却很少快乐和满足，更多情况下是痛苦、失望的忏悔，他们最希望的就是得到宽恕或者从轻处罚，而能回国继续服役。但一直以来，还是有很多这样的同志选择叛逃，而他们过河时丧命的情况也绝不少见。不久前就有人在过河时被淹死，还有人居然相信用桌子能作竹筏过河，结果，卷进了旋涡，残躯在旋涡里卷了好几天才消失不见。

我常觉得，瀑布的声音被夸大了，尤其是考虑到瀑布流下的盆地的深度时，就更有可能夸大。我们在这儿的几天，从没有狂风呼啸，但三英里外的我们根本听不到瀑布声。尽管我们常试着听，即便是在夕阳西下的静谧时刻，也没有听到过。

在昆士顿有一个地方有汽船去往多伦多（这其实是汽船停靠的地点，因为汽船的码头实际是在河对面的利维斯顿）。昆士顿坐落在深山幽谷中，黛绿的尼亚加拉河从中蜿蜒而过。通往昆士顿的路曲曲折折，周围的高地

第十五章　在加拿大　去往多伦多　京士顿　蒙特利尔　魁北克　圣约翰　再回到美国　去往莱巴嫩　震颤村　西点

给这座小城带来荫凉，从我这里看去，风景如画，美不胜收。最高的一块地上，有一座由省议会立的纪念碑，以纪念布洛克①将军。布洛克将军打赢了对美战争，却不幸牺牲了。好像有个叫列托的流浪汉，不知是正在服刑还是已刑满释放，两年前把这个纪念碑炸了。现在，这个遗址让人看了心酸：一节铁条从顶上垂下来，在风中前后摇摆，像一条无依无靠的藤枝或是断了的葡萄藤。这个纪念碑本应用公共资金来修复，但人们似乎都没意识到这样做的重要性——首先，英国护卫者的纪念碑，在他英勇就义的地方，受到如此对待，这让英国蒙羞。其次，此情此景，再加上旧恨新仇，很难让这里的英国臣民平复情绪，更无益于缓和边境争端与分歧。

我站在这边的码头上看乘客登船，我们要坐的船就在这艘船后面。旁边一位中士的太太焦急万分，她在整理东西，一面盯着搬运工，看着他把东西往船上放，一面又盯着一个掉了箍的洗衣盆，这本是她所有行李中最不值钱的一个，但她却格外的关注。我看着她，也跟她一样着急。此时，有三四个士兵，其中还有一个新兵，走过来，上了船。

这个新兵十分年轻，健壮魁梧，却一点儿也不清醒——就像醉了好几天的样子。他肩上扛了一个小包袱，包袱的一端还挂了个拐杖，嘴里叼了只短柄烟斗。他与所有新兵一样，灰尘满身，从鞋上就可以看出来他走了不少的路，但他一直神态轻松，与这边的士兵握握手，又拍拍那边士兵的背，一路上欢声笑语，像只无聊得只会乱叫的狗。

而那些士兵，与其说是欢笑，不如说是在嘲笑。他们站在那儿一面理手中的手杖，一面从擦得油光锃亮的枪托上冷冷地看着他，好像在说：

---

① 布洛克（Sir Isaac Brock）：1812年，美对英宣战，后决定入侵加拿大以报复英国。艾萨克·布洛克爵士在底特律一战中打败人多势众的美军，攻陷底特律。英国正规军与布洛克领导的民兵部队在尼亚加拉半岛击退了美国部队，但布洛克最终战死。

"来啊,孩子!趁着你还行!你以后就能明白了。"这个新兵原本正大呼小叫、眉开眼笑地倒着朝舷梯走去,突然,在这群老兵面前,他掉进船与码头间的河水里去,溅起了不少水花。

我从没见过士兵能在一瞬间就变了样——几乎在新兵要掉下去的前一刻,军人的职业态度、一板一眼的样子和坚忍克制的精神在那些士兵身上立刻消失,取而代之的是充满全身的野性力量。说时迟那时快,他们提着他的脚,把他捞了出来。他的大衣下摆罩在脸上,身上的所有东西都乱了套,原本破破烂烂的衣服一针一线都在淌水。在他们把他安置好、确认他无大碍之后,就又恢复了之前的面貌,开始面无表情地从枪托上观察他。

那个还没解酒劲儿的新兵四下环视一圈,原本第一件事是要向那些老兵表示感谢,但看到他们一副漠不关心的样子,一个最关心他的老兵边骂边把湿漉漉的烟斗递给他,他就把烟斗往嘴里一放,把手往淌着水的口袋里一插,也不拧一拧衣服,便吹着口哨离开了,像是一切都没发生过,他好像是故意这么做的,而且做得天衣无缝。

我们的船在这艘船刚离港就到了,很快便把我们带到了尼亚加拉的河口,在那里,美国的星条旗①与英国的联合杰克旗②互相对望,二者之间距离很近,以至于一边的哨兵常常能听见另一方下达的指令。不一会儿,我们就到了安大略湖(内海),六点半的时候,抵达多伦多。

城市周边的乡村一马平川,没有什么旅游价值,但城镇本身却生机盎然,熙熙攘攘。街面铺着整洁的砖,煤气街灯将整个马路照得灯火通明,

---

① 星条旗:美国的国旗旗面由13道红白相间的宽条构成,左上角还有一个包含了50颗白色小五角星的蓝色长方形。50颗小星代表了美国的50个州,而13条间纹则象征着美国建国时的13块殖民地。美国国旗俗称星条旗。

② 联合杰克旗:英国国旗俗称米字旗、联合杰克旗。杰克是海军用语,指悬挂在舰首的旗帜,英国军舰舰首都悬挂国旗,因而得名。

第十五章 在加拿大 去往多伦多 京士顿 蒙特利尔 魁北克 圣约翰 再回到美国 去往莱巴嫩 震颤村 西点

房屋敞亮又美观,商铺林立。很多商铺都将商品摆在橱窗里展示,和英国发展得如日中天的乡镇一样,有的地方甚至能和大都市媲美。除了一座很好的石质建筑,这里还有一座雄伟的教堂,一个法院,几个政府办公厅,许多宽敞的私人住宅,和一个政府天文台以观察并记录太阳磁场变化。上加拿大学院[①]是该市著名的公立机构之一,学费不高,但教学体制完善,学生彬彬有礼,每个学生每年的学费不过9英镑。该校利用土地资源作为基金,是一座有价值、有用处的机构。

就在几天前,一个新的学院由总督奠基。这一建筑占地面积大,建成时定是雄伟气派。旁边是一道长街,已经栽了树并对公众开放。不管在任何季节,该城都十分适合做锻炼。从主干道支出的马路上的人行道,都铺得像地板一样,维护得十分整洁。

令人遗憾的是,这里由于政治分歧很大,以致出现了一些有损名誉和并不光彩的丑闻。不久前,在几位声名显赫的候选人选举的时候,有人从窗户里向他们开枪,其中一位选举人的车夫中弹,但未伤及性命。就在同一场合,另外一人被杀,子弹飞出的那个窗口,一面旗帜挡住了凶手的面容(不仅掩盖了他的罪行,更让他免于承担后果),而这面旗帜,在总督主持的公共典礼上又出现过一次,而我恰好注意到了。彩虹的所有颜色里,只有这一色能这样用——无须说,那旗子必是橙色[②]。

中午时分,我们乘坐汽船离开多伦多,驶过安大略湖,于第二天早上

[①] 上加拿大学院:上加拿大在1791—1841年是以五大湖北岸为管辖区域的英国的殖民地,是安大略省的前身,位于圣劳伦斯河上游。上加拿大学院是加拿大著名的私立男校,1829年由当时的上加拿大副总督约翰·科尔伯恩爵士(Sir John Colborne)发起建立,是安省内的第一个中学,目的是为了给刚创建的King's College(即后来的多伦多大学)提供生源。

[②] 暗指1795年,爱尔兰北部英国人组织的"橙带党",名为保护新教,实为实施暴力,煽动骚乱。

八点，到达目的地京士顿①。途中在希望港②和考伯格③停靠了一阵。考伯格是个生活愉快、欣欣向荣的小镇。港口船只运载的主要是大宗的面粉。从考伯格到京士顿，我们的船就运了不少于1080桶面粉。

京士顿，现在是加拿大政府所在地④。这是一个很穷破的小镇，由于最近发生在市场的一场火灾，显得更加破败。事实上，京士顿的一半都被烧掉了，而另一半还没有建成。政府大楼不仅毫无典雅可言，连宽敞都谈不上，可这竟是周围建筑里唯一一栋重要建筑。

倒是有一间监狱值得一提，管理良好，方方面面的监管也尽职尽责。男性囚犯被雇为制鞋匠、搓绳工、铁匠、裁缝、木匠和石匠。他们在盖一座新的监狱，马上就要完工。女性犯人就做一些女红。有一位年方二十岁的漂亮女子，已经坐了三年牢。在加拿大叛乱⑤的时候，她给海军岛⑥上的自称为爱国者的人传递秘密文件。她有时将文件藏在胸衣里；有时装束成男孩，将文件藏在帽子里。扮成男孩时，她就像一个男儿一样骑马，她能驾驭任何男人骑的马，还能赶四匹马的马车。在一次执行爱国任务时，她将公家的马据为己有，结果身陷囹圄。尽管她有一张漂亮的脸蛋，但读者从我对她的描述中可以想象，她有一双暗藏邪恶的眼睛，那种眼神透过

---

① 京士顿（Kingston，又译金斯顿、金斯敦）：加拿大安大略省的一座小城市，位于安大略湖北岸，圣劳伦斯河口附近。

② 希望港：安大略省的港口城市，临安大略湖。

③ 考伯格：安大略省的港口城市，临安大略湖，位于希望港的东北部。

④ 1841年，京士顿（当时是上加拿大最大的城市）成为加拿大的首都。不到三年，就因为"太小""战略位置不佳"等原因失去首府地位。代替它的是蒙特利尔和多伦多。1857年英女皇宣布渥太华为加拿大首都。

⑤ 指下加拿大、上加拿大分别于1827年、1838年爆发的两次武装叛乱。两场叛乱的导火索是政治改革失败。叛军试图迫使政府改为问责制政府，这个目标最终在叛乱平息后实现。

⑥ 海军岛：尼亚加拉河中的一座小岛，位于安大略省内。1837年，上加拿大起义者威廉·莱昂·麦肯齐和其200余支持者掌控该岛并宣布成立加拿大共和国。不过，起义军很快被英军打败。1921年，海军岛成为国家历史遗址。

第十五章 在加拿大 去往多伦多 京士顿 蒙特利尔 魁北克 圣约翰 再回到美国 去往莱巴嫩 震颤村 西点

牢笼强烈地散发出来。

监狱里有一座坚固的防弹炮台,占据了险峻的地形,并且绝对能抵御炮火的攻击。我觉得,这座城离边界太近了,若遇攻击,很难据守。还有一个小造船厂,正在如火如荼地建造政府的几艘汽船。

5月10日上午九点半,我们乘汽船经由圣劳伦斯河①离开京士顿去往蒙特利尔②。从任何角度来看这条气质不凡的河流,她的美都是无法想象的,尤其是刚起航的时候,九曲连环地绕过几千座小岛。这些岛一个个绵延不断,岛上树木茂盛,一片绿荫;而岛又大小不一,通过大的岛需要花半个小时时间,小的如同汪洋中的一圈涟漪。这些岛不光形状五花八门,树木长在岛上的样子也千姿百态——这是一幅充满了未知和乐趣的画面。

下午时,我们遇到一些急流,河水翻滚,泡沫奇异,而急流力量强大。七点钟,我们到了迪肯森氏码头③,因为河水湍急,汽船难辨方向,乘客被迫在那儿下船坐了两三个小时的马车。水路、陆路换乘的地方有很多处,间隔很长,再加上路面难走,行进速度慢,从京士顿到蒙特利尔的路成了漫长乏味的旅途。

我们沿着一条宽广、辽阔的乡村土地走,与河边挨得很近,明晃晃的警示灯不知疲惫地照着圣路易斯河的危险区域。黑暗的夜幕笼罩眼前的一切,一路上只剩下沉闷与枯燥。将近十点的时候,我们才到达下一班汽船停靠的码头,一上船,就直接去睡觉了。

汽船停靠了一夜,日光初现,便立即启程。伴着一阵狂风暴雨,我们

---

① 圣劳伦斯河:北美洲中东部的大水系,连接美国明尼苏达州圣路易河的源头和加拿大东端通往大西洋的卡伯特海峡,流经北美内陆约4000公里。
② 蒙特利尔:坐落于加拿大渥太华河和圣劳伦斯河交汇处,现在是加拿大第二大城市,是魁北克省最大城市。
③ 迪肯森氏码头:已于1958年因圣劳伦斯海道的通航而被永久淹没,成为水下的废弃城,是安大略省内"消失的村庄"之一。

迎来了清晨，之后，潮湿的空气逐渐清爽、明亮起来。吃过早饭后，我来到甲板上，惊讶地看到：汽船像一条巨大的竹筏，上面载了三四十个木屋，还有至少同样多的高大旗杆，如同在海上街道一样，随波逐流。我后来也见过这样的竹筏，但没见过这样大的。所有从圣劳伦斯河转运出来的木料，或者按照美国的叫法——"木材"漂流而下。竹筏到了目的地，也散了架，木料都拿去卖掉，船员再折回去转运更多的木筏下来。

我们在八点时上岸，坐了四个小时的马车穿过一片精耕细作和令人心旷神怡的乡村。不论是村舍的样子，还是农民的气质、言谈和穿着，商店和旅馆的招牌，路边的圣母神龛和十字架，几乎方方面面都是法式的。几乎每一个劳工和男孩，就算是脚上没穿鞋，腰上都系着一条颜色鲜艳的带子，通常是红色，妇女们就在田间和花园里做各种农活，她们无一例外，都带着大宽边的平顶草帽。村里街道上有天主教牧师和修女会的修女，十字路口和其他公共场所有救世主的画像。

中午时分，我们又登上了另一条汽船，于下午三时抵达距蒙特利尔只有九公里的拉什恩村。在那儿，我们不再走水路，转为陆路。

蒙特利尔是个依山傍水的好地方，位于圣劳伦斯河旁，身后矗立着几座高山，都是骑马或驾车的最佳地点。街道大多狭窄、不规则，就像任何时期的法国城镇。在市里现代点儿的地方，街道宽敞通风。商店各式各样，市内和郊区有很多美轮美奂的私家住宅。花岗岩的码头彰显着美丽、坚固和气度。

这里有一座大的天主教堂，最近加了两个尖顶，其中一个还未完工。在教堂前面的空地上，屹立着一座孤凉、肃穆的方砖塔，外表奇异，引人注目，而一些自以为是的人决定将它尽快拆除。蒙特利尔的政府大楼比京士顿的要气派得多，城市也更熙熙攘攘、富有生机。郊区处有一条木板

第十五章　在加拿大　去往多伦多　京士顿　蒙特利尔　魁北克　圣约翰　再回到美国　去往莱巴嫩　震颤村　西点

道，而非人行道，有五六英里长，非常有名。这里的春天来去匆匆，好像是刚走出死气沉沉的冬天，一眨眼的工夫就迎来百花齐放的夏天一样，因此，在这一带游览也倍加兴致盎然。

去往魁北克的汽船只在晚上开船，也就是说，要在晚上六点从蒙特利尔上船，第二天早上六点到达魁北克。我们在蒙特利尔待了两个多星期，期间去了一次魁北克，饱览了那里的特色与美景。

这是美洲的直布罗陀①：令人眩晕的高楼，形如悬浮半空的城堡，陡峭的街道和起伏不平的通道独树一帜，所到之处都令人眼前一亮。她就是这么的别具一格，让人难以忘怀。

这是一个不会让人忘记的地方，不会与脑海里的其他地方混淆，旅行者回想起来也绝不会与现实有任何出入。除了这个城市如画的景色，还有许多与她相关的联系，都足以让一片沙漠生机盎然。在危险陡峭的悬崖、群石密布的前线，沃尔夫将军②与他的勇士们攀上荣耀之巅；在亚伯拉罕平原，沃尔夫英勇就义；而另一方，蒙卡尔姆③骁勇善战，守护要塞，当他还未与世长辞时，一枚炮弹炸开了他的军人墓穴。所有的这些，都没有随着他们的逝去而灰飞烟灭，反而在历史的长卷中写下了浓墨重彩的一笔。于是这里也竖起了一尊纪念碑，为两国共同竖立的纪念碑，镌刻了两位将军高贵的名字，也使两位勇士得以永垂不朽。

---

① 直布罗陀：英国的海外属地之一，位于西班牙南面，与直布罗陀海峡、地中海、大西洋相邻。

② 沃尔夫将军：英法七年战争中，詹姆斯·沃尔夫是英国对加拿大远征军第三军的指挥官。1759年8月底，沃尔夫定下最后进攻方案：以舰队佯动麻痹敌人，在法军意料不到的地方奇袭登陆，切断魁北克的路上补给线，最后迫使法军在亚伯拉罕平原决战。9月12日晚，英国船只到达预定的登陆地，英国士兵在沃尔夫的带领下，攀上悬崖，向法军开战。英军在亚伯拉罕战役中大获全胜，沃尔夫却不幸中弹身亡。同时，驻加拿大法军总司令蒙卡尔姆也身负重伤，不治殒命。

③ 蒙卡尔姆：驻加拿大法军总司令路易约瑟·蒙卡尔姆。

市内不乏大量的公共机构、天主教堂和慈善团体，但得从旧政府大楼和城堡那里眺望，才能够尽览这城市举世无双的美景。乡村的景色在眼前缓缓铺开：大片的稻田森林，远方的高山流水，如同一幅画卷在眼前铺展开去，加拿大的村落绵延几英里，远远望去像一条白色的带子，宛若画卷里的经脉；颜色斑驳的三角墙、房顶和烟囱簇拥成一团，整座城市似乎触手可及；夕阳落在圣劳伦斯的河面上，轻柔地弹起莹莹珠光；俯视岩下，一艘艘船只也忽的小巧玲珑起来，船上的绳索在阳光下就像是蜘蛛网，而甲板上的大小木桶也缩成玩具一般，忙前忙后的水手们变成手舞足蹈的提线木偶。所有这些，都被一位站在堡垒阴森房间中的人尽收眼底，而他面前的高侧窗也正好为这最光彩明亮和分外妖娆的景色做了画框。

　　每年春天，都有大量的移民从英格兰或者爱尔兰来到这里，经过魁北克和蒙特利尔来到加拿大的一块处女地开垦并定居。我常常于清晨在蒙特利尔的码头散步，看着他们成百上千地聚在一起，大大小小的箱子摞满码头，着实有趣。但若能跟他们上船，混迹于他们之中，暗中对他们察言观色，会更能让人兴高采烈。

　　从魁北克返回蒙特利尔时，我们乘的船上就挤满了这些移民，晚上，他们就把床铺在甲板中间（这是说那些至少还有床的人），把我们的房间围个水泄不通，前后的通道都被堵得严严实实。他们几乎都是英国人，大部分来自格洛斯特郡①，漫漫旅途都在严冬中度过。但是看到这些孩子们都干干净净的，以及家长们无私奉献的爱，也就顿生欣慰了。

　　你可以说我们伪善（以后也会如此），但穷人比富人更难拥有美德，而一旦穷人身上有这些美德，就会显得更光辉耀眼。在数不尽的高楼大厦

---

　　① 格洛斯特郡：英格兰西部的郡，面积为2643平方公里。

第十五章 在加拿大 去往多伦多 京士顿 蒙特利尔 魁北克 圣约翰 再回到美国 去往莱巴嫩 震颤村 西点

中，住着这样的一种人，他们是模范丈夫、模范父亲，方方面面的品质能叫人夸到天上去，但若把他带到这里来，带到拥挤的甲板上，叫他们年轻貌美的太太褪去华美的丝绸长裙，摘下首饰珠宝，散开精美的发辫，再在她额头上画下几道皱纹，在她苍白的面颊上抹上几笔操劳与穷困，换上缝缝补补的粗布衣，只让他的爱做她唯一的装饰，这个时候，再来判断这个男人的品性。改变一个男人在社会上的地位，让他承欢膝下的子孙争夺的不是名利，而是那一口面包；即便是不丰盛的食物，也要让一群人去分得一杯羹；还要让他们瓜分他所剩无几的安逸，让他一贫如洗。甜美的儿时最爱已不再，取而代之的是无尽的痛苦和难以满足的需求，疾病缠身，焦躁、任性和争吵，婴儿的咿呀学语也不是美好的幻想，而是因为受凉、口渴或者饥饿。如果他的父爱战胜了这一切，他依旧对孩子的生活耐心关怀、无微不至，那就把他送回议会、讲道坛，送回到季审法院①，当他听到有人议论那些日夜劳作仍只能勉强糊口的人是自甘堕落时，让他发言，因为他亲身经历过，可以告诉他们，这些议论别人的人和那些朝不保夕的人相比较在生活中应该算是天使了，然而最后去往天堂时，也得小心翼翼、恭恭敬敬才行。

如果我们中有一个人，他的生活就是如此，日复一日、年复一年没有丝毫的改变和放松，又怎么能说得清他是一个怎样的人呢！看看这些人：背井离乡、居无定所、一贫如洗，又被流浪和生存拖垮了神经，再看看他们是如何不厌其烦地呵护和照顾孩子们的；看看他们先满足孩子们的需求，不惜自己节衣缩食；看看他们对太太无微不至的关怀，充满希望；看看他们是如何将太太们奉为模范；看看他们夫妻之间竟然很少，几乎从未

---

① 季审法院：英国当地的一种法庭，每个季度在各个县开庭审理，受理程度较轻的公诉罪，由治安法官主持。该制度于1972年被英格兰和威尔士废除。

产生过哪怕是一刻的口角或者抱怨。此时，我心中油然而生一股对人类强烈的爱与敬意，并向上帝祈祷有更多的无神论者能在人性更好的方面，从生活的课本中读到这平凡的一课。

5月30日，我们离开蒙特利尔，又出发前往纽约。我们坐汽船到圣劳伦斯河对面的拉普拉里①去，然后再乘火车到了位于尚普兰湖②边的圣约翰。给我们送行的是兵营的一个英国军官（我们在的时候，士兵们热情好客，颇尽地主之谊，让我们在那里的分分秒秒都值得怀念），当《统治吧！布列塔尼亚！》③还在耳边回荡的时候，我们的船已经开出去很远了。

在我的记忆中，加拿大已经是，并且将永远是一个最重要的地方。很少有英国人愿意探寻加拿大的美。她在悄悄地发展，过去的冲突已经化解，不计前嫌，公民的感情和个人的进取心和衷共济，没有一时兴起的莽撞，而是安安稳稳地健康运作，又不失活力——这个国家充满了诺言与希望。于我而言，我曾想当然地以为她是被发展的滚滚浪潮弃于身后，被遗忘、被忽略，在沉睡中虚度光阴。对于大量劳力和高工资的需求，蒙特利尔喧喧闹闹的码头，正在装货或卸货的船只，不同吞吐量的港口，商业、街道、公共事务，所有都是维系长期运转的必要环节。公共媒体的正直和特点，诚信工业赢得的欣慰，这些于我而言都是意外收获。再说湖面上的汽船，它们的便利度、洁净度和安全度，船长的绅士风度和言谈，既礼貌又不会有太多繁文缛节的社交礼仪，所有这些甚至连享誉国内的苏格兰船只都无法超越。旅馆通常不好，因为在这儿，住旅馆的习惯没有在美国那

---

① 拉普拉里：魁北克西南部沿海的一个郊区。
② 尚普兰湖：北美洲淡水湖，位于美国纽约州、佛蒙特州和加拿大魁北克省之间。主要位于美国境内（佛蒙特州与纽约州），但有一部分跨越了美国与加拿大的边界。
③ 《统治吧！布列塔尼亚！》：英国皇家海军军歌。

第十五章　在加拿大　去往多伦多　京士顿　蒙特利尔　魁北克　圣约翰　再回到美国　去往莱巴嫩　震颤村　西点

样普遍。每个城镇都有大量的英国军官，他们都只在军团里随便住住。但在其他方面，来加拿大旅行的人都能感受到当地卓越的环境。

有一条美国的船，载我们从圣约翰经过尚普兰湖到怀特霍尔镇①，我对这条船的赞美无以言表，甚至比从昆士顿到多伦多，从多伦多到京士顿乘坐的那两条还好，比世界上任何的一条都好。这条船叫作"伯灵顿号"，完美地结合了整洁、优雅和秩序。甲板如客厅，房间如闺房，装饰着精心挑选的图画和乐器。船上的每一个角落都体现着设计的优雅、舒适和美感。这些精巧、上乘的品位都得益于谢尔曼船长，卓尔不群的他在各种场合以勇气赢得人们对他的尊敬。面对加拿大叛军，英军没有其他交通工具，他拿出了勇气亲自带领英军进入加拿大。他本人和他的船只都备受尊敬，不论是英国人还是美国人，对他的敬重都是前所未有的。他的荣誉也实至名归。

乘坐着这条漂浮的宫殿，我们很快就返回到美国，在伯灵顿——一个美丽的城镇——待了约一个小时。于第二天早上六点在怀特霍尔上岸。我们本可以更早些到岸，但夜漆黑一团，又恰逢那一处河道十分狭窄，几条船只很难辨别方向，就在那里待了几个小时等太阳出来。经过一处十分狭窄的河道，要用绳子拖着，船才能前行。

在怀特霍尔吃过早饭之后，我们乘坐马车抵达奥尔巴尼②。这是一个很大的车水马龙的城市，我们在下午五点多到达这里。当时正值盛夏，经过一日的旅途我们已汗流如注。晚上七点，我们又搭乘一条体积庞大的北河③汽船去往纽约。船上的乘客举袂成幕，上层甲板就像剧院未开场时的

---

① 怀特霍尔镇：纽约州华盛顿县的一个镇。
② 奥尔巴尼：纽约州的首府，位于该州东部，哈得逊河西岸。
③ 北河：美国哈得逊河的一段。

票房大厅一样拥挤，下层甲板如周六晚的图腾汉厅路①一样喧嚷。但我们照样酣然入梦，醒来时已是次日早上五点，抵达纽约。

我们在纽约休息了一天一夜，恢复体力，整装待发，开始我们在美国的最后一段旅程。再过五天我们就要返回英格兰，而此时我格外想看看"震颤村"，这儿的村民都是震颤教②的教徒，村名也由此而生。

于是，我们又逆北河而上，到达哈得逊镇，在那里雇了一辆马车载我们到了三十英里外的莱巴嫩村。当然，这里的莱巴嫩非彼时游大草原时投宿的莱巴嫩。

道路曲曲折折穿过的是一片肥沃又美丽的土地，风和日丽，云淡风轻。走了几英里，还能看到卡兹奇山③庄严地耸立在蓝天白云中，不禁想起，曾经有一个吹着阵风的下午，李伯④和那个样貌可怖的荷兰人在山上玩九柱戏⑤。我们登上了一座陡峭的小山，山底下有一条在建的铁路穿过，在山上，正好经过一块爱尔兰的殖民地。以他们拥有的材料和工具，本可建造更好看的房子，可是他们的小茅屋却如此粗糙、笨重、破破烂烂，倒也奇怪。最好的仅仅能遮风避雨，最差的就只有泥巴糊的墙和稀稀疏疏的茅草屋顶，人就只能任由风吹雨打了。一些屋子甚至没有门窗，还有一些几乎摇摇欲坠，只有几根木桩和柱子随随便便地撑着。所有的房子都破败不堪，污秽肮脏。丑的吓人的老妪和丰乳肥臀的少妇，猪和狗，男人和孩子、婴儿，锅碗瓢盆，粪坑和垃圾堆，发出恶臭的稻草和死水，这些都搀

---

① 图腾汉厅路：位于伦敦中心的一条大街，是主要的购物街之一。
② 震颤教：基督教的一派，属于基督再现信徒联合会，是贵格会在美国的分支。因为在做礼拜、祈祷时，教徒多会因为得到感应而全身震颤不已，因此得名。在美国，有多个震颤村，村民共同劳作、生活，吃同样的饭，与外界联系极少，生活俭朴。
③ 卡兹奇山：美国纽约州哈得逊河以西、奥本尼西南方的一处高原。
④ 李伯：华盛顿·欧文的短篇小说 Rip Van Winkle，中文译为《李伯大梦》，也有译作《里普·万·温克尔》。讲述主人公李伯在山中一睡20年，醒来发现世事全非。
⑤ 九柱戏：类似于保龄球的游戏。

第十五章　在加拿大　去往多伦多　京士顿　蒙特利尔　魁北克　圣约翰　再回到美国　去往莱巴嫩　震颤村　西点

和到一起，就成了每一间黑乎乎、脏兮兮的茅屋里都具备的陈设了。

晚上九十点间，我们到了以温泉而著称的莱巴嫩。入住了一家设施齐全的酒店，对于那些来此地寻求健康和快乐的人来说，这个酒店肯定能满足他们的社交要求，但于我而言，不适的感觉甚至难以用言语形容。我们被带到一间宽敞的房间，两支蜡烛发着幽幽的光，这里是起居室。从这有一道往下的楼梯，通往另一间空荡荡的房间，那是餐厅。我们的卧室在一排排刷成白色的小隔间之中，一条死气沉沉的走廊两边都是房间。这样的房间跟监狱没什么两样，我睡觉时害怕别人把我锁在里面，就忍不住去听门外有没有钥匙转动的声音。这附近需要有一间浴室，因为这里的洗漱用品少得可怜，即使是在最不重视洗浴的美国，也算是简陋的。的确，连一些日常用品，比如椅子，在这些房间里都算是奢侈品而不能提供，可以说，这个酒店根本是什么都不提供，而我们享受到的"服务"就是挨了一整夜的咬。

不过，酒店的位置倒是不错，我们吃了一顿愉快的早餐。之后便启程去两英里外参观，路遇一个路标，写着"去往震颤村"。

沿途我们遇到一群正在路边工作的震颤教徒。他们带着最大的宽边帽，方方面面都木讷得像假人，就像是立在船头的雕像，因此我对他们既同情又好奇。不一会儿，我们就到了村口，在一间售卖震颤教工艺品的房前下了车，这个房子同时也是村中长老的聚会地，我们在那儿请求参观他们的礼拜。

趁着一些人还在考虑我们的请求时，我们走进了一间阴冷的房间，屋里有几顶阴冷的帽子挂在阴冷的钉子上，有一只阴冷的钟阴冷地报时，挣扎着一下一下地走，它好像是不情愿打破整间屋子阴冷的气氛，就以那样的挣扎来抗议。靠墙边放着六七个僵硬的高背椅子，它们阴冷的样子让人宁可坐在地上，也丝毫不愿给它们履行自己义务的机会。

马上，一个阴冷的震颤教长者大步走进屋，他的目光如同外套和马甲上金属圆扣散发的光芒一样，冷峻、暗淡，像一个冷静的幽灵。得知我们的请求，他带给我们一张报纸，上面有一份长老会（他也是其中一员）几天前刊登的通告：由于近日礼拜受到外来者的不当影响，本教堂将对外关闭一年。

面对这样合理的安排，我们也无法反对，便要求买些纪念品后再离去，他面无表情地接受了这一请求。于是我们到走廊对面的商店，所有的商品都由一个黄褐色盒子里装着的活物所看管，长老说那是一个女人，尽管我绝对猜不到那是个女人，只能姑且这么认为。

马路对面就是他们做礼拜的地方：一栋清爽、干净的木质建筑，配着大窗户和绿色的百叶窗，像一栋宽敞的避暑凉亭。因为进不去，我只能在外面踱来踱去，看着它和村里其他的建筑（大部分建筑都是木质结构，刷了深红色的漆，有点像英国的谷仓，又是复式结构的好多层，有点像英国的工厂），我们买东西时只看到了关于这个村落的三三两两，也没有什么可以跟读者描述的。

他们之所以叫作震颤教教徒，是因为他们独特的礼拜方式，其中包括一种舞蹈，不论男女老少，都会参加。他们分成两队，男士的一方先脱下帽子和外套，在开始跳之前郑重其事地把衣帽挂在墙上，并在袖子上系上一条丝带，好像是马上就要抽血似的。他们边跳边低声哼着曲儿，交替着前前后后、深深浅浅的舞步，一直跳到精疲力竭。仪式的结果据说是荒谬地无法形容，我手头上正好有一张和仪式相关的宣传页，那些参观过教堂的人告诉我宣传页上画得非常准确——那礼拜结果一定是荒诞极了。

他们都受一名妇女的领导，虽然有长老会辅佐她，但要保证绝对服从

第十五章 在加拿大 去往多伦多 京士顿 蒙特利尔 魁北克 圣约翰 再回到美国 去往莱巴嫩 震颤村 西点

她的命令。据说，她独居在教堂上面的几间屋子里，绝不在俗人面前露面。如果说她有一点儿像那个卖纪念品的女人，那叫她离群独居真是最大的仁慈了，而在这件事上，我强烈地对这种仁慈表示了认同。

所有的财物都集中到一起，由长老保管。可以想象，由于皈依该教的人之前都属富人，再加上他们生活节俭朴素，他们的基金也如雪球一样越滚越大。而更特别的是，他们用大量的钱买了耕地。这里并非莱巴嫩唯一的震颤教村，我觉得至少还有三个。

他们是很勤快的农夫，他们的农产品饱受赞誉，供不应求。"震颤牌种子""震颤牌草药"和"震颤牌蒸馏水"都是镇上和城市商铺里常见的商品。他们不仅擅长养牲畜，而且对它们还很仁慈、善良。因此，震颤者养的牲畜从来不愁销路。

他们像斯巴达人一样，吃饭喝水都在一起，在一个很大的公共餐桌上。没有两性的结合，因为每一个震颤教徒，不论男女，都要终生独身。这方面的谣言纷纷扰扰，而在这儿，我又要提起商店的那个女人，如果诸多震颤教姐妹都像她一样，那么我认为这样的中伤纯属无稽之谈。他们收的信徒，有些还少不更事，我在路上看到工作中的教徒里有些还是乳臭未干的孩子，我敢说，他们根本不了解自己的心，也无法在清规戒律中下定决心。

据说，他们还是讨价还价的好手，但做生意时，能保证公平诚信，即便在卖马时，也拒绝坑蒙拐骗（出于某些莫名的原因，偷骗似乎在这一领域普遍存在）。无论何时，他们都安安静静地以自己的方式行事，生活在昏暗、寂静的集体中，绝无半分心思要去打扰他人。

这一点还不错，但我不得不承认，我不能倾向于这些震颤教徒，不能认同他们的观点，或者宽容他们的行为。我痛恨，从我的内心深处憎恶那种卑劣的精神——无论信仰它的是何种阶层或宗派。那种精神剥夺了健康美好的生活方式、剥夺了年轻人无忧无虑的快乐、剥夺了青壮年和老年人漂亮的装饰品，他们从一出生就能看到死。这样万恶的思想，如果它流行到全世界，大行其道，那一定将最伟大的人的想象力一夜之间变成荒芜，那些原本能够为后代创造永恒的人也将变得猪狗不如。在每一顶宽边帽、每一件阴沉的外套中，在每一次刻板的、肃穆的虔诚祈祷中，简言之，不论何种服饰，不论是震颤教村民剪的短头发，或者是印度教僧人的长钉①，我认为这就是最邪恶的敌人，将可怜的世界上喜宴的水变成了胆汁，而不是红酒。如果有人发誓一定要粉碎无害的爱好和对纯真笑颜的喜爱（它们是人性的一部分，如同其他的感情和希冀都是人性中的一部分一样），那么就让他们去吧，让他们和那些粗俗放肆的人一样被揭露出来。就连傻子都会明白他们不会永垂不朽，随之会鄙视他们，会避而远之。

离开震颤村时，我心中满怀着对村中长老的各种不满，也掺杂着对年轻教徒的怜悯之情——他们长大后、懂事后，很有可能逃出这个村子，而且这并不少见。我们沿着前一天来的路返回到莱巴嫩，回到哈得逊。我们乘汽船沿北河至纽约，在距离纽约只有四个小时车程的西点停留了一夜和第二天的一天一夜。

这是一个美丽的地方：是北河的高地中美中之美的地方——包围在苍翠欲滴的高地和断壁残垣的城堡中，俯视远方的纽堡镇。阳光下波光粼粼的河水和星星点点的帆船，船上的白帆因为山谷中吹来的风时不时调转方向，被四面八方有关华盛顿的回忆以及革命战争的遗迹包围——这里就是美国西点军事学院。

---

① 印度苦行僧的修行包括要躺在布满钉子的床上。

第十五章 在加拿大 去往多伦多 京士顿 蒙特利尔 魁北克 圣约翰 再回到美国 去往莱巴嫩 震颤村 西点

这样的地点，简直好到无以复加，美到无以复加。这里的教育非常严格，但课程设计合理，又培养了男性雄风。六月到八月，众多小伙子来到学校所在的广袤平原露营，而一年中，每天的军事训练也是在那里完成。国家规定该校的学制是四年，每个学生都一样，但不知是由于纪律太严，还是美国人不喜被约束，或者是二者结合，总之能够在这里完成四年学业的不过半数。

学员的名额与国会议员的名额相同，都是从每个国会选区选一名来此，而各选区议员也会操纵当地的人选。军职的任命也依据同样的原则。各位教授的住宅错落有致，对于外人也有最上乘的旅馆，但它有两个缺点：一是不供应酒水（禁止向学生供应葡萄酒和烈酒），二是各餐的供应时间极不体贴——七点时早餐，下午一点时午餐，日落时晚餐。

六月伊始，在这个芳草碧连天的夏季，每一个夜晚都能感受到这里的静谧和清秀的美，而且她美得如此细腻。我们于六号离开西点，回到纽约，又于次日去往英格兰。回想起逝去的值得回忆的美景，她们的美在明亮的阳光下变得柔软，那些都是大师笔下的杰作，在大多数人的印象中难以忘却，不会被时间的灰尘掩盖其光芒。这些美景就是卡兹奇山、睡谷和塔盘济[①]。

[①] 这些当地景色皆出现在华盛顿·欧文的作品中，卡兹奇山出现在《李伯大梦》中，后两者出现在《睡谷的传说》中。

第十六章

归 途

6月7日周二上午，这是我们盼望已久的时刻，在此之前，我从没对风产生过这么大的兴趣，这种兴趣以后也很可能不会再现。一两天前，一位航海专家告诉过我，"风，只要是打西边来的，就行。"所以，天一亮我就从床上窜出去，打开窗户，迎面扑来的正是习习的西北风。这股风是从前天夜里刮起来的，它是如此清新，发出瑟瑟的快乐的声响，我立刻对这股从那个方向吹过来的空气万般怜爱起来。我敢说，直至我呼出人生最后的一口孱弱之气，直至我肉体凡身的最后一日，我仍会珍惜这一情感。

船员也没耽搁，立刻利用了这一有利的气象条件。那条船昨天还挤在水泄不通的码头里，似乎永远不得出海，就此退役了一般，现在却已经开出港口十六英里之远。我们乘坐汽船很快赶了上去，看到那船在远方锚泊，她高高的船桅优雅地直指青天，每条绳索和桅桁都细密地如丝线般纵横交错，气势磅礴，英姿焕发。我们登上那条船后，船在嘹亮的合唱中——"快乐的人！哦，快乐的人！"——起锚，雄赳赳、气昂昂地追随着蒸汽拖船的航线。当纤绳被松开，船帆飘扬在船杆上，展开她洁白的羽翼时，这条船也开始了她自由的独征，此时，她就是所有航船中最英勇的一艘。

后舱总共只有十五名乘客，大部分来自于加拿大，有些人是我们在加

第十六章 归途

拿大的时候就认识的。夜晚风急浪大，之后的两天也是这样，但时间过得很快，我们决定，不论在水上还是陆地上，都要相亲相爱，再加上有一位诚实、英勇的船长，很快，我们便成了温暖和欢乐的团体。

我们早上八点吃早餐，十二点吃午餐，下午三点吃晚餐，晚上七点半吃茶点。娱乐活动很多，吃饭仅是其中一项：首先，吃饭本身就算娱乐；其次，吃饭的时间尤其长：包括了每道菜之间长时间的间隔。一顿饭很少会在两个半小时内结束，这期间笑料不断。在饭桌上消遣无聊时光，于是，在饭桌末端、桅杆下，组成了一个特殊的群体，他们的头儿有种独一无二的气质，而他的谦逊让我不敢透露他的身份。这群人欢快热闹，非常受大家欢迎（抛开有偏见的人不说），尤其受一位黑人管家的欢迎，他这三周来被那群妙人的风趣幽默逗得一直合不拢嘴。

随后，会下棋的人下棋，还有人打牌，玩克里比奇纸牌，看书，下双陆棋，玩推圆盘游戏。无论天气如何，晴空万里或乌云密布，风平浪静或狂风恶浪，我们都会去甲板上——或是三三两两地闲逛，或是躺在救生船里，或是倚在一旁，又或是懒散地聊天。我们并不缺少音乐，因为有一个人拉手风琴，另一个人拉小提琴，还有一个吹喇叭的（他经常早上六点就开始吹），有时，这几种乐器会在船上的不同地方同时响起不同的音调（每个人都完全沉醉于自己的表演），演奏者彼此都能听到。这种集各种音色、各种音调于一身的效果，实在是难听到一定高度了。

当所有的这些娱乐都试过了，一艘帆船映入视野：就像幽灵一样，要么影影绰绰地出现在远处的迷雾中，要么与我们相隔很近，以至于我们透过望远镜都能看到那艘船甲板上的人，还能很容易地叫出这船的名字，说出它要去哪。我们可以连续几个小时看海豚和鼠海豚在水里跳跃，又在船周围的地方潜入海底；或者看那些飞行中的小动物，如海燕。海燕从纽约湾就一路伴我们左右，跟着船尾飞了整整两个星期。有几天不起风，或者风势微弱，一些船员就钓鱼来休闲，却不小心钓到了一只海豚，海豚在甲板上被阳光照射得五彩斑斓的，慢慢断了气。无所事事的日子里，这件事也成了大事，之后我们便用海豚死的那天计算日子，开启了一个时代。

除了这些，在我们出海五六天之后，便有人开始谈论冰山，谈论那些在我们离开纽约港前一两天进港的船看到的浮岛，浮岛数量之多，极为罕见。之前就有人警告过我们："天气突然变冷，温度计里的水银突然下降"都预示着冰山就在附近。这些迹象不断显现，瞭望员要值两次班。夜色降临之后，黑暗之中便有喁喁私语，讲述船只撞到冰山，并且在夜色中沉入海底的凄惨故事。因为风向的原因，我们要向南行驶，因此未见到冰山，天气也再次明亮、温暖起来。

可想而知，每天中午的观测，以及随后船只的依此航行，成了我们生活中顶天的大事。不乏自以为是的聪明人质疑船长的计算能力（这种人一直都有），只要船长一转身，他们即便没有指南针，也会用线、手帕角和剪刀的尖来测图，信誓旦旦地证明船长算错了差不多一千英里。看到那些不相信的人皱着眉头摇脑袋，听他们长篇大论地说着航海，那样子还是很令人信服的。他们也不是无事不通，但他们总是质疑船长，不论是风平浪静还是逆风前行。实际上，就连水银也不如这帮乘客善变，你之后可以看到，这帮乘客，在船乘风破浪的时候，对船长崇拜得五体投地，发誓说这位船长比他们认识的所有船长都厉害，还暗示说，要为他捐银杯。而转天一早，当微风渐渐平息，所有的帆在平静的空气中垂头丧气，派不上用场时，这帮人又噘着嘴说，他们希望船长是个好水手，但他们其实还是自以为聪明地怀疑船长。

水平如镜时，想着何时才能刮起顺风，这甚至已经成了一种职业，所

第十六章 归途

有的规律和先例都表明,风,早就该刮起来了。大副一直坚持不懈地吹哨求风,也因此备受尊敬,甚至被那些不信任船长的人认为是一流的水手。晚饭的时候,许多悲观的人透过天窗望着几面无精打采的帆,流露出一脸愁容;另一些人在悲观中变得激进,预计说我们会在七月中旬到岸。船上总会有两种人,一种是乐观的,一种是悲观的。在旅程中这样的阶段,悲观者一定是大获全胜,每顿饭都会把乐观者质问得哑口无言,问他觉得"大西方号"(比我们晚一周离开纽约)现在在哪儿;觉得"丘纳德"汽船现在在哪儿;觉得现在相比于汽船,帆船怎么样。那乐观的人不断地受到这样恶毒的攻击,为了求得一刻宁静,也不得不悲观起来。

这些都是一系列娱乐活动之外的事情,但我们仍有另一种乐趣的来源。舱里至少有一百名乘客,似乎是一个贫困世界的缩影。白天时,他们常到甲板上透气,我们望下去,看着他们做饭、吃饭,看着他们的一举一动,渐渐对他们每个人也了解起来,对他们的过去也好奇起来:他们来美国时有着怎样的期望,他们又为什么回家,他们条件怎样。负责这些人的是个木匠,他给我们透露了一些匪夷所思的信息:这群人里有一些在美国只待了三天,一些人待了三个月,一些人返乡时坐的船正是来时坐的船,还有些人为了攒路费,衣不蔽体,食不果腹,只靠他人施舍,快要靠岸时发现还有一个人,他从后仓晚饭后送出来洗的盘子里刮些残羹剩饭,但他非常隐秘,所以并没有引人注意和获得怜悯。

装载、运送这些不幸之人的整个体系迫切需要彻底的审视。如果说有某一阶层值得让政府保护并获得帮助,那就是这群仅仅为了生计而远走他乡的人。船长和船员们出于同情和人道,已经为这些穷苦的人做了力所能及的一切,但这远远不够。至少在英国,法律规定不能让这么多穷人一下子都上船,要确保他们有体面的住宿,不能让他们败坏道德,放浪形骸。

从人性方面，也规定要有专门的职员在乘客上船前事先检查乘客的供给，确保每位乘客整个旅途中都有充足的食物。应提供或者应要求提供一位医疗护理人员。尽管旅途中成人患病或儿童死亡已经司空见惯，但在这几条船上却不配备医护人员。毕竟，无论是君主制还是共和制，任何政府都有义务来干预并阻止这样的制度——赚移民钱的商人包了整整一层甲板，那些穷人，则被不计其数地送到船上，商人们不论船上条件如何，也几乎不考虑船舱适合容纳多少人，铺位多少，或者至少将男男女女分开，想的只是他们自己能够马上获利。这甚至不是这种邪恶制度最恶毒的一面——一些拿回扣的代理人，经常游窜于那些贫困不堪的地区，用欺骗的手段，夸大其词地诱惑那些容易上当的人，给他们描绘永远都不可能实现的海市蜃楼，将他们带到更深的痛苦中去。

船上每个家庭的背景似乎都如出一辙：攒了点钱，砸锅卖铁，东拼西凑，凑齐了来纽约的路费，本以为纽约的马路上铺的都是金子，却发现其实都是实实在在的石头。企业低迷、劳动力市场不景气，就算能找到工作，也领不到工资。他们返乡的时候，甚至比来的时候还要穷困潦倒。其中有一个人带着一封年轻英国工匠写的没封口的信，工匠已经在纽约待了两周，这封信写给他一位住在曼彻斯特附近的朋友，工匠鼓励他的朋友追随他来纽约。一位船员将它当作稀罕物拿来给我看。信中写道："杰姆，这就是美国。我喜欢美国，它很伟大。在这里，没有专制的统治。各行业的劳动力供不应求，工资也很丰厚。杰姆，你只需要选个行业，干就是了。我现在还没选好，但很快就会了。现在，我还没决定是做个木匠好，还是做个裁缝好。"

还有另一种乘客，就那一个人，在微风习习的天气里，是大家永恒不变的议论和观察主题。他是英国的海员，头脑灵光，身材健硕，从头到脚

第十六章 归途

都透着英国士兵的劲儿，他本在美国海军服役，现在请了假回家去见朋友。当他提出要自己掏钱支付路费时，旁人劝他，既然他是出色的海员，不如利用工作机会去，也能省下一笔钱。但这一建议被他愤然回绝，说道："如果不能像个绅士一样出一次国，那他就该死。"因此，他们收了他的钱。可他一上船，就把行李放到水手舱里，跟船员一起吃饭，第一次水手全体出勤时，他比谁都快，像只猫一样爬上桅杆。一路上，他总是第一个去攀绳索，爬到船桁最远的地方，永远都在给各处帮忙，但总是带着一股严肃的高贵气，脸上挂着严肃的笑容，明显在告诉别人："我像个绅士来做这些事，请注意，都是出于我自己的乐趣。"

最后，该来的风还是来了，每一面帆都被风撑得鼓鼓的，在风的推动下，船身优雅地划破水面。移动的船身散发着宏伟庄严的气质，她巨大的帆遮挡住阳光，洒下大片阴凉。看着她乘风破浪、一往直前，人们内心顿时充满了一股难以名状的骄傲和欣喜。当她猛地冲进一条充满泡沫的"峡谷"时，我最爱看她周围裹着白边的碧浪，一浪浪拍打着船尾，将她欢乐地抬起，又一弯弯带她俯冲而下，永远将她视为他们高傲的女主人！我们飞一般前进时，落在水面上的阳光不断变换着颜色，天空像是铺了一层羊毛般柔软。白天阳光明媚，夜晚月色柔情，风向标是顺风忠诚的标志，直指远方的故乡，我们看到它就心花怒放。直到 6 月 27 日太阳升起的时候——美丽的周一早晨，我不会忘记这一天——我们眼前，古老的开普可利岛①（上帝保佑它）出现在晨曦的薄雾中，像一片云一样：对我们来说最明亮、最受欢迎的云，遮住了坠入人间的天堂姊妹的脸庞——故乡。

它只是前方广阔视野中的一个小黑点，但正是它，让日出成为更加令

---

① 开普可利岛（Cape Clear Island）：又译"清澈角"。在科克郡，位于爱尔兰的最南端。

人愉悦的景象，甚至让它有了点儿人情味，似乎在海上，它还正需要点儿人情味。和别处一样，每一个到来的白天，都带来希望的新生和情绪的喜悦。当阳光在一成不变的水面上闪耀时，在一望无际的寂寞中夺目而出时，那种景色尤为庄重，即便是将海洋掩盖在黑暗与神秘之下的夜晚，也不能超越。月亮升起，与孤独的海洋相得益彰，庄严中又流露出忧郁，它是那样的温婉、柔和，似乎要让它在使人悲伤时，又给人以安慰。我想起儿时做的一个梦：月亮在水面的倒影是通往天堂的路，好人们的灵魂踏上这条路，走向他们的神。当我在水平如镜的海面上再次欣赏月亮的投影时，这种感觉又一次袭上心头。

那个星期一早晨，风力微弱，但好在还是顺风。我们缓缓离开了开普可利岛，沿着视线里爱尔兰的海岸一直行驶。不难想象我们当时是如何快活，如何对"乔治·华盛顿号"忠心不二，如何相互祝贺，如何冒险地预测我们到达利物浦的准确时间。也很容易理解我们如何发自肺腑地在晚饭时给船长敬酒祝寿，如何不知疲惫地打包行李，有那么两三个最乐观的人，在那一夜如何拒绝入睡，觉得不值，而最后在快靠岸的时候又酣然而眠。在旅途即将结束时，就像一个美好的梦，害怕醒来。

第二天，徐徐清风再次刮向我们的目的地，我们也再一次欢腾地前进起来。时不时能看见回家的英国船只在收帆，而我们的船帆，每一寸都有力地张开，愉快地超过了它们，还将它们远远甩在身后。傍晚来临的时候，薄雾腾起，<u>丝丝细雨柔软地飘下</u>，很快，薄雾变成浓雾，我们宛若在云中航行一般。我们的船像一艘幽灵战舰向前飞驰，许多双眼睛都向上望着桅杆上远眺霍利黑德①的瞭望员。

---

① 霍利黑德：坐落在威尔士西北部的安格尔西县。

第十六章 归途

最后，我们终于听到期盼已久的瞭望员的喊声，就在同一个时刻，一束光亮从前方的阴霾薄雾中照射出来，不一会儿又消失，再出现，反反复复。不论那光线何时出现，船上所有人的眼睛都闪烁着明亮如它的光芒——我们所有人都站着，看着霍利黑德岩石上的旋转灯光，称赞它的明亮和友好的提醒。简言之，我们都赞美它，它胜过了所有信号灯，直到那灯光愈渐式微，消失在我们身后。

然后，就该给领航员发信号枪了，在信号枪的烟雾还没消散殆尽时，就有一条桅顶上带着灯的小船，冲出黑暗，快速朝我们驶来。马上，我们的帆就调换了方向，小船一直伴着我们航行。那个哑着嗓子的引航员整个人包裹在厚呢子大衣里，与我们一起站在甲板上，把围巾围到风吹日晒的鼻梁上，声音被衣服裹着，听不清。我想，如果那个领航员想要无担保、无限期地借50英镑，我们肯定会在他的船被我们的船甩在身后之前，或者在他把报纸上每一条新闻都向大家广播之前（这两种情况是一样的），就凑齐，借给他了。

那天，我们睡得很晚，第二天又起得太早。清晨六点，我们就聚集到甲板上。准备上岸的时候，我们看见了利物浦的尖顶、房顶和烟。八点时，我们全都坐在利物浦一间旅店内，最后一次聚在一起吃饭。九点，我们互相握手，自此各自天涯。

我们乘坐火车快速地前进，眼前的乡村就像一座豪华的公园。美丽的田地（它们看起来那么小！），一排排的篱笆，苍翠的树，漂亮的村舍，茂盛的花床，古老的教堂墓地，年代久远的房屋，以及各种熟悉的景色。旅途中独特的喜悦以故乡亲爱的景色为结尾，都绽放在那一个盛夏晴天里，这是无法言表和难以描绘的。

第十七章

奴隶制

关于美国奴隶制的残暴，若不是有大量的证据和理由，我是不会写一个字的。而美国奴隶制的拥护者，可以分为三个等级。

第一种人是温和理智派，把人当牲口使唤，将占有奴隶当作交易的资本。但是他们也基本承认这一制度的可怕本质，认识到其对社会的危害，也为此惴惴不安——即使这些危险并非迫在眉睫，它们甚至可能遥遥无期，但终究会像审判日①一样，一定会落在它罪恶的头颅上。

第二种人，包括了所有那些拥有、饲养、使用、买卖奴隶的人们，直到这一血腥的时期面临血腥的结尾时，他们都会一直不惜一切代价拥有、饲养、使用并且买卖奴隶。他们无视任何其他事物都没有的史无前例的大量证据，顽固地否认奴隶制的恐怖，而奴隶制每持续一天，就加剧了这一制度的恐怖。无论何时，这些人都盼着美国能卷入一场战争，无论是内战还是外战，目的就是一个——能让他们有永远使用奴隶的权利，一个鞭挞、奴役、折磨奴隶的权利——却不受任何当局的盘问，也不会受到人为

---

① 审判日（Day of Judgment）：又译作最后的审判，是一种宗教思想。在基督教神学中，指世界将要结束，决定人类命运的一天。死者会从坟墓中复活，所有人被召集在上帝的审判席上，每个人的最终命运将依他或她与耶稣基督的关系而定。

第十七章 奴隶制

的攻击。他们谈论的自由，是指野蛮、残忍地压迫同类的自由。在共和制的美国，每个奴隶主都是自己土地上的专制君主，却比罩在猩红色皇袍下愤怒的哈里发①哈龙·拉希德②更苛刻、更严厉，又更不负责任。

第三种人，数量不少，影响也不小。他们大都矫揉造作，不能忍受有人凌驾于他们之上，也不能容忍其他人与他们平起平坐。这些人的共和主义意味着："我不允许任何人在我之上；也绝不允许在我之下的人向我靠近"。在一个自愿奴役、被人不齿、叫人避而远之的国度，他们的骄傲感就来自于奴隶，而且他们那不可剥夺的权利也只能在那些逆来顺受的黑人身上实践。

有时人们也提醒，在共和的美国推动人类自由事业（历史学讨论中奇怪的一节）的徒劳努力中，第一类人的存在并没有得到足够的关注；也有人争论，第一类人因常与第二类人混淆而不被人提及。毋庸置疑，事实就是这样：在第一类人里，金钱和个人的牺牲已经开始增多。让人遗憾的是，他们这些人和拥护解放奴隶的人们之间的差距却无论如何都被加大和加深了，尤其，在第一类奴隶主之中，很多心善的人都是在柔和地行使着他们那反自然的权利，这一点是不可争辩的。令人担心的是，这些人所受到的不公平待遇和需要用人道和真理来解决的情况是无法分开的。

不能因为有些人能够或多或少抵制住奴隶制冷酷的影响就对它有丝毫的忍耐；也不能因为诚实的怒潮在前进中除了淹没了众多恶人，还压倒了些相对无辜的人，就让这浪潮停止。

支持奴隶制中有一些较好的人，他们的观点通常如下："这是一个很

---

① 哈里发：Caliph，阿拉伯语中意为真主的"继承人"，是古时对阿拉伯统治者的称呼。
② 哈龙·拉希德（Harun Alraschid，约764—809）：阿拉伯帝国阿拔斯王朝最著名的哈里发，因名著《一千零一夜》生动地渲染了他的许多奇闻轶事而为众人所知。

坏的制度，于我个人而言，如果我能，我会很乐意废除这一制度，欣然之至。但它并没有那么坏，没有你们英国人想的那么坏。你们只是被那些解放主义者的言论所欺骗了。我的大部分奴隶都很喜欢我。你可能会说那是因为我不允许他们受到虐待。但我要对你说，如果残忍地对待奴隶会损害他们的价值，也明显会违背主人的利益，你相信这种行为还能这么流行吗？"

那么，偷盗、赌博、因酗酒伤身伤神、撒谎、做伪证、无边地憎恨、不顾一切地报复甚至谋杀，哪一个是符合人的利益的？一个都没有，这些都是通往毁灭的道路。那么又是为什么，人们偏偏选择了这些道路，因为这些堕落的爱好都存在于人类邪恶的品质中。你们这些奴隶制的朋友们哪，把对野蛮的渴望、暴力、无责任地滥用权力（最后一个是在所有世俗的诱惑中最难抵制的）从你们的七情六欲中都去除掉，当你们把这些都去除掉之后，必须是之后，我们再问你，鞭挞、伤害那些奴隶，那些你完完全全控制他们生命和躯体的奴隶，是不是符合你们的利益！

话说回来，这一类人，以及我刚才说的最后一类人，就是虚伪的共和制滋生的卑鄙贵族阶级，抬高声调、大声呼喊着："公共舆论完全可以防止你们所谴责的残酷行为的发生。"公共舆论！怎么？蓄奴州的公共舆论就是支持奴隶制，不是吗？正是蓄奴州的公共舆论拱手将奴隶们献给了他们的主人，任由其摆布。正是公共舆论制定了法律，拒绝对奴隶提供合法的保护。正是公共舆论在抽人的鞭子上打了结，将烙铁烧红，把步枪上满膛，最后还要包庇杀人犯。正是公共舆论以死威胁废奴主义者，如果他敢逃到南方，就在他腰间缠上绳子，在艳阳当头时拖着走过东方第一名城。就在几年前，公共舆论在圣路易斯用慢火将一名奴隶活活烧死。审理杀害奴隶的案件时，颇有名望的法官（公共舆论让这位法官仍然坐在法庭上）

第十七章 奴隶制

告诉陪审团,这些杀人犯的恐怖行径都是公共舆论行为,既然如此,必不能依据由公共情绪而制定的法律来受到惩罚。公共舆论对这样的说法报以狂热的掌声,又将犯人释放,让这些声名显赫的人,继续耀武扬威,招摇过市。

公共舆论!什么阶层在立法机关里相比于社会其他人有绝对优势,能够利用他们的权力来代表公共舆论?当然是奴隶主。12个蓄奴州派出了100个代表,而拥有其两倍人口的自由州却只有142个代表。总统候选人对谁卑躬屈膝?向谁阿谀奉承?又在他们声明中奴才般地投谁所好?答案永远都是奴隶主。

公共舆论!听听自由南方的公共舆论,他们自己的代表正在华盛顿的众议院发表意见。"我对议长是十分敬重的,"来自北卡罗来纳州的议员说,"议长作为议院的一员,我十分尊重他,我也非常尊重他个人。正由于这份尊重,我才没有冲到桌子旁把那张提出要在哥伦比亚区废除奴隶制的请愿书撕成碎片。""我要警告那些废奴主义者,"来自南卡罗来纳州的议员说,"他们无知、愤怒、野蛮,如果他们落到我们手里,就可能面临死刑。""让废奴主义者过来,进到南卡罗来纳的边境来,"第三个人——卡罗来纳州议员的一个温和的同伴——又大声喊道,"如果我们抓到他,我们就要审判他,而且即便世界上所有政府都来阻挠,即便联邦政府都出面,我们也会将他绞死。"

正是公共舆论制定了法律。华盛顿是一座以建国之父命名的城市,它的法律宣布:任何治安法官都可以在街上绑了过路的黑人然后将他们投入监狱,包括没有触犯任何法律的黑人。法官称:"我觉得这是个在逃的奴隶",就可以把他关起来。关起来之后,公共舆论又赋予法官有权力在报纸上登启事,要么督促黑人的主人来此捉他回去,要么就是将黑人再卖出去，来支付蹲监狱期间的费用。假设，他是一个自由的黑人，没有任何人占有他，也会自然而然地推测他会被释放。那你就错了：还是要卖掉他来偿还他的费用。这样的情况日复一日，年复一年。他没有任何方式能证明他的自由，没有人给他建议或者帮他捎个信儿，没有任何形式的帮助，他的案子也没人调查，无人问询。他或许已为奴多年，但自己赎回了自由之身，既没有犯罪，也没有掩饰犯罪，却被一下子扔进监狱，然后又被卖了来支付监狱的费用。即便在美国，这样的事情也让人难以置信，但它的的确确就是美国的法律。

下面这些案例都遵从了公众舆论，它们曾登上报纸头条，题目为：

趣 案

最高法院现在正在受审一件趣案，案情如下：一位居住在马里兰州的绅士已经于多年前就允许一对年迈的奴隶夫妇获得实际上的自由，只是未通过法律程序。在此期间，他们生了一个女儿，女儿自生下来就是自由之身，长大后嫁给了一位同样自由的黑人，并同他搬至宾夕法尼亚州居住。他们生了几个孩子，生活无忧无虑。直到原先的主人去世后，他的后人希望要回这些黑人当奴隶，将他们带到地方法官面前，可法官认为他在这件案子上没有管辖权。于是，奴隶主就在夜里捉了那个女人和她的孩子们，并且押回马里兰州。

"悬赏黑人""悬赏黑人""悬赏黑人"，这些就是报上的广告标题，密密麻麻用大写字母印满了一整栏。广告里还插有木刻画，画面上是一个刚抓回来的黑人，戴着手铐，蜷缩着，面前的人穿着长筒靴，掐住他的脖子，做出厉声恫吓的样子，这张配图简直让那些广告活灵活现起来。头条文章抨击废奴主义，将其描述为"令人厌恶的、地狱般的废奴主义，基本

第十七章 奴隶制

上就是跟上帝和自然的每一条法则针锋相对。"娇柔的妈妈在凉爽的走廊下读报，看到这篇语气轻快的文章，赞成似的微微一笑，又哄着依偎在裙边的小孩，承诺给他"一条鞭子去打小黑奴"。但是那些黑人，不论大小，都受到公共舆论的保护。

我们再来用另一个试验测测公共舆论吧，这一试验的重要性可以从以下三个角度来解释：首先，在广泛流通的报纸上，看他们对逃走奴隶的细微的描写，显示出这些奴隶主有多么害怕公共舆论；其次，这些奴隶几乎很少逃走，显示出他们生活得有多么满足；最后，由那些"真诚的"奴隶主而不是说谎的废奴主义者所描绘的，奴隶身上完全没有疤痕、伤害以及受到其他残酷刑罚后留下的印记。

下面是在公共报刊上刊登的一些广告样例。这些广告最早出现于四年前，随后每天源源不断地刊登相同类型的广告。

"在逃女黑奴，名卡洛琳。颈圈上有一枚向下的尖。"

"在逃女黑奴，名贝琪。右腿套有铁箍。"

"在逃黑奴，名曼纽尔。有多处烙铁烫伤。"

"在逃女黑奴，名芳妮。脖子上套有铁圈。"

"在逃男童黑奴，十二岁左右。脖子上套有一个狗项圈链，刻有'德·兰普'。"

"在逃黑奴，名亨。左脚套有铁环。其妻格里斯同样在逃，左腿套有一铁环和铁链。"

"在逃男童黑奴，名詹姆斯。在逃走之前受过烙铁烫伤。"

"黑奴囚犯，自称约翰。右脚戴重约四磅到五磅的铁脚铐。"

"警署监狱在押女黑奴，名米拉。身上有多处鞭痕，双脚戴脚镣。"

"在逃女黑奴与两名儿童。在其逃走前几天，我用烙铁试图在其右脸上印字母 M。"

"在逃黑奴，名亨利。左眼已瞎，左臂内外侧均有匕首伤疤，身上有多处鞭痕。"

"一百美金悬赏捉拿一名黑奴，名庞培，四十岁。下巴左侧有烙印。"

"黑奴囚犯。左侧脚趾全部被切断。"

"在逃女黑奴，名蕾切尔。除两大脚趾外，其他脚趾均无。"

"在逃黑奴山姆。不久前手上中弹，左胳膊与身体左侧也有多处枪伤。"

"在逃黑奴，名丹尼斯。左胳膊上臂有枪伤，致左手残疾。"

"在逃黑奴，名西蒙。背部与右胳膊受严重枪伤。"

"在逃黑奴，名亚瑟。胸前和两条胳膊上有大面积刀伤。喜好谈论上帝的恩赐。"

"二十五美元悬赏捉拿黑奴艾萨克。前额有一处殴打伤疤，后背有一处枪伤。"

"在逃女童黑奴，名玛丽。眼角上面有一小处伤疤，多颗牙齿掉落，脸颊和额头有字母 A 印记。"

"在逃黑奴，名本。右手有疤痕，拇指和食指于去年秋天受枪伤，部分骨头露出。背部、臀部有一两处大面积伤疤。"

"监狱在押一名黑白混血，名汤姆。右脸颊有疤痕，脸上有火药烧伤的痕迹。"

"在逃黑奴，名内德。因刀伤，有三个手指贴在手掌上，不能伸开。脖子后面有刀伤，长近半周。"

"黑奴囚犯，自称约西亚。背部有严重鞭痕，大腿处与臀部有三四处烙印（JM 字母）。右耳边缘被咬掉或切掉。"

第十七章 奴隶制

"五十美元悬赏捉拿黑奴爱德华。嘴角有疤痕,胳膊内外侧有两处割伤,胳膊上印有 E 字样。"

"在逃男童黑奴艾力。一条胳膊有狗咬的伤疤。"

"逃自詹姆斯·赛尔杰特的种植园的黑奴若干:兰德尔,一只耳朵被切掉;鲍比,一只眼失明;肯塔基·汤姆,有一侧下巴骨折。"

"在逃黑奴安东尼。一耳被切掉,左手被斧头砍掉。"

"悬赏五十美金捉拿黑奴吉姆·布莱克。左右耳均部分缺失,左手中指第二指节以上部分被切掉。"

"在逃女黑奴,名玛利亚。一侧脸颊有割伤。背部有伤疤若干。"

"在逃黑白混血女奴,名玛丽。左臂有刀伤,左肩有伤疤,上排的牙齿掉了两颗。"

我或许应该解释一下每段描述的后半部分,在公共舆论对于黑奴的若干"祝福"当中,最常见的就是用暴力打掉他们的牙齿。让他们日日夜夜都带着铁项圈,用恶狗折磨他们,这几乎都是不值一提的家常便饭了。

"在逃黑奴方丁。耳朵被穿孔,前额右侧有疤痕,两腿后侧均有枪伤,背部有鞭痕。"

"悬赏两百五十美元捉拿黑奴吉姆。右腿大腿外侧有枪伤,位于臀部与膝关节之间。"

"黑奴囚犯约翰。左耳被切掉。"

"一名被捕黑奴。面部与身体上有多处疤痕,左耳被咬掉。"

"在逃黑奴女孩,名玛丽。脸颊处有一处疤痕,一只脚趾的趾尖被割掉。"

"在逃混血女黑奴,名朱迪。右臂骨折。"

"在逃黑奴，名利未。左手有烧伤，食指指尖被切掉。"

"在逃黑奴，名叫华盛顿。一部分中指、小指的指尖被切掉。"

"悬赏二十五美元捉拿黑奴约翰。鼻尖被咬掉。"

"悬赏二十五美元捉拿黑奴沙力，走路时背部有些残疾的样子。"

"在逃黑奴乔·丹尼斯。一只耳朵上有一个小缺口。"

"在逃男童黑奴，名杰克。左耳部分被割。"

"在逃黑奴，名艾弗里。双耳上端均有小部分被割下。"

有关割耳朵的问题，我在纽约见到一位有名的废奴主义者在邮局里收到了一只黑人的耳朵，是贴着头割下来的。割下这只耳朵的是个自由、独立的绅士，还客气地请求收件人要把这个耳朵纳入他的收藏。

关于这个话题，我还可以扩展到断胳膊、断腿、刀伤、打掉的门牙、皮开肉绽的后背、狗咬的伤口、数不清的烙铁烫伤，不过，读者们已经够恶心、够反感了，那我就换个话题。

每年、每月、每周、每一天都会有这些类似的广告，诸多家庭都十分平静地将它们当作再平常不过的消息来阅读，当作时事新闻和茶余饭后的谈资。这些广告用来表明公共舆论是多么"照顾"奴隶，以及是多么的"温情"。值得深究的是，那些奴隶主以及占社会绝大多数的阶层，是如何在行为上受到了公共舆论的影响，不是指对奴隶，而是对他们自己人；他们是如何习惯克制自己的情感；他们彼此之间的关系怎么样；他们是暴躁还是温和；他们的社会风俗是残忍、血腥、暴力抑或是文明、雅致。

在探究中，我们也要避免听信废奴主义者的一面之词，我会再去翻阅他们自己的报纸，这一次，我会关注我在美期间每天的报纸，以及我在美期间出现的事件。摘录中的粗体字，和以前的引用一样，都是我自己加的。

第十七章 奴隶制

你们将会发现，尽管这些案子中的大部分和情节最严重的都发生在蓄奴州的领土内，但并非全部（在那里，奴隶制就是法律），以及此类暴行与其他暴行极其相似的程度，都顺理成章得出了一个推论，就是当事者的性格是奴隶区造就的，也是奴隶制度将之变得残酷无情。

惊人惨剧

据威斯康星州《南港电报》的消息，我们了解到布朗郡议员查尔斯·阿恩特被格兰特郡的议员詹姆斯·温雅德在议事厅内射杀。这件事由格兰特郡的郡长提名引起：阿恩特先生提名并支持贝克先生。但温雅德反对这一提名，希望这一职务由自己的兄弟担任。在辩论过程中，温雅德称死者的言论为不实言论，还用激烈、侮辱性的语言攻击对方的人格，对此，阿恩特先生并未予以回应。休会后，阿恩特走到温雅德旁，要求他收回之前的言论，他不仅拒绝，还继续恶语相加。阿恩特便打了温雅德一拳，温雅德后退了一步，掏出手枪，把阿恩特打死了。

整件事似乎都是由温雅德挑起，他不惜一切代价想要打败贝克，失败之后，迁怒于人，报复给了不幸的阿恩特。

威斯康星惨剧

议员阿恩特在立法大厅被射杀，威斯康星准州[①]的民众因此情绪激愤。威州各郡都召开会议，谴责在立法机关私带枪支的行为。目击者已经将这一血腥事件的罪魁祸首温雅德开除。事发当天，阿恩特的老父前来探望儿子，万万没有想到自己会亲眼看见儿子被射杀的过程，而在温雅德被开除

[①] 威斯康星准州（the Territory）：（美国过去）指尚未正式成为州但有本地立法机构的地区。1836 年密歇根建州后，原西北准州中剩下的几个部分包括现在的威斯康星州、艾奥瓦州、明尼苏达州和达科他州的部分重组成了一个威斯康星准州。1848 年州宪法通过，5 月 29 日经当时的美国总统签署法令威斯康星州作为美国的第三十个州加入美国。

之后，法官邓恩竟然将温雅德保释，这一消息引起公众哗然。《矿工自由报》以应有的谴责说，此举对于威斯康星人民的情感来说是一种侮辱。温雅德当时距阿恩特不过一臂之远，却让他当场毙命。温雅德距他这么近，本可以只射伤他，却偏偏选择一枪致命。

谋　杀

本月4日一家圣路易斯的报纸上刊登的信件讲述了一件发生在爱荷华州伯灵顿市的暴行。一名叫布里奇曼的先生与当地的罗斯先生素有嫌隙，罗斯的姐夫搞到了一把柯尔特式转轮手枪，在街上遇到了布里奇曼，便朝他连开五枪，无一虚发。尽管身负重伤、奄奄一息，布里奇曼还是回击了一枪，当场杀死了罗斯。

罗伯特·波特之惨死

本月12日《卡多公报》中有一则耸人听闻的死讯，死者为罗伯特·波特上校。他在家里被仇敌洛斯袭击。他从沙发上跳起来，抓起枪放在睡衣口袋里，冲出房门。就在他跑了两百码①，似乎就要甩掉后面追他的人时，却被一片灌木丛绊住了。洛斯抓住波特后，说他本是个宽宏大量的人，想给波特一个求生的机会。他允许波特先跑上一段，不会有人追他。话音刚落，波特拔腿就跑，在后面的人还没来得及开枪之前就跑到了湖边。他的第一反应是跳进水里，他也的确这么做了。洛斯紧随其后，叫他的人在岸边做好准备，一旦波特露出水面就开枪射击。几秒钟之后，波特露出水面换气，他的头刚刚接触水面的一刹那，就被子弹打得千疮百孔，再也没有浮上来。

阿肯色斯州之谋杀

我们了解到近日在塞内卡族内发生了严重冲突，一方是混合部落（包

---

① 码：计量单位，1码=0.9144米。

括塞内卡、夸保、肖尼族①）的副代表鲁斯先生，另一方是詹姆斯·吉莱斯皮先生，来自阿肯色州本顿郡梅斯维尔市的托马斯·G.埃里森商号，而后者被鲁斯用博伊刀②杀死。双方心存芥蒂已久。据说，吉莱斯皮·梅杰用拐杖先发动了攻击。随后冲突升级，吉莱斯皮开了两枪，鲁斯开了一枪。然后，鲁斯用攻无不胜的武器之一——博伊刀——刺死了吉莱斯皮。吉莱斯皮少校是个思想自由、精力充沛的人，他的死令人惋惜。这段新闻见报之后，我们又了解到，埃里森少校对部分市民说是鲁斯先动的手。鉴于此案将要接受司法调查，我们暂不披露细节。

恶　行

从密苏里河刚开来的"泰晤士"号轮船带来传单，悬赏500美元，捉拿于本月6日在独立城③刺杀州长利尔伯恩·巴格斯的凶手。据书面备忘录中记载，州长巴格斯并未身亡，但是受了致命伤。

上述文字脱稿之后，我们收到了"泰晤士"号上办事员送来的便签，给我们提供了以下细节。本月6日，即周五的晚上，巴格斯州长在独立城自己家中坐着时，被一名恶徒射杀。他的儿子听到枪声后冲进房间，发现州长坐在椅子上，下颌脱臼，头往后仰，便立即报警。在窗外花园内，发现了脚印和一把之前子弹装得过满的手枪，恶徒杀完人就把手枪随手扔了。有三颗大粒散弹射中伤者，一颗射穿口腔，一颗射进大脑，另一颗可能射进或靠近大脑，三颗子弹都射进脖子和脑袋后部。7日清晨，州长尚未咽气，但亲友对他痊愈已不抱希望，只是他的医生们对此还尚存一线希望。

---

① 均为北美印第安族。
② 博伊刀：由美国边境英雄吉姆·博伊发明，具有重要的历史意义。
③ 独立城：位于密苏里州西北部的城市。

一个嫌疑犯已经锁定，郡长此时可能已经将其逮捕了。

手枪本是一对儿，属于独立城里一位面包师的，几天前被人偷了。当地部门已经获得另一支手枪的描述。

交 战

周五晚在查特尔街发生了一件不幸事件，我们最受尊重的公民之一被锐匕刺伤了腹部。昨天新奥尔良①的《蜜蜂报》披露了以下细节。据称，上周一，该报的法语版面刊登了一篇文章，内容对炮兵营颇有微词，因为在周日早上，炮兵营为了鸣枪回敬"安大略号"和"伍德伯里号"，惊扰到了彻夜在外维护城市和平的人员和他们的家人。炮兵营的指挥官盖里少校因此报道心生怨恨，到访报社办公室，询问该文作者的名字。报社的人告诉他，作者名叫阿品，但阿品当时不在办公室。盖里之后与报社的一位业主发生了争论，接着就要决斗，双方朋友试图调解，却都失败。周五晚上约七点钟，盖里少校在查特尔街上遇到了阿品，并上前问他："您是阿品先生吗？"

"是的，先生。"

"您可真是个——"（他用了一个合适的词）

"我会叫您记住您说的话，先生。"

"我已经说了，我会打你打到我的手杖断掉为止。"

"我知道，不过我现在还是好好的啊。"

说时迟那时快，此语一出，盖里少校手中的手杖就朝阿品脸上扔去，阿品从口袋里掏出了一把锐匕，刺中了盖里少校的腹部。

人们担心，盖里的伤势会致命。我们得知，阿品到刑事法庭出庭时，

————————
① 新奥尔良：路易斯安那州南部港口城市。

会有安全保障。

密西西比枪战

上个月27日,在靠近密西西比州利克郡的迦太基市附近发生了一起枪击事件,约翰·威尔伯恩被詹姆斯·库廷汉姆射杀,约翰伤势严重,生还希望渺茫。本月2日,迦太基市内发生了一起枪战,其中,萨基将乔治·戈夫射杀,伤势致命。萨基原本已自首,但变卦,逃跑了。

人员冲突

几天前,在斯巴达发生了一起冲突事件,双方是一家酒店的酒吧老板和一名叫巴利的男子。巴利在酒吧里似乎有些吵闹,而老板为了维护酒吧秩序,就威胁说要开枪打死他,于是,巴利先掏出了手枪,把酒吧老板打倒了。我们最后听说的是老板虽然未死,但已命悬一线。

决 斗

"讲坛号"汽轮上的办事员告诉我们,上周二又发生了一起决斗,一方是在维克斯堡的银行职员罗宾斯先生,另一方是《维克斯堡哨兵》的编辑弗尔先生。根据安排,双方各有六把手枪,"开枪"令响后,他们就要尽快开火。弗尔放了两枪,都没中。罗宾斯第一枪打中了弗尔的大腿,弗尔倒下,并没有继续战斗。

克拉克郡的枪击

上个月19日,周二,在密苏里州克拉克郡靠近滑铁卢的地方发生了一起不幸的枪击事件。事情起源于一家酿酒企业的结算,企业合伙人是莫凯恩和马里斯特。拍卖时,郡长将本属于莫凯恩的七桶酒以每桶一美元的价格卖给了马里斯特。待马里斯特去索酒时,莫凯恩便开枪打死了他。事后,莫凯恩立即逃跑,直到最近也未归案。

事件的双方都有一大家子要养活,而且两个家庭在邻里间也颇有威望，所以这一不幸的枪杀事件在街坊四邻里引起了不小的轰动。

我将会再援引一例此类事件，由于这件事过于荒诞，或许能在阅读以上残暴行为之后作为缓解。

荣耀决斗

上周二，在六英里岛上发生了一起决斗事件，我们刚刚得知其详情。双方都是我们城里的青少年：十五岁的萨缪尔·瑟斯顿和十三岁的威廉姆·海恩。观看决斗的还有一些同龄的少年。决斗用枪为两支上乘的迪克森步枪，射程为三十码。他们各开了一枪，除了瑟斯顿的帽子顶被瑟斯顿的子弹打穿了以外，双方均无受伤。通过荣誉董事会的调解，决斗取消，双方和解。

荣誉董事会通过调解，化解了两个毛头小子的矛盾，换作任何其他地方，和解方式就是把两个孩子的手背在后面，然后用桦树条结结实实地打一顿。任何人想象到这个画面，无疑都会觉得此事荒谬至极，每次这一画面浮现在眼前，我都会大笑不止。

现在，我向每一个拥有最平常不过的常识，再平凡不过的人性的人类呼吁，向所有意见不一，但客观公正、通情达理的人类呼吁，向他们摆明事实，拿着发生在美国奴隶区内或者附近的令人发指的证据，问他们是否还怀疑这些奴隶生存条件的真实性，或者，他们能否那么一刻，能在奴隶制度或其恶名昭著、骇人听闻的特点与他们自己的良知之间妥协？他们每翻开报纸，草草翻阅一遍，就能看到这些残忍和恐怖的描述，严重程度不一，他们还会说这些都是不可信的吗？这些可都是那些奴隶主自己做的和自己讲的啊。

奴隶制的万恶之源是这些生而自由的罪犯能够肆意妄为的原因，也是

第十七章 奴隶制

他们能够肆意妄为的结果,这些我们难道不知道吗?有些人生下来就面临不公平的对待:从小看到的都是丈夫要在别人一声令下之后开始鞭打自己的妻子;那些原本已经衣衫褴褛的女人,还要忍受屈辱,撩起衣服好让奴隶主在她们的腿上甩下重重的鞭子;怀了孕的女人一边要卖苦力还要被监工野蛮地驱赶和骚扰,有的还在挥舞的鞭子下成为母亲;一些人年轻时读到这些关于逃跑奴隶的描述,还看着自己天真无邪的小妹妹也去读那些在别处发表不了的新闻,而那些面目全非的奴隶,跟农场上、动物展上的牲口又有什么两样,这些,我们难道都不知道吗?这样的人,一旦怒火被点燃,将会是一场劫难,我们难道不知道吗?这样的人在家里是个懦夫,于是他走出家门,拿着重重的鞭子,隐藏在惶恐不安的奴隶身后,这样,他在家门外也是个彻彻底底的懦夫,怀里揣着懦夫的武器,只要与人发生口角就会开枪把人打死或者用刀将人刺死,这一点我们难道不知道吗?如果我们的理性不能教会我们这一点或者更多,如果我们傻到对于这样制造暴徒的"良好"模式视而不见,这些人面对和他们同等地位的人,都会在立法大厅、在账房、在集市、在一切本来安居乐业的地方伸出刀子和手枪,对待他们的下人,即便是自由的奴隶,会是多么的无情无义,我们难道不知道吗?

什么?难道我们能够一边公开抨击爱尔兰的那些无知农民,却能够将美国监工的事情粉饰遮掩?难道我们能够一边谴责虐待动物的人,却能够让那些割掉男男女女耳朵的人逍遥法外,让那些在鲜活的人肉上刻字为乐、用烧红的烙铁在人脸上学写字、将残肢当作他们的诗情画意、让奴隶们一辈子带着残缺的身体生活直至走进坟墓,像那些嘲笑、杀害救世主的士兵一样,将奴隶的手脚打断,将手无寸铁的人当作活靶子?我们难道可以听闻异教的印第安人互相折磨就呜咽涕流,而面对基督教徒犯下如此暴行一笑而过？只要这样的情况继续存在，我们难道应该对所剩无几的种族而欢喜雀跃，然后举杯欢庆白人对他们的占领吗？而我，宁愿重现那些森林和印第安人的村庄；不要星条旗，只让凋零的羽毛在微风中飘逸；让街道和广场上再现简陋的棚屋；与一个悲哀的奴隶的尖叫相比，一百名视死如归的战士唱的战歌，就是响彻漫山遍野的音乐之声。

在一件事上，一件摆在我们眼前的事上，我们的国民性格正在快速转变，我们要实话实说，不要懦夫似的拐弯抹角地暗指西班牙人和意大利人凶狠。当冲突中的英国人也拔刀相向时，可以说"之所以变成这样都要归咎于共和的奴隶制。这就是自由的武器。正是用这寒光闪闪、吹毛断发的利刃，美国的自由砍杀了她的奴隶。如果砍不成奴隶，那她的儿女会将尖刀用于更好的地方——用它们来对付自己。"

第十八章

结束语

  在本书多篇文章里，我努力地不让自己的推导和结论来叨扰读者。我更希望，他们能依据我列出的事实作为前提自己做出评论。我一开始的目标是无论身至何方，都要向读者描述一个客观真实的世界，现在我终于完成了这个任务。

  在有些话题上，如"美国人的通性""美国社会体系一般特征"，我这个外国人很想本书结尾用简单的话来表达一下自己的意见，还望读者见谅。

  从天性上讲，他们直率、勇敢、热忱、好客、亲切。教养与文雅好像都只是让他们的热情加温，让他们的挚诚加深。正是因为这股非凡的热情，让受过教育的美国人成为最惹人喜爱、最慷慨大方的朋友。我从未获得这么多的友情，从未如此心甘情愿又兴高采烈地将自己全部的信任和尊敬交付给任何人，从未像在美国一样，仅在半年时间里就交到了这么多朋友，使得这半年恰似浮梦半生。

  我完全相信，这些品质是全体美国人的天性。遗憾的是，这些品质在众生中的发展受到了摧残和压榨。此外，还有一些影响的危害更大，让他们见不到任何恢复健康的希望，这些事实也应该被揭露。

  每一个国民性都会对其犯的错误因自尊心受到了伤害而大为不悦，然后又因这样的过分表现说这是他们的美德和智慧,这是每个民族性里很重要的一部分。而美国大众思维的一个巨大瑕疵,同时也是万恶之源,即普遍的不信任。但美国人却引以为傲,即便他在足够心平气和的时候,能够看到这种思维带来的困境,还是会忽略自己的理性,却将之引以为荣,来说明美国人之所以伟大、睿智以及他们至高无上的机敏与独立。

外国人常说:"你们把这种妒忌和不信任带进了生活的方方面面。"这样的不信任把正人君子从议会中扫地出门,还滋生了一群选举候选人,他们的一举一动都给你们的制度和人民的选择抹黑。这样的不信任让你们的脾气阴晴不定、变幻无常,似乎你的反复无常已经成为惯例;你们刚刚坚定地确定了理想,又立马将其推倒打成碎片。或者,你可能刚刚奖励过一个恩人或者公仆,又立马对他不信任起来,而原因就是他接受了你的奖励,随即你又要辩解,要么是因为你们的奖励太过慷慨,要么是他玩忽职守不值得受到奖励。从总统往下,只要有人在你们中间位居高位,从上台那一刻起就注定了他会落马。任何一个恶人编了谎话,只要刊登出来,即便内容同被诬陷的人的性格和行为大相径庭,却能立刻吸引你的不信任的本性,对那条谎言深信不疑。即使一个人堂堂正正、完完全全值得信任和托付,你们也要挑出蠓虫一般渺小的错误来怀疑他;即便有人蒙受不白之冤、遭受过分猜疑,你也要像吞下一整车骆驼一样对那些谎言照单全收、毫不怀疑。① 你们想想,这样的性格,在你们中间能不能、会不会提升统

---

① 《新约·马太福音》第 23 章第 24 节:"你们这瞎眼领路的,蠓虫你们就滤出来,骆驼你们倒吞下去。"蠓虫是很小的飞虫,偶尔会掉入酒槽或酒杯中,和骆驼同是不洁之物,不可食用(利十一:4,41)。根据圣经,在地上爬行之物是不洁净的,蠓虫应该是飞虫,但有些种类的幼虫却是在地上爬行的,因此也算不洁净了。蠓虫比起骆驼的大小,几乎是看不见的,但法利赛人仍然假装他们可以避开任何不洁的侵犯,他们在喝酒之前先用布来筛滤葡萄酒,然后用手指捡出小虫,这是一个很可笑的画面。耶稣向他们挑战的问题,他们不会不明白它的意思。"你们难以置信地把大量精力放在少有影响的事上(连薄荷、芹菜和茴香那些小东西都献上十分之一),却吞下骆驼(不道德、不义、撒谎、假冒为善)"。

第十八章 结束语

治者或者被统治者的素养呢？

然而，回答却千篇一律："你知道，我们是有思想自由的。每个人都为自己着想，我们不会轻易被骗。这也是我们这么多疑的原因。"

另一个显著的特征就是大家对"聪明"的热衷：掩盖了许多骗局和信用缺失的本质，以及许多挪用公私款项的行为，让许多应该被绞死的恶棍得以在济济人才中趾高气扬。然而，这样的"热衷"也不是没有后果：对"聪明"的趋之若鹜就在过去短短几年里很大程度上地影响了公众信誉，也削弱了公共资源，这样的影响，比一个实诚的人在一百年里肆意妄为所造成的危害都要大。评判一笔失败的投资，或是破产，或是一个彻头彻尾的混账的标准，不是他是否遵守金科玉律，是否能够"己所不欲，勿施于人"，① 而是他们的"聪明"。我想起，两次路过密西西比河旁边那个命运多舛的开洛时，我们谈论起那里的各种骗局一旦被揭穿，便会造成恶劣的影响，除了对外的信用缺失，还会吓跑许多外国投资。但是我得到的答案是：那是一个非常聪明的计谋，赚了很多钱。而最聪明的地方便是那些人走出美国后很快就把这事忘记了，不消几日，便又无拘无束地干起投机倒把的事情。下面的这段对话，我和别人进行了一百多次：

"有些人用最卑鄙、无耻、下流的方法赚了大钱，罪不可赦，可是你们美国人却能够容忍他们，甚至纵容他们，这是不是非常丢脸？他应当是全民公敌，不是吗？"

"是的，先生。"

---

① 原文为 "Do as you would be done by"，摘自《新约·马太福音》第 7 章第 12 节 "所以，无论何事，你们愿意人怎样待你们，你们也要怎样待人，因为这就是律法和先知的道理。"

"他是个从里到外的骗子,这不是板上钉钉的事吗?"

"是的,先生。"

"他被人踢过、铐起来过,还被人拿手杖追着打过,对不对?"

"是的,先生。"

"他就是个彻头彻尾的、厚颜无耻的小人,对吧?"

"是的,先生。"

"那我就搞不懂了,他到底好在哪里?"

"这个嘛,先生,他是个聪明人啊。"

同样,美国人把一切有缺陷、不明智的行事风格都归因于全民性的对于商业的喜爱,说来也奇怪,要是一个外国人说美国人都是生意人,这又是犯了严重错误。结了婚的人住在旅馆里,而不是在自家的壁炉前享受家庭的温馨,他们很少能够从早到晚一直聚在一起,只能在用餐时在公共食堂里匆匆见上一面——这种毫无安逸的习惯可以归因于他们对商业的热衷,而这种热潮在全国上下盛行。也是因为喜爱商业,文学在美国永远得不到保护。"我们是生意人,不在乎诗歌。"虽然我们也为群体中的诗人而无比自豪,但健康的消遣方式、舒心的娱乐和各种有益的爱好,在严重的功利主义商业享乐面前,都要黯然失色。

外国人可以在任何时间、任何地方发现美国人的这三点特征。但是美国的这种畸形生长有着更为盘根错杂的原因,而且,这些毒根已经深入不堪视听的新闻界了。

学校可以东西南北地建起来,学生可以教出来,老师也可以成千上万地培养起来;高等学府可以兴盛,教堂里也可以人满为患;禁酒令实施起来,先进的知识以各种形式在广袤的大地上飞快地传播,但是只要美国的新闻业还处在,或者说,近于其现在这样的状态,那么美国就无法指望着能够提升道德。年复一年，美国将会、也一定会倒退；年复一年，美国的公众情绪之声一定会低沉下去；年复一年，国会与议会也将在正人君子面前变得无足轻重；年复一年，美国革命的先父若在天有灵，若看到不肖子孙的放荡生活，定会勃然大怒。

无须告诉读者，在美国一大群鱼龙混杂的出版物中，的确有一些是独具特色和令人尊敬的。从我和出版界谦谦君子的个人交往中，我不仅获得乐趣，还受益匪浅。但是，这样的正人君子毕竟凤毛麟角，而害群之马却能遮天蔽日。好报纸的影响实在无力抵抗无良媒体制造的道德毒药。

在美国的上流社会里，在见多识广、谦虚谨慎的学者里，在接受公开审问或者在审判席上的人里，对这些臭名昭著的报刊有一种，而且，也仅仅有这一种意见。有时会有人说，那些恶劣影响并非如外人看来如此严重。我倒不会嘲讽这样的言论，因为对于这样颜面尽失的事情，人们会以各种借口来掩饰，这也在情理之中。但请原谅，我认为这样的托词没有任何正当理由，而且每一个真相和情况都会朝着相反的结论发展。

在美国，任何一个人不论头脑和性格如何，想要出人头地，那么首先不能向堕落的魔鬼（万恶的新闻业）奴颜婢膝、卑躬屈节。如果个人的成功不会受到恶意的攻击；如果任何社会信任都能够经受住各种阴暗面的考验，或者任何社会礼仪和荣誉都能够受到尊敬；如果那个自由国度里的任何一个人都能有言论自由，敢说敢想，而不用向他从心底里就厌恶鄙视的那个愚不可及、卑鄙无耻的审查制度低头；如果对这样声名狼藉的报纸深恶痛绝、对它给全国造成的不良影响忍无可忍，并且能够向别人对它进行谴责的人，敢于在众人面前用双脚去践踏、去碾压、去把它踩得粉碎——那么，我才会相信，这些无良报业的负面影响将要减弱,男人们的雄性气概也开始回归。但是,只要新闻界罪恶的眼睛还在盯着每一个家庭,魔掌还在伸向国家里上至总统下至邮递员的每一个职位,只要报纸仍是一大群人唯一的文学标准(这些人只读报纸,要么就什么都不看),而污言诽谤又是这些报纸的唯一的伎俩时,那么这个国家就要一直承受它的罪名,它的罪恶之手就会明目张胆地伸向这个国家的方方面面。

对于熟悉英国主流期刊的人,或者熟悉欧洲大陆各种公信度高的刊物的人,或者熟悉任何刊印的纸质媒体的人,若想完全理解美国报业这个机器是多么恐怖,没有大量的摘录是不可能的(我既没有地方来做摘录,也不愿意做这个工作)。如果任何人想要得知我在这方面的确切观点,那烦请他到伦敦跑一趟,那里各处都散布着眼花缭乱的刊物,到那里,让他看过后自作评价。

毫无疑问,如果美国人能热爱"现实"少一点儿,而喜欢"理想"多一点儿的话,那就好了。如果美国人能更多地鼓励轻松、快乐的事务,培养更多的美好的事物,而不去想它们有什么立竿见影的用途,那就好了。但是在这里,我最常听到的一种抗议声就是"我们还是一个新的国家",这句话常被用来当作借口,来掩饰那些站不住脚的缺陷,而我认为这恰恰表明这个国家垂垂老矣的迹象。我还是希望,除了报纸政治,这个国家还能有其他的娱乐。

美国人绝非幽默风趣,他们的性情总让我感到沉闷和沮丧。论言辞精辟以及顽固古怪的脾气,毫无疑问以扬基人①或者说是新英格兰人为首,他们在智力方面胜人一等。但是我游览了几个大城市,普遍的严肃、抑郁

---

① 扬基人:在美国国内和国外有两层意思。用于国外,它泛指一切美国人;用于国内,它指的是新英格兰和北部一些州的美国人。

第十八章 结束语

的商业气息令我十分压抑,这一点在前几章我也提到过:这样的特性是如此的普遍、如此的相似,以至于我每到一个新的城市,似乎遇到的人都和我在上一个城市遇见的一样,直到最后一站都是如此。在我看来,这些在国民习惯中显而易见的缺陷很大程度上要归因于这一点:这一民族性在粗俗的习惯中催生了一种沉闷和愠怒并蔓延开去,而忽略生活中的美好,就好像它们不值得关注一样。毋庸置疑,开国先父华盛顿先生在他的那个年代就已经看到这样的一个错误趋势,并且尽全力去纠正,所以他才一直对仪式礼节的细节小心翼翼、细致苛求。

其他作家对这些事情则认为,由于美国没有建立自己的宗教,所以在国内才会流行各种不同的教派,关于这一点,我并不认同。的确,我认为如果美国人承认他们建立了这样的一种宗教制度,也会因为这一制度被建立而渐渐抛弃它,这就是美国人的脾气。但是,即便假设这样的制度存在,我也怀疑它的效用,到底能不能召唤迷途的羔羊回到羊群当中①,因为国内流行的教派太多了。而且我在美国见过的宗教信仰,没有一种是我们在欧洲,甚至在英国没见到过的。和其他人一样,各种教派的人大量涌入美国,就是因为这里是一片福地。这里建立了大量的定居点,因为在这片处女地上,土地可以买卖,城市和村庄可以新建。但是震颤教教徒也从英格兰搬到了美国。我们国家也对摩门教的创始人约瑟夫·史密斯②和他愚昧的信徒并不陌生。我也在英国的一些大城市里见到过一些宗教场合,这些都是美国的露营会比不过的。我也不知道任何一种靠迷信去骗人的手段和因迷信而上当受骗的例子是起源于美国——这些在英国都有过先例:

---

① 在基督教里,基督徒都被比作羊。
② 约瑟夫·史密斯(1805—1844):旧译为约瑟·斯密,摩门教的创始人。

索斯科特太太①、养兔子的玛丽·托夫特②,甚至还有坎特伯雷的汤姆③先生,最后一个例子,甚至发生在黑暗时代④之后。

美国的共和制毫无疑问是美国人自尊和气质的源泉,但是作为一个在美国旅行的外国人来说,就一定要时时刻刻在脑子里牢记这个制度,不要去盲目讨厌与你亲近的陌生人——在英国,人和人之间通常较疏离,而在美国,人们的关系却更为亲切随和。一想到美国人有这样的特点,只要那人不是傻里傻气又趾高气扬,只要他不坑蒙拐骗,我就觉得他们跟我套近乎没有什么不妥。我也很少,几乎从来没有遇到过对我无礼或者言谈举止不得体的人。有那么一两次比较可笑的经历,就像我下面要说的那样,但是只是一次好玩的偶然事件,根本不是普遍情况。

在某镇的时候,我想要做一双靴子,因为除了那双具有纪念意义的软木底靴子之外,我旅行时再无其他,而那双软木底靴走在蒸汽船甲板上实在炽热难耐。于是,我便叫人去找一位鞋匠,除了客套话,我表示如果他能来见我,我将不胜感激。他也很乐意,便叫人回话说,他会在晚上六点左右"来转转"。

我当时躺着沙发上,举着一本书和一杯酒,就在那时,门开了。一个

---

① 索斯科特:乔安娜·索斯科特(1750—1814)自称是预言家。她原是一名家仆,信英国新教,1792年,她声称自己拥有超自然的能力,自称是《圣经·新约·启示录》第十二章里那个能预知未来祸福的妇人,自成教派。在她六十四岁时,声称自己怀了新的救世主,即《圣经·旧约·创世记》里的细罗(赐平安者)。她死后,她的信徒们认为她能够起死回生,一直不予埋葬,直到她的尸体开始腐烂才下葬。

② 玛丽·托夫特:18世纪英格兰王室的婢女,她于1726年怀孕,其后流产。之后她说服了多位医生(甚至皇家外科御医)判定她"生下兔子"的事实。而后玛丽·托夫特因为"虐待兔子"而被监禁,最终被释放。

③ 坎特伯雷的汤姆(1799—1838):当时的骗子和疯子,自称救世主,拥有一些追随者。后在暴乱中死亡。

④ 18世纪开始使用的名词,指中世纪早期的西欧。随着罗马帝国的衰落,西欧进入一个黑暗时代,因为大部分罗马文明在这段时间受到破坏,并且被蛮族文化取代。

第十八章 结束语

三十岁左右的先生走了进来,他戴着帽子、手套,还扎了一个挺拔的领结。他朝穿衣镜走过去,整理了一下头发,脱下手套,缓缓地从大衣口袋深处拿出皮尺,然后有气无力地告诉我,让我把鞋带"弄开"。我照做了,但还是好奇地看着他依旧戴在脑袋上的帽子。可能是因为我看了那一眼,也可能是因为天气太热,他把帽子摘了。然后,他在我对面坐下,身子朝前倾,双手肘抵着膝盖,费了很大的力气从地上拿起了这只我刚脱下来的鞋——它可是大都市手艺的范本——一边拿,还一边欢快地吹着口哨。他把那只鞋翻来覆去地看着,带着一种难以言喻的蔑视眼光,然后问我,是不是想让他做一双"那样"的靴子?我礼貌地回答,只要靴子大小合适,其他的事情都由他做主,如果方便并且可行的话,新鞋子仿照这双靴子的样子,我也并不反对,但是我更希望把整件事都交给他,或者我巴不得让他负责整件事情,听他的判断和决定。"看你这意思,是不在乎脚后跟凹进去的那一块儿了?"他说道,"我们这儿可不是这么个做法。"我又把我上述意思重复了一遍。他又朝镜子照了照,靠近镜子前面把眼角的脏东西抹掉,然后整理了一下领结。在这期间,我的整条腿可都是悬空着的。"快完事儿了吗?"我问。"差不多了,"他说,"别动。"我只能尽量保持不动,面容和腿一样僵硬。这个时候,他眼角也没有渣子了,也找到他的铅笔盒了,才开始给我量尺码,记下必要的数字。刚一量完,他就又折回刚才的态度,拿起那只靴子,沉思了一段时间,"这个,"终于,他开口说话,"是英国的吧,对不?伦敦的?""先生,"我答道,"这的确是伦敦的。"又一次,就像哈姆雷特琢磨约里克的头骨一样,他又陷入了沉思。然后他点点头,说:"做出这样靴子的国家,它的制度一定非常可怜。"他站起来,拿起纸笔,戴上帽子,慢慢戴上手套,还不忘往镜子里瞅,然后才走了出去。他走出去一分钟之后,门又开了,帽子和头又冒了出来。他环视了一周,看看还放在地上的靴子,沉默了一分钟,然后说:"那么,午安了,先生。""午安,先生。"我说。至此,我们的会面结束。

还有另一方面我想要谈几句,有关公共卫生。在这样一个广袤的国家,有几亿英亩未开垦的土地,而且,在这片土地上,到处都有腐烂的植物,年年如此。同时,这里又有大量的河流和各种不同的气候,在某些季节,一定会引起大规模的疾病。但在同美国医学界的一些专业人士谈过之后,请允许我斗胆建言,如果能实施一些普通的防御措施,那么这些流行病就可以避免,而且我也不是唯一这样想的人。为此,就要求个人卫生要得到更多的关注,这是必不可少的。美国人一日三餐都要吃进大量的肉类,饭后便立即奔回工作岗位一坐不起,这样的习惯必须要改;女性则要更注重穿衣,并且多做运动;对于后者,也适用于男性。总之,所有公共机构、所有城镇和城市都要彻底升级通风、排水和垃圾处理系统。美国各地的立法机构如果能够好好研究一下查德威克的《英国工人阶级卫生情况报告》,将会大受启发。

回到英国后,别人曾提醒过我,从中我发现,我没有理由让美国人善意地接受或者欢迎这本书,我所写的事实都是那些能够下判断并且表达他们意见的人的真实情况,我也不想用任何投机取巧的方法,去讨好普通大众。

于我而言,本书中的所有言论不会让任何一位大西洋彼岸的朋友弃我而去,如果他称得上是朋友的话,这已足够。此外,我对此书的构思和下笔所具有的精神有信心,并且可以开始静待时机。

我只字未提在美国时受到的接待,我也没有让它影响我的写作。无论用怎样的言语都无法真切表达我对他们的感激之情。对于大洋彼岸的读者来说,他们曾经读过我的书,对我古道热肠、赤诚相待,而不会暗箭伤人。

出版说明

本书原著使用的是英制计量单位,若将其一一换算成我国法定计量单位将使所有数字成为近似值,进而失去原书数值准确性,故为保证原书数值准确性和基本风格,本书的计量单位仍袭原著。具体换算方法如下:1 英里 = 1.6093 公里,1 英尺 = 0.3048 米,1 英寸 = 2.5400 厘米。